COLLECTION FOLIO

Nicole

Jens Christian Grøndahl

Bruits du cœur

Traduit du danois
par Alain Gnaedig

Gallimard

Jens Christian Grøndahl est né à Copenhague en 1959. Il a publié dix romans et est unanimement considéré comme l'un des meilleurs écrivains de sa génération.

1

J'ai reçu une lettre de mon plus vieil ami cinq jours après sa mort. Ce n'était pas une lettre d'adieu. Il a été victime d'une crise cardiaque pendant une partie de squash, à Manhattan. Je n'aurais pas cru que l'on puisse mourir ainsi, à notre âge. Adrian venait juste d'avoir trente-neuf ans, j'étais son cadet de deux semaines. Il avait habité à New York ces quatorze dernières années. Nous ne nous étions guère vus durant ce temps, mais il m'écrivait fréquemment, plus souvent qu'il ne recevait de réponses. Désormais, c'est moi qui serai plus âgé que lui, toujours plus, et si tant est que je vive assez vieux, il m'apparaîtra alors comme un jeune homme que j'ai connu autrefois.

J'ai lu sa lettre dans l'arrière-boutique. Adrian envoyait toujours ses lettres au magasin, la dernière était plus brève que d'habitude. Il me disait qu'il aimerait me parler d'une chose qui le tourmentait depuis un moment. Il ne précisait pas de quoi il s'agissait, se contentant de déclarer que j'étais le seul à pouvoir le comprendre. Cela ne lui ressemblait pas de s'exprimer de la sorte. Je me suis interrogé sur cette absence de légèreté, une légèreté qui avait caractérisé son courrier, sa voix et la manière dont il menait son existence, comme si la pesanteur n'avait pas autant de prise sur lui que sur nous autres humains. Il me disait donc qu'il me rendrait bientôt visite.

Il avait plu toute la matinée et, une fois encore, le facteur s'était borné à coincer le tas de courrier dans la grille, devant la porte du magasin. La petite enveloppe américaine était humide et l'encre du stylo d'Adrian avait coulé, si bien que les lettres formaient comme autant de minces épines enfoncées dans l'épais papier vergé. Adrian écrivait toujours au stylo plume, mon nom et mon adresse étaient soigneusement calligraphiés. Je ne connaissais personne d'autre qui écrivait de cette manière surannée et recherchée.

Je me suis installé dans le fauteuil où mes invités s'asseyent habituellement, car c'est le seul siège confortable. J'ai laissé mes doigts errer sur les clous de tapissier du bord du dossier tout en regardant les gouttes de pluie se briser sur l'asphalte de la cour. Cela écumait près de la gouttière, là où l'eau chutait en une cascade jaillissante. Je me suis levé, j'ai rempli la bouilloire et allumé le réchaud. Je suis resté longuement à contempler ce tournesol bleu de petites flammes sifflantes. J'ai essayé de me représenter Adrian, sans parvenir à comprendre pourquoi ses traits si familiers refusaient de m'apparaître.

J'ai donc continué à regarder bêtement la

bouilloire cabossée et le réchaud avec son tuyau en caoutchouc couleur rhubarbe. Ils étaient compris dans l'inventaire quand, à l'époque, j'ai signé le bail. J'ai repris ce dernier d'un tailleur qui avait travaillé là depuis la guerre, et je me suis contenté d'aménager la partie du local qui donne sur la rue. J'ai conservé en l'état l'arrière-boutique, avec ses murs vert de mer, ses abat-jour vert foncé et son plancher à la peinture noire écaillée. J'ai même gardé le mannequin de couturier, il se dresse dans un coin, entre le cabinet à estampes et le râtelier contenant des gravures dans des passe-partout, tel un torse fantôme, une silhouette de femme anonyme vêtue de cuir patiné, avec pour tête un bourgeon d'acajou lisse.

Adrian m'avait appelé pour mon anniversaire, tard le soir, alors que j'allais me coucher. Cela faisait longtemps que nous n'avions conversé mais, comme d'habitude, il ne s'était pas présenté. Il m'avait fallu quelques secondes pour reconnaître sa voix. Là, j'avais eu mauvaise conscience, car je ne lui avais pas téléphoné pour son anniversaire. Les jours précédents, je m'étais maintes fois promis de lui passer un coup de fil, mais je ne l'avais pas fait. Il en avait toujours été ainsi entre nous deux. Adrian se montrait invariablement le plus attentionné et aussi le plus fidèle.

Il était environ minuit, je m'étais déjà déshabillé ; Theo dormait depuis longtemps et il n'y avait pas un bruit dans l'appartement. J'ai pour habitude de rester assis dans le silence du soir. Ce n'est pas que je réfléchisse à une chose en particulier, non, je reste assis, c'est tout. Les nuits commençaient à être fraîches, mais j'avais ouvert la porte du balcon afin d'aérer. Je frissonnais en caleçon, mais je ne pouvais pas faire attendre Adrian en allant chercher ma robe de chambre. Il appelait de son bureau ; des sirènes de police résonnaient au loin, comme dans un film. Je me souviens qu'il m'a demandé s'il n'appelait pas trop tard. Adrian était toujours extrêmement conscient du décalage horaire. Il allait bientôt descendre boire un verre à son bar favori avant de rentrer chez lui en voiture.

Tout en parlant avec Adrian, j'ai jeté un coup d'œil sur le feuillage touffu des châtaigniers et l'immeuble en face, de construction récente, comme le mien. Les lampadaires bleuâtres éclairaient la façade et les arbres, et il y avait encore de la lumière à l'une des fenêtres supérieures. Une femme faisait les cent pas dans son salon, fébrile, presque furieuse, tel un animal en cage. Je ne pouvais distinguer son âge à cause de la distance et je ne l'avais jamais vue auparavant. Cependant, il ne semblait pas que ce fût la fureur qui la faisait s'agiter ainsi. La courbure de sa colonne vertébrale et la main qu'elle passait de temps en temps sur son visage m'ont fait davantage penser au désespoir. J'ai continué à la regarder derrière la fenêtre du balcon, longtemps après avoir raccroché, jusqu'à ce qu'il fasse trop frisquet pour rester ainsi, aussi peu vêtu, dans le froid automnal qui commençait à mordre.

En lisant la lettre d'Adrian, je me suis brusquement rappelé qu'il avait marqué un arrêt lors de notre conversation téléphonique, mais peut-être ce silence était-il plus long dans mon souvenir que dans la réalité, comme si Adrian avait été sur le point d'ajouter quelque chose. Peut-être s'agissait-il d'une pause banale, je ne le sais, et je ne le saurai jamais. Il était en train de se noyer. Adrian a prononcé ces mots de son ton toujours nonchalant, comme en passant, et je n'y ai guère prêté attention. Je me suis imaginé sans peine qu'il était sur le point de se noyer dans son travail. Je savais qu'il travaillait beaucoup, et souvent très tard le soir.

Il m'a demandé si l'on m'avait souhaité mon anniversaire. Je me suis excusé de ne pas l'avoir appelé pour lui souhaiter son anniversaire, mais il a détourné la conversation. Peut-être n'avait-il jamais remarqué le déséquilibre qui marquait notre échange de marques d'amitié, une distorsion qui m'a si souvent laissé la désagréable impression d'être débiteur. Je n'avais pas ressenti l'envie de faire grand cas de cette circonstance foncièrement accidentelle, le fait que, un beau jour, il s'est trouvé que j'avais trente-neuf ans. Adrian a ri.

Je me rappelle clairement son rire. Adrian riait beaucoup et, aux yeux des autres, il avait pleinement raison. C'était comme si le mot réussite était inscrit en grandes lettres invisibles sur ses traits expansifs couronnés par les boucles blondes. Il était le plus beau, le plus grand, le plus charmeur et il mettait toujours la main sur les plus jolies filles. Un seul geste, et les choses s'ouvraient grand pour lui, d'une manière presque euphorique, comme si elles n'avaient jamais attendu que lui, mourantes d'impatience, à l'instar des semences gonflées qui explosent entre le pouce et l'index, comme sous l'effet d'une impulsion électrique et ce, quelles que soient les précautions prises. Je sais de quoi je parle, car je le connaissais depuis toujours. En tout cas, c'est l'impression que j'avais.

Nous nous sommes connus en sixième et sommes restés inséparables durant les quatorze années suivantes. J'étais encore à l'École d'architecture quand il est parti pour New York. À cette époque, il avait déjà travaillé deux ans pour une grosse agence de change. À New York, il a été rapidement promu associé d'une société de courtage plus importante encore. Il était certainement doué, mais il ne parlait jamais de son travail. Quant à moi, j'ai échoué dans une rue de traverse, au milieu des estampes d'Utamaro, d'Hiroshige et d'Hokusai, des scènes de bordel et des paysages sous la pluie ou le clair de lune. Je lui ai seulement rendu visite une fois à New York, quand il vivait encore avec sa première femme. Je ne l'ai quasiment pas vu pendant les dernières années de sa vie. En revanche, il m'appelait ou m'écrivait de longues lettres auxquelles je répondais trop brièvement, si tant est que j'envoyais une réponse.

Je ne me voyais pas employé dans un cabinet d'architectes, penché sur les plans et les dessins d'un autre, tandis que les ans passeraient, et je me suis rendu compte que je n'étais pas assez motivé pour construire moi-même quelque chose. Du reste, il n'y avait guère de chances que je parvienne jamais à réaliser un édifice original. J'étais terrifié d'avance à l'idée des successions de concours éreintants, des déceptions, des compromis et de la jalousie des collègues. J'avais compris que les architectes sont des êtres jaloux, farouches et parfois amers, et que mes ambitions ne feraient pas le poids à côté de mon dégoût pour les sables mouvants de l'argent et de la politique dans lesquels se perdent la plupart des rêves d'un architecte. En outre, j'étais devenu père, presque par mégarde, et j'en ai eu assez de m'échiner à garder la tête hors de l'eau. Et mes rêves en sont rapidement venus à ressembler à des clichés émouvants d'un temps passé, ces photos qui ne sont pas particulièrement vieilles, mais nous émeuvent pourtant parce que l'on ne parvient pas à comprendre que l'on était jadis vêtu ou coiffé de telle ou telle façon.

J'ai commencé très tôt à collectionner les gravures anciennes et à suppléer mes maigres finances en achetant et en revendant un peu. Au fond, je n'ai fait que développer ce qui avait commencé comme une simple activité secondaire. Je me suis pris d'affection pour les estampes japonaises et je suis progressivement devenu une sorte d'expert. Des collectionneurs de l'Europe entière s'adressent à moi et, parfois, j'ai la chance de gagner assez d'argent pour ne plus avoir à m'en soucier chaque jour. Je ne me souviens plus de ce qui, à l'origine, a déclenché ma passion pour les estampes japonaises. Peut-être est-ce lié à la définition que les Japonais donnent du genre, ukiyo-e, « peinture du monde flottant ». Un aperçu de la fugacité figée dans une chose aussi résistante et rude qu'un bloc de bois.

Maintenant que j'ai commencé, je peux tout aussi bien décrire de quoi j'ai l'air. Je suis de taille moyenne, assez trapu et chauve. Mon front a commencé à se dégarnir quand je n'avais pas encore trente ans et j'ai rapidement acheté un rasoir mécanique afin de maintenir les piètres restes de mes cheveux à un minimum. En revanche, je me rase rarement, ce qui assure au moins que ma pilosité clairsemée soit répartie de manière à peu près égale. De fait, j'aurais une apparence très banale si un nez trop gros et aquilin ne pointait pas entre mes sourcils, lequel, avec mes yeux marron et mon teint mat, me donne un air exotique, sans que cela m'ait jamais conféré le moindre avantage auprès des femmes. Une trapéziste hongroise hante mon arbre généalogique ; elle a séduit mon arrière-grand-père et a fini comme épouse d'un receveur des postes.

Après avoir relu la courte missive d'Adrian, j'ai sorti la boîte à chaussures contenant ses autres lettres. En règle générale, il s'agissait de comptes rendus détaillés de ce qui lui était arrivé depuis son dernier courrier, décrivant avec qui il était sorti et ainsi de suite. Pour être tout à fait franc, je les trouvais dénuées d'intérêt. Ce n'est pas qu'il fanfaronnait, il ne faisait que partager son quotidien avec moi, un quotidien radieux, du reste. Au fond, il était touchant de voir avec quelle minutie Adrian décrivait les événements les plus insignifiants. Ses lettres ressemblaient à des compositions de sixième et, quand il parlait de sa vie, on aurait cru lire un garçon de douze ans qui raconte ses grandes vacances. Nous avions douze ans quand nous nous sommes rencontrés, et nous avons tous deux conservé ce côté gamin. Quand nous étions ensemble, il lui arrivait de se hausser du col, de faire des clins d'œil ou des grimaces.

Cependant, à dire vrai, je lisais rarement ses lettres jusqu'au bout, non pas que j'enviais son bonheur américain, mais parce qu'il m'ennuyait. Pour une raison quelconque, je les avais cachées au lieu de les lire, peut-être un tour supplémentaire de ma mauvaise conscience. Elles étaient toujours rédigées sur du papier à en-tête, il les écrivait donc apparemment au bureau. Il n'y avait pas la moindre allusion à ce qui le tracassait. Dans son avant-dernière lettre, il parlait de la maison de campagne qu'il avait achetée avec Yuki, à Martha's Vineyard. Naturellement, il fallait que ce soit là qu'il possède une résidence secondaire.

Yuki est la Japonaise qu'il a épousée après avoir rompu avec Jill. Je ne l'ai jamais rencontrée et les lettres mentionnaient seulement ce qu'ils faisaient ensemble, pas qui elle était. Je ne possède qu'une photo d'eux, une des rares photos qu'il m'a envoyées, une banale photo de touriste les montrant en train de sourire sur les bords du Grand Canyon. Il me parlait également d'Eva, la fille que Yuki avait eue de son premier mariage avec un pilote allemand. Selon Adrian, ce pilote avait sombré dans la déchéance et l'alcool après avoir terrorisé son épouse et sa fille. J'avais pensé qu'Eva avait pris la photo.

C'était curieux de regarder ce cliché. Durant les longues périodes où nous ne nous sommes pas vus, la vie d'Adrian a emprunté plusieurs fois des orientations inattendues. Ainsi, par exemple, il était là, au bord du Grand Canyon avec ce sourire que je lui connaissais si bien, aux côtés d'une femme que je n'ai jamais rencontrée. Dans la première lettre où il faisait mention d'elles, il signalait qu'Eva venait juste d'entrer à la high school, et j'en avais déduit qu'elle avait actuellement dix-huit ou dix-neuf ans. J'en avais également conclu que Yuki était un peu plus âgée qu'Adrian, même si cela ne se voit pas sur la photo. Elle est montée sur une pierre afin d'être à la même hauteur que lui. Elle tend un bras, pour se tenir en équilibre, mais elle sourit comme un enfant. Je crois qu'il aurait fait un meilleur père que moi. Dans une de ses lettres, il me racontait, non pas pour se vanter mais pour partager ce moment avec moi, qu'il avait pris trois jours de congé afin d'accompagner Eva à un concours de patinage dans le Rhode Island.

J'ai feuilleté le paquet de lettres sans en lire plus que quelques lignes à la fois. Je cherchais un indice qui aurait pu éclairer à demi-mot le passage mystérieux de son dernier courrier. Qu'était-ce donc qu'il aurait tant voulu me confier et que j'étais le seul à pouvoir comprendre ? Une fois encore, j'ai été frappé par la quantité de choses qu'il racontait, tout en parlant si peu de lui-même, de ce qu'il pensait ou de ce qu'il ressentait profondément. J'ai replacé les lettres dans la boîte à chaussures et j'ai levé les yeux sur une des estampes qui forment comme une bande dessinée couvrant le mur au-dessus de mon bureau. Je ne m'en lasse jamais et, chaque jour, je m'attache à un détail auquel je ne pense pas avoir prêté attention auparavant.

Il s'agissait d'une estampe d'Hiroshige, de la série de Tokaido. Au premier plan, il y a quelques petits hommes anonymes coiffés d'un chapeau de paille, au bord d'un escarpement ; sur le coteau, un arbre frêle étend son feuillage bas devant la mer d'un bleu glacé et la perspective sur le mont Fuji, lointain et couvert de neige. Comme toujours, les tons de la mer vont du bleu clair au bleu de Prusse, suivant cette gradation d'une extrême finesse de grain, typique des Japonais. Les personnes sont petites comme des poupées et pourraient être n'importe qui ; la vue serait la même avec les voiles carrées des bateaux de pêche, les maisons sur pilotis sur la rive en dessous de la falaise, et le mont sacré.

Adrian et moi venions de deux mondes séparés. Il me considérait comme une sorte d'artiste, même si je n'ai jamais fait preuve du moindre talent. C'est pourtant ce qu'il m'a dit lors de notre dernière rencontre. Il était en transit entre New York et Stockholm et m'a invité à déjeuner dans un restaurant coûteux. Puis nous avons bu du whisky dans mon arrière-boutique. Il avait pris de l'embonpoint, mais il était toujours très chic avec son complet italien raffiné. Il avait cette aisance évidente que possèdent seulement les gens riches et qui ont le talent de l'être. « Tu es vraiment un artiste », a-t-il dit en riant, si bien que je n'étais pas sûr du sens de ses paroles. Nous sommes restés silencieux. Il a allumé une cigarette et contemplé la fumée de ses yeux bleus et presque transparents, ce qu'il faisait souvent quand il essayait de se rappeler quelque chose. Il a ajouté qu'il aurait volontiers été moi. J'ai esquissé un sourire ironique, il a souri à son tour. Je ne savais que répondre et il n'a pas eu le temps de préciser ce qui l'intéressait tant en moi, car son taxi l'attendait dans la rue.

Je suis resté sur le trottoir, en bras de chemise même si nous étions à la mi-janvier, jusqu'à ce qu'il soit installé dans la voiture. Il m'a dévisagé. « Je le pense vraiment », a-t-il dit en souriant à nouveau, mais avec un sourire en biais et fugace cette fois, avant de fermer la portière. Il avait commencé à neiger. À travers la lunette arrière du taxi, j'ai aperçu les boucles de cheveux sur le col remonté de son manteau en poil de chameau. Peut-être est-ce le souvenir des lumières des freins trouant la neige paisible au crépuscule qui fait que cet après-midi reste si nettement gravé dans ma mémoire. Je ne pouvais pas deviner alors que cet instant allait revêtir une importance aussi grande.

J'ai continué à fixer longuement les volutes de vapeur qui s'échappaient du bec de la bouilloire avant qu'il me vienne à l'esprit d'éteindre le réchaud. J'ai pris une cuiller et versé le café en poudre dans une tasse. Là, je ne sais pas ce qui m'est arrivé car, au moment où j'ai entendu les petits grains de café lyophilisé tomber sur le fond lisse de la tasse, j'ai eu l'impression que le bruit me frappait comme autant de piqûres et que mes yeux étaient soudain pleins à ras bord. Comme deux verres de schnaps, ai-je pensé en ôtant mes lunettes. Je suis assez myope et, quand j'enlève mes lunettes, tous les contours s'estompent. C'est un peu comme si l'on prenait congé d'une réalité parfois trop envahissante.

Il n'était pas étrange que je pleure, mais pourquoi maintenant et non un peu plus tôt, voire la veille, quand j'avais appris la triste nouvelle ? La sœur d'Adrian m'avait téléphoné juste quand j'allais fermer. J'ai cru tout d'abord qu'elle appelait de Londres. Je ne l'avais pas vue depuis huit ans, lorsque je lui avais rendu visite en rentrant de New York. « C'est Ariane, a-t-elle dit, Adrian est mort. » Elle a toujours été très brusque. Elle était revenue au Danemark depuis deux ans. J'avais suivi de loin sa carrière et acheté plusieurs de ses disques. Je voyais parfois sa photo dans le journal quand elle donnait un concert en ville. Nous avions vécu presque deux ans dans la même ville sans nous croiser, sans que je le sache. Adrian ne m'en avait jamais parlé. Adrian, discret et prévenant. Elle a ajouté que, d'après ses informations, il paraissait en parfaite santé.

Et puis, brusquement, il n'était plus. Lorsqu'il est entré sur le court de squash après s'être changé, rien n'aurait pu lui laisser supposer que, une demi-heure plus tard, il se retrouverait inconscient dans une ambulance et qu'il serait mort avant de parvenir à l'hôpital. Je ne peux m'empêcher de penser à lui dans le vestiaire, à l'instant où il a pénétré sur le court, aux remarques distraites lancées à son partenaire, au premier service, aux crissements des chaussures sur le plancher, au dur claquement de la balle sur le mur, à la sueur qui pointait déjà dans le dos et sur le front. Comment la mort s'est-elle annoncée ? A-t-il noté une piqûre, un tremblement inattendu ? Peut-être sa mort n'a-t-elle été qu'une coupure brutale, une coupure qui n'était pas suivie d'une autre scène mais par le néant, si bien que le film s'enroulait en cinglant sur la spirale serrée de la bobine qui continuait à tourner sans fin ni raison.

J'ai demandé à Ariane quand aurait lieu l'enterrement. Adrian allait être incinéré le lendemain ; elle prenait l'avion dans l'après-midi. Du reste, elle était sur le point de se rendre à l'aéroport. Je me suis dit qu'elle n'avait sans doute pas changé. J'aurais dû me trouver à bord de cet avion. Peut-être s'était-elle attendu que je ferme le magasin, que j'achète une brosse à dents et que je saute dans un taxi pour la rejoindre dans la salle d'embarquement. La sonnette de la boutique a tinté, j'ai entendu des pas, puis le silence. La porte a été ouverte, puis refermée. Je n'aurais pas eu le temps. En outre, je n'aurais pas eu les moyens de partir ce mois-ci. Elle m'a dit qu'elle me rappellerait dès son retour.

Theo était allongé sur le canapé quand je suis rentré. Un bol rempli d'une demi-portion de cornflakes était posé sur la table. Il a levé les yeux de la télé et m'a lancé un regard distrait. Je n'ai pas compris son sourire rigolard avant de voir que les jambes de mon pantalon étaient toujours fichées dans mes chaussettes. Je m'étais déplacé à vélo, comme d'habitude. Et pourtant, l'habillement de Theo n'est pas exempt de ridicule, lui non plus. Theo porte toujours des vêtements trop grands. Son pantalon tient de manière si lâche autour de sa taille qu'il semble toujours sur le point de le perdre, les jambes tombent sur ses énormes chaussures comme des soufflets d'accordéon flasques, et ses godillots claquent à chaque pas car il ne les lace pas. Je me suis arrêté à la porte du salon, Theo s'est totalement replongé dans son jeu vidéo. Il a mon nez, mais, heureusement, il a hérité de la chevelure abondante de sa mère.

Theo possède seulement un souvenir confus de sa mère ; elle forme comme une ombre flottante derrière ce qu'il se rappelle. C'est une histoire compliquée. Elle n'a pas de lien immédiat avec Adrian, mais je ne peux parler de mon ami sans parler également de moi-même. Je le connaissais depuis si longtemps que nos histoires sont entremêlées et, en fin de compte, c'est bien de cet imbroglio réciproque que je me souviens. Mais, au fond, que sais-je sur moi-même ? Et sur Adrian ?

Je suis resté sur le seuil du salon et j'ai suivi les mouvements sur l'écran. Une jeune fille mince, aux yeux en forme d'amandes, avec une queue de cheval et dotée d'une agilité stupéfiante, fonçait dans un labyrinthe de murailles moisies et se forçait un passage quand Theo lui en donnait l'ordre par un mouvement de son joy-stick. Un petit gémissement électronique résonnait quand elle franchissait un mur supplémentaire à la force des bras. Elle tombait parfois nez à nez avec un tigre qu'elle abattait sur-le-champ d'une rafale de son pistolet-mitrailleur, mais je ne parvenais pas à comprendre l'objectif de sa mission. Il m'était également impossible de deviner si Theo était séduit par la poitrine généreuse enserrée dans le chemisier moulant et déboutonné, ou s'il s'identifiait complètement à sa compagne de jeu contrôlée à distance et aux aventures éreintantes qu'elle rencontrait.

J'ai entrebâillé la porte du balcon. L'appartement en face semblait vide. Je me rappelais la silhouette penchée qui faisait les cent pas comme un animal désespéré, la dernière fois que j'avais parlé à Adrian. Je me suis demandé où elle se trouvait en cet instant précis. Peut-être était-elle dans un bus à regarder les files de voitures qui sortaient de la ville, peut-être était-elle dans un supermarché, hésitant entre un poulet et une barquette de côtelettes d'agneau. La vie avait continué, naturellement, quels que fussent les événements ou la personne qui l'avaient mise hors d'elle ce soir-là. J'ai observé les contours sombres des meubles dans son appartement, derrière les reflets de la vitre. Pour une raison quelconque, j'étais certain qu'elle vivait seule. J'ai pensé à Adrian qui s'était réveillé aux côtés de Yuki; il s'était levé, rasé, avait pris un bain et un café, s'était habillé, il était monté dans sa voiture pour rejoindre le flot de véhicules qui convergeait vers le New Jersey Turnpike. Avant de partir, il avait vérifié qu'il emportait bien le sac avec ses affaires de sport et ses raquettes de squash.

Theo m'a aidé à préparer le dîner. D'habitude, il ne fait rien à moins que je ne l'exige. Mais, dans ce cas, il s'en acquitte avec mollesse et condescendance, cette condescendance des adolescents qui croient que le monde leur appartient, ce qui, à terme, sera effectivement le cas. Je ne lui avais pas parlé du coup de fil inattendu d'Ariane; il ne la connaissait pas, ni Adrian. Ils appartenaient à un chapitre de mon existence qui précédait sa venue. Tandis que je hachais le persil, je me suis rendu compte qu'Adrian m'avait écrit sa dernière lettre la veille de sa mort. Theo m'a parlé d'un match de foot qu'il voulait regarder à la télé, la Juventus de Turin contre le Bayern de Munich.

Nous avons regardé le match ensemble, il s'est endormi durant la seconde mi-temps. J'ai baissé le son et l'ai recouvert d'un plaid. Soudain, j'ai senti un picotement dans les yeux et un serrement dans la poitrine, mais je n'ai pas pleuré. Les joueurs de la Juventus se sont préparés à un coup franc. Ils se poussaient nerveusement, épaule contre épaule, les mains devant l'entrejambe, tandis que le joueur allemand courait vers le ballon. J'ai pris la lettre d'Adrian et l'ai relue. J'étais le seul qui aurait pu le comprendre. Soit, mais comprendre quoi ? J'étais celui qu'il aurait aimé être. Mais que croyait-il donc ? Je suis resté longtemps à contempler l'immeuble en face. Il n'y avait aucune lumière aux fenêtres, mais je discernais un reflet bleuâtre au plafond de l'appartement de l'inconnue.

Le lendemain, le soleil brillait, mais il y avait du vent et j'ai dit à Theo de mettre sa doudoune, persuadé qu'il allait protester. Je crois être un « père poule », même s'il m'arrive d'oublier certaines choses que les bons parents contrôlent, comme les billets pour les classes vertes et les réunions de parents d'élèves. À ma grande surprise, je n'ai pas eu besoin de le lui répéter. Il s'est arrêté sur le palier, avec son sac à dos sur une épaule et le sac contenant ses affaires de foot sur l'autre. J'étais resté sur le seuil de la porte, il m'a serré dans ses bras, et son sac à dos a glissé sur son bras. Sa doudoune bruissait dans le silence. Cela faisait longtemps qu'il avait cessé de me serrer dans ses bras. Il a relevé son sac et tendu les mains. J'avais oublié de boutonner un bouton de ma chemise, il l'a arrangé et a descendu l'escalier à pas lourds. Il vacillait sous le poids de ses fardeaux et traînait des pieds, avec son pantalon en accordéon. J'ai réussi à dire : « À bientôt », ce qui était inutile car il a disparu juste après avoir levé un pouce en l'air, sans se retourner. Son geste crâneur m'a fait sourire. Cependant, il avait remarqué un changement.

J'y pensais en arrivant à la boutique et en levant la grille. Le vent soufflait des détritus dans la rue, et le tas de courrier était tombé entre la porte et la grille. En me baissant, j'ai aperçu un gobelet en carton qui roulait sur lui-même sur le trottoir. Qu'allons-nous devenir ? me suis-je demandé en mettant à chauffer l'eau du café dans l'arrière-boutique, comme d'habitude. J'ai également songé à ma voisine d'en face qui avait regardé la télé dans son salon, comme moi.

J'avais une lettre d'un collègue de Zurich. Il m'écrivait de la part d'un collectionneur pour savoir si je possédais encore une estampe précise d'Hiroshige que je lui avais achetée huit ans plus tôt. Il avait joint une photocopie jaunie et j'ai immédiatement reconnu le motif. C'était l'une des dernières estampes de la série des *Vues célèbres d'Edo*, la dernière et la plus longue série de la main d'Hiroshige. Ce collectionneur devait être très fortuné et passablement obstiné, car, selon mon collègue, il était parvenu à réunir toutes les autres estampes de la série, dont un tiers appartenait à la première édition, rare et recherchée, où Hiroshige et ses graveurs montrent toute l'étendue des raffinements graphiques. Je m'étais empressé d'acheter cette estampe avant de prendre le temps de réfléchir. Peut-être m'étais-je souvenu de ce qu'Adrian m'avait dit à propos de l'argent : il faut se dépêcher de le dépenser tant qu'on l'a. Un point de vue typique d'Adrian. L'argent était une de ces choses dont il n'avait jamais manqué, l'argent et la chance, jusqu'à cet après-midi sur le court de squash, où sa chance s'est éteinte.

Parfois, on a l'impression que les circonstances se liguent pour vous rappeler quelque chose. Mon collègue m'offrait une somme d'un montant considérable si je parvenais à lui procurer l'estampe d'Hiroshige. Je l'avais offerte à Adrian quand je lui avais rendu visite à New York. Mais je ne savais pas si elle ferait partie de sa succession. Il ne m'était guère possible d'écrire à Yuki, que je n'avais jamais rencontrée, de me présenter comme l'ami d'Adrian et de lui demander si, par hasard, elle était en possession de mon ancien Hiroshige, et si elle était disposée à se séparer de l'estampe pour tant et tant de dollars. Soudain, le fait qu'Adrian avait trouvé une Japonaise pour remplacer Jill m'a paru être une coïncidence bizarre. Et j'ai ressenti une vague nausée. Adrian était mort, et mon souci principal semblait être de savoir comment je parviendrais à mettre la main sur une estampe qui lui avait appartenu. Nous nous étions fréquentés pendant vingt-sept ans, cependant, je n'avais jamais eu l'impression d'en savoir aussi peu sur lui que maintenant.

J'ai trouvé le motif dans un catalogue du Brooklyn Museum comprenant les reproductions de la série complète. C'est un soir d'automne dans un pavillon au bord de la mer. Le toit, les poutres et deux portes coulissantes en papier de riz encadrent la perspective sur la surface de l'eau qui semble un mur monotone, bleu foncé dans la partie inférieure, mais un bleu qui s'éclaircit graduellement vers l'horizon. La mer reflète la lumière du jour déclinante autour des voiles carrées des jonques et des mâts nus des plus grosses embarcations. Le soleil vient de se coucher, le ciel se teinte de ses ultimes scintillements et, plus haut, la pleine lune est effleurée par un vol d'oies sauvages.

De prime abord, on croit qu'il n'y a personne. La composition est dominée par le plancher vide et ses nattes vertes, là, près de la rambarde, autour d'une lampe, on voit les restes d'une fête dans un désordre soigneusement étudié : un bol, des tasses de saké, un éventail à moitié déplié. Puis, sur la droite, on découvre le dos d'un kimono qui sort de l'image et, à gauche, derrière la porte coulissante, la silhouette d'une autre femme. Des aiguilles pointent dans sa coiffure relevée et un pan de son kimono dépasse de la porte, là où elle l'a laissé tomber. La femme de droite doit être une geisha, on voit le manche d'un instrument à cordes, quant à la seconde femme, c'est sûrement une courtisane, comme l'indique sa coiffure. Elle se prépare à se donner à l'homme qui leur a tenu compagnie, buvant du saké en contemplant la lune et les bateaux sur l'eau paisible tandis qu'une des femmes jouait de la musique et chantait.

C'est la pause qu'Hiroshige a choisi de décrire, l'intervalle silencieux entre la scène qui vient de s'achever et celle qui n'est pas encore commencée.

Les deux situations sont présentes, l'une sous la forme des restes de la fête, l'autre comme une promesse suggérée de sa continuation. Il s'agit d'un instant à la fois calme et tendu qui oscille dans le vide immobile entre le souvenir et l'attente.

Ariane m'a appelé jeudi matin, quand Theo était parti. Elle était tranchante, comme toujours, mais j'ai reconnu toutes les nuances de son intonation. Sa voix possède un timbre exigeant et soigné, mais aussi une chaleur sensuelle et facétieuse qui donnent à la conversation une atmosphère d'intimité, même s'il s'agit simplement de décider du lieu d'un rendez-vous. Elle a proposé un restaurant fort coûteux ; elle invitait. J'ai noté un léger énervement dans ses paroles. J'aurais pu répliquer que je devais m'occuper de ma boutique, mais je me suis abstenu.

Pendant notre discussion, j'ai aperçu la femme de l'appartement d'en face. Elle est sortie de l'immeuble et s'est arrêtée sur le trottoir, inspectant nerveusement la rue. Puis elle a eu l'air de se résigner, ses épaules se sont affaissées et elle a enfoncé les mains dans les poches de son manteau ouvert. Elle a levé la tête vers le ciel, peut-être pour voir un avion ou un oiseau, peut-être pour regarder seulement les nuages monotones. Je ne discernais rien dans ses traits, c'était un visage parfaitement banal, inexpressif et seule son immobilité avait quelque chose de singulier, tourné ainsi vers les nuages, un peu à la manière des enfants qui restent bouche bée. Quand j'ai regardé une nouvelle fois par la fenêtre, elle avait disparu.

Pas un seul client n'était entré dans la boutique quand j'ai fermé la grille, vers midi, et j'ai souri en voyant la notice que j'avais scotchée sur la vitre : « Fermé pour le reste de la journée ». Cela ne ferait pas de grande différence. Je dois admettre que j'étais un peu nerveux. Je n'avais pas vu Ariane pendant huit ans, et je n'étais pas certain de l'effet qu'aurait sur moi le fait de la revoir.

Elle s'était fait couper les cheveux et cela lui allait bien, même si ses longs cheveux blonds avaient constitué l'un de ses atouts évidents. Cette nouvelle coiffure rehaussait ses traits mûrs et affûtés, cependant, je l'ai reconnue sur-le-champ. En revanche, il s'est écoulé quelques secondes avant qu'elle comprenne que c'était bien moi, ce monsieur chauve qui pénétrait dans le restaurant et croisait son regard désorienté. Autrefois, j'avais plus de poils sur le caillou. J'ai écarté les bras, en un geste qui exprimait certainement un regret, une excuse pour ma personne, ou au moins pour mon crâne dénudé. Elle a affiché ce sourire que je lui connais si bien, un sourire de connivence qui, sans raison valable, vous donne du courage. Elle portait un tailleur noir, elle était aussi grande et mince que jadis, juste un peu plus anguleuse, avec les pommettes et les poignets qui saillaient plus nettement sous la peau. Je me suis excusé de mon retard. Elle a cligné les yeux et m'a demandé si j'avais une cigarette.

L'enterrement avait été simple. Le lendemain, Yuki était partie à Tokyo, dans sa famille. Eva était restée à New York, pour ses études. Ariane a parlé de la veuve et de la belle-fille de son frère d'un ton neutre et distancié. Quand je lui ai demandé si elle les connaissait bien, elle a haussé les épaules. Elle n'avait guère vu Adrian au cours de ces deux dernières années. Depuis son retour de Londres, elle avait eu fort à faire pour s'établir et s'installer à nouveau. Elle a souri. Oui, elle avait divorcé. Elle avait obtenu un poste de professeur au Conservatoire. Soudain, elle s'est tue, regardant fixement le mur, tandis que les larmes lui montaient aux yeux. Elle ne les a pas essuyées, restant sans dire un mot, et les larmes ont glissé lentement sur la poudre quasi poussiéreuse de ses joues. C'était comme si la réalité ne surgissait que dans les silences, une réalité dont Adrian était absent.

J'ai hésité avant de lui parler de la dernière lettre qu'il m'avait envoyée. Elle n'avait pas la moindre idée de ce qui avait pu le tarauder ainsi. Elle a ajouté que cela ne lui ressemblait pas de ruminer sur l'existence. Je lui ai demandé si Yuki ou Eva avaient mentionné quelque chose qui nous donnerait une idée. Ariane a pris un morceau de pain et a brisé la croûte entre ses doigts. Ce n'était pas un suicide, Adrian était mort de stress. Cela arrivait quand on s'y attendait le moins, et elle connaissait plusieurs cas semblables, des gens de notre âge. Quand elle a dit ces mots, je me suis rappelé que les quatre ans qui nous séparaient avaient autrefois paru un abîme infranchissable. C'est avec l'âge que l'on appartient à la même génération.

Après le déjeuner, nous sommes sortis de la ville pour faire une promenade en voiture. De temps en temps, Ariane me lançait des regards et souriait, comme si le fait de nous retrouver lui semblait étrange, à elle aussi. Nous avons traversé la banlieue nord et continué le long de la côte avec ses villas de style romantique, là où habitent les riches, là où se trouvait la maison d'enfance d'Ariane et d'Adrian, ou ce qui était censé être un foyer. Elle m'a demandé ce qu'il y avait de neuf, comme si quelques semaines à peine s'étaient écoulées depuis notre dernière rencontre. Tandis qu'elle affichait son sourire malicieux, je me suis demandé si j'étais encore attiré par elle. En tout cas, il y avait bien des instants où je ne pouvais discerner entre mon désir d'autrefois et le souvenir que j'avais de celui-ci.

Elle s'est garée au bout de la plaine d'Eremitage qui monte vers le petit château baroque, d'où l'on a vue sur le Sund et la côte suédoise. Le soleil avait fait son apparition ; l'automne était doré et acajou. Nous avons grimpé le chemin entre les vieux chênes, des joggeurs aux tenues couleur fluo nous ont dépassés, puis des cavaliers au petit trot. Les chevaux de belle prestance, le château et les chênes tourmentés avaient l'air de vouloir imiter leurs semblables des tailles-douces et des chromolithographies que je vends également dans ma boutique ; des scènes de chasse et des perspectives ennuyeuses, mais fort demandées. Bien des gens aiment à avoir chez eux, accroché au mur, un relent de l'ambiance aristocratique et pastorale qui forme comme un contrepoids stable au tourbillon d'images satellites qui défilent sur l'écran de leur télé.

Moi, je regarde seulement la télé avec Theo et parce que, malgré tout, nous sommes ensemble tant que le poste est allumé. Il est déjà très occupé à vivre sa vie, avec ma bénédiction, même s'il ne semble guère prendre la peine de l'entendre. Quand il part pour ses sorties en ville, il me laisse dans un silence assourdissant. Mais je me dis que tout cela est positif. En prime, j'ai recouvré ma liberté, mais que vais-je en faire ? Cela prend du temps de se déshabituer du bienheureux train-train des obligations.

Ariane m'a souri quand je lui ai parlé de Theo. Elle a paru intéressée, même si elle n'a pas d'enfants. Elle portait un manteau en cuir vert foncé et moi, à côté de cette grande femme bien habillée, je racontais des balivernes, comme toujours, désormais plus voûté et chauve, les mains enfoncées dans les poches de mon manteau en coton défraîchi. Nous sommes allés au château et à la plaine de l'autre côté ; les cerfs regardaient les promeneurs d'un air tendu, difficiles à discerner parmi les troncs et les broussailles gris-brun. Les bois des cerfs m'ont fait penser à la forme pointue des feuilles de chêne.

Ariane était toujours attirante, mais elle avait désormais un je-ne-sais-quoi de paisible. Cependant, son pouvoir de séduction était devenu un peu abstrait et elle donnait l'air d'en être consciente. Avec son élégance froide et flâneuse, elle ranimait le moindre reste de ma vieille envie de la caresser. Nous étions venus dans cet endroit, un jour d'automne, il y avait longtemps. Nous avions fait l'amour quelque part dans les fourrés, acte très inconfortable mais fort excitant. Je me souvenais des fourmis qui s'étaient faufilées dans mon caleçon et j'ai eu envie de partager ce trésor érotique avec Ariane, mais ce n'était pas le moment idoine.

Elle a parlé d'elle-même, ce qu'elle a toujours fait. Nous avons évité de mentionner le chagrin causé par la mort d'Adrian, que ce fût là une décision consciente ou que nous ayons simplement changé de disposition d'esprit après avoir marché en silence. Le chagrin constituait une alternative à ce qui, sinon, aurait pu combler le vide entre nous, non pas une couleur prédominante qui s'infiltrait dans tout le reste, mais je sais pourtant, avec toute la lucidité qu'il m'est possible de mobiliser, qu'elle n'a jamais éprouvé pour quiconque ce qu'elle ressentait à l'égard de son petit frère insouciant.

Tout n'avait pas marché comme nous nous y étions attendus, c'est du moins ce que j'ai compris tandis que nous marchions le long de la lisière de la forêt mordorée et moussue. Même si, par loyauté, Adrian avait exagéré ses espoirs au sujet de l'avenir d'Ariane en tant que concertiste, à l'époque, il était entendu que de grandes choses l'attendaient. On n'avait pas manqué de lui inculquer des ambitions considérables, et disons qu'elle ne se mouchait pas du pied, mais, avec le temps, il s'était révélé que son talent était à la mesure des espérances. Lorsqu'elle avait été admise au conservatoire de Londres, cela faisait déjà longtemps que l'on murmurait les mots « enfant prodige » et « ange du piano » dans les salons chics du nord de la ville. Les premiers concerts d'Ariane avaient été un long tourbillon d'ovations et de critiques enthousiastes qui parlaient en langues comme des chrétiens charismatiques. Quand elle avait épousé un célèbre chef d'orchestre peu après un récital au Musikverein de Vienne, même moi j'avais été forcé d'admettre qu'elle était destinée à un avenir hors du commun. Cependant, les choses devaient en rester là.

Certes, il y avait eu quelques disques, de petites tournées en Écosse et en Scandinavie, des concerts de musique de chambre çà et là, mais la grande percée n'avait été suivie que par la stagnation. Elle n'avait pas à se plaindre, on l'employait, on faisait appel à elle, mais elle avait dû finir par voir la vérité en face : la Ligue des Champions était restée hors de sa portée et elle était descendue de la première à la deuxième division. Peut-être cette dernière avait-elle toujours été sa vraie place, et une relégation en troisième division constituait la perspective la plus probable. Voilà ce qui l'attendait quand elle était rentrée au Danemark, après son divorce : une existence un peu engourdie mais absolument honorable, faite d'une perpétuelle tournée en province, de gymnases en salles communales. Au lieu de cela, elle avait cherché un poste de professeur au conservatoire de Copenhague et l'avait obtenu, ce qui représentait en soi une consécration et une réussite professionnelle que beaucoup lui enviaient, mais n'était pas vraiment ce dont elle avait rêvé autrefois.

Que s'était-il passé ? Était-ce son mariage raté avec une star reconnue et bien plus âgée qu'elle, dont l'ego était un cran plus grand et brutal que le sien ? Était-elle un exemple supplémentaire de ces destins de femmes, où la démesure du talent est dépassée par les nécessités inexorables de l'œstrogène, et ses besoins de construction d'un nid, de sécurité et d'amour, surtout d'amour ? Ou bien chaque talent titanesque comprenait-il déjà dans l'œuf son apogée potentiel, sa courbe prescrite ? Telle hauteur, telle altitude, mais pas plus haut.

Je lui ai demandé comment s'était déroulé l'enterrement d'Adrian. Elle a regardé l'allée cavalière et les crottins de chevaux avec des brins de paille mal digérés. Nous longions l'orée du bois, un cheval s'est ébroué en passant près de nous. Le bruit était caverneux et profond, et j'avais l'impression de pouvoir entendre le moindre grain de terre écrasé par ses sabots. Yuki, Eva et elle étaient restées dans la cuisine avant de se rendre à la chapelle. Elles n'avaient pas vraiment su quoi se dire, car elles se connaissaient mal. Adrian et la Japonaise silencieuse s'étaient mariés soudainement. Ariane ne l'avait pas rencontrée avant que le mariage ne soit un fait accompli et Adrian avait toujours été là pour véhiculer l'impression que sa sœur et la nouvelle femme de sa vie étaient liées. J'ai senti dans les silences d'Ariane une réprobation voilée, voire un conflit, mais je n'ai pas insisté.

Elle ne s'était jamais retrouvée seule en compagnie de Yuki, et elle rencontrait sa fille pour la première fois. La télé était allumée à son arrivée et, visiblement, personne n'avait pensé à éteindre le poste. Elles avaient regardé la présentatrice gesticulante qui annonçait quel temps il ferait le lendemain dans le grand pays. Eva était sortie dans le jardin tandis que Yuki préparait le déjeuner. Ariane s'était interrogée sur son sang-froid et son silence. Son silence paraissait plus hostile que lié au deuil, mais peut-être s'était-elle retranchée au fond d'elle-même. Ariane l'a décrite comme un être étrange et impénétrable. Yuki avait décidé de vendre les deux maisons et chargé un avocat de liquider les affaires d'Adrian. Ariane lui avait demandé combien de temps elle comptait rester à Tokyo. L'autre femme l'avait dévisagée d'un air inexpressif. Pour toujours, peut-être. Elles avaient regardé Eva qui s'était allongée sous un bouleau. Eva était restée longtemps dans l'herbe à contempler le ciel. Puis elle s'était repliée sur elle-même, secouée par une crise de larmes. Sa mère n'avait pas bougé. Les deux femmes étaient restées ainsi, dans le dos l'une de l'autre, à observer la jeune fille à travers la porte moustiquaire.

Eva avait été incapable de maîtriser ses sanglots dans la voiture, puis dans la chapelle. Ariane avait été frappée par le contraste saisissant entre le calme de la mère et le violent chagrin de la fille. Le lendemain de l'enterrement, elle avait pris le train pour New York avec Eva. Eva s'était remise à pleurer, et les passagers les avaient lorgnées avec curiosité. Ariane avait posé un bras sur les épaules d'Eva et, à partir du tunnel sous l'Hudson, celle-ci s'était accrochée à la sœur inconnue de son beau-père durant tout le trajet jusqu'à Penn Station. Ariane l'avait invitée à déjeuner, mais Eva avait répondu qu'elle préférait rester seule, et elle avait disparu dans la foule de la Seventh Avenue. Ariane avait juste eu le temps de lui dire qu'elle était la bienvenue à Copenhague, mais elle n'était pas certaine que la jeune fille l'avait entendue.

Nous sommes revenus en ville par Strandvejen. À l'époque, Adrian et moi empruntions à vélo le chemin pavé entre la route et la mer. Puis nous sommes passés à côté de la statue de Knud Rasmussen. Il était toujours là à contempler l'Øresund, tournant le dos aux voitures, large et lourd comme un ours polaire dans son anorak de granit. Comme toujours, le bonnet était enfoncé sur son crâne, un de ses bras était levé et la moufle de pierre lui protégeait les yeux, comme si la surface luisante du Sund était l'océan Arctique et la bande de terre de l'autre côté non la Suède mais l'ultime isthme du Canada. J'ai raconté à Ariane à quel point la silhouette de l'explorateur m'avait jadis paru sinistre et menaçante, comme si elle recelait tout le froid et le vide infini de la nuit polaire. Elle a souri et j'ai ajouté que, maintenant, je le trouvais touchant, parce qu'il restait debout si courageusement, endurant les mouettes qui lui chiaient sur le bonnet, fidèle à l'appel de l'inconnu qui attendait d'être entendu par celui qui avait assez de cœur et de cran.

Elle a souri une nouvelle fois, ce même sourire amusé, indulgent ou fatigué qui pointait autrefois, quand je me mettais à inventer des histoires. Peut-être était-ce ce côté qui, à un moment, l'avait attirée, cette inclination à entrer dans des détails et à broder à leur sujet. Plus tard, je me suis demandé si je ne m'étais pas englué dans mon amour des chimères. Peut-être tout cela n'avait-il été que le fruit de mon imagination, une exagération de l'importance des détails. J'ai cessé d'y songer depuis longtemps, si longtemps même que nos retrouvailles ne m'ont pas semblé être une raison suffisante pour remettre la question sur le tapis. Dans l'intervalle, nous avions passé le temps à réfléchir sur d'autres mystères.

Peut-être est-ce pour cela que nous avons gardé le silence dans la voiture. Ces dernières années, Adrian avait commencé à disparaître de ma vie. Certes, il m'avait écrit, par habitude ou par devoir, poussé par un remords identique à celui qui m'avait titillé, parce que je me donnais si rarement la peine de répondre à ses lettres. Il était très significatif que je n'aie jamais rencontré Yuki, et cela me pesait, oui, intérieurement, je me sentais lourd comme de la pierre. J'avais oublié que l'on n'éprouve pas seulement des sentiments, mais que les pensées peuvent également faire mal. Cela me faisait mal de penser à Adrian qui m'avait écrit sa dernière lettre car il pensait que j'étais le seul à pouvoir le comprendre. Cela me faisait de la peine d'être obligé d'admettre que, en réalité, il n'avait personne à qui se confier. J'ai repensé à notre dernière rencontre, en ce jour d'hiver où il s'était installé dans le fauteuil de mon arrière-boutique, faisant tinter les glaçons dans son verre de whisky, et où, de son ton joueur, il m'avait dit qu'il aurait aimé être moi. Il ne savait pas de quoi il parlait, et il n'en avait jamais rien su.

Tandis qu'Adrian et moi nous éloignions l'un de l'autre, cela faisait longtemps qu'Ariane avait totalement disparu. Deux ans s'étaient écoulés depuis son retour de Londres et, durant tout ce temps, je ne m'étais pas douté que nous vivions dans la même ville. En traversant Dyrehaven, le jardin zoologique, nous avions parlé de nous-mêmes, mais de manière sommaire, dans le style des manchettes et des réclames. Le reste était de la vie vécue, privée et qui ne regardait pas l'autre. Il ne lui était pas venu à l'esprit de prendre contact avec moi après son retour. Nous étions depuis longtemps devenus des étrangers l'un pour l'autre, et il y a des limites à ce qu'un être mort puisse réunir des gens, simplement parce qu'ils se sont connus autrefois. Je me suis préparé à embrasser sa joue poudrée et à dire que nous devrions nous revoir bientôt, ce sur quoi j'allais claquer la porte de la voiture, faire un signe de la main, tourner le dos et laisser passer huit ans de plus.

J'ai donc été surpris quand, alors que nous passions le Danmarks Akvarium, elle m'a demandé si j'avais envie d'y entrer. Je l'ai dévisagée. Des poissons ? ai-je demandé bêtement, déclenchant un sourire. Pourquoi pas ? Elle n'y était pas allée depuis cent ans. J'ai répondu que moi non plus, et c'était presque exact, car vingt-cinq ans peuvent paraître aussi longs. Pour je ne sais quelle raison, je n'ai jamais emmené Theo à l'aquarium, et maintenant, c'est trop tard. Quand on a treize ans, on ne s'intéresse pas aux poissons, me suis-je dit tandis que nous nous approchions de l'immeuble blanc et fonctionnaliste. L'endroit n'avait pas changé, il y avait toujours ce gros globe sur le côté de l'escalier, avec les continents en relief granuleux.

Là, nous avons déambulé parmi les bancs de poissons bariolés, tels les spectateurs d'un carnaval lent et silencieux. Il était impossible que ce fussent les mêmes poissons, et pourtant, je les reconnaissais. Rien n'avait changé en ces lieux et j'ai eu l'impression de plonger profondément sous la surface du temps. Nous étions venus avec l'école, et je me souvenais comment Adrian avait fait rire tout le monde en disant que l'on allumerait sûrement une ampoule si on la fichait dans la bouche d'une anguille électrique. Soudain, j'entendais sa voix avant qu'elle ne mue, son ton clair mais puissant qui semblait cogner dans la gorge, comme s'il n'y avait pas assez de place dans son cou pour autant de bruit. Ariane m'a précédé parmi les vitrines éclairées qui ressemblaient à de gigantesques écrans de télévision retransmettant en direct du monde des océans. Elle se déplaçait dans les salles aussi calmement que s'il s'agissait d'eau, avec des soubresauts glissants sur le côté chaque fois qu'elle s'approchait d'un aquarium, comme si elle imitait les modifications de rythme des poissons quand ils cambrent la queue, changent de direction et continuent à nager dans l'eau verte.

Devant ces images vivantes et sous-marines, le temps s'était arrêté. Le profil d'Ariane était le même, avec ses pommettes hautes qui semblaient dessiner chacune un point d'interrogation, le menton triangulaire, le nez et la saillie fendue des lèvres. Nous nous sommes assis sur un banc pour observer la tortue solitaire qui oscillait entre le fond de sable et le miroir argenté au-dessus. Ariane m'a pris la main, la sienne était étonnamment chaude. J'ai regardé les bulles qui grimpaient le long de l'épaisse paroi de verre, dans un coin de l'aquarium, tourbillonnant de gauche à droite en grappes et en filaments sinueux, comme une plante de lumière.

C'est seulement quand elle a reniflé, en respirant par le nez, que j'ai compris qu'elle pleurait. J'ai reconnu la forme de sa main, la longueur de ses doigts et les arêtes inhabituelles de ses articulations. La tortue de mer aussi me semblait familière, et s'il est exact qu'elles vivent aussi longtemps qu'on le prétend, il n'était pas impensable que ce soit la même que j'avais vue avec Adrian, quand nous étions des jeunes garçons. La tortue était grise sous la lumière artificielle, grise comme du granit, et, quand elle a bougé une de ses moufles d'écaille, j'ai pensé à Knud Rasmussen.

Tant l'explorateur que la tortue avaient passé tous ces ans au même endroit. L'un était resté à contempler l'Øresund, là où le ferry d'Oslo attrape chaque soir les ultimes rayons du soleil, tandis que l'autre nageait dans son studio avec vue sur les ombres fugaces des visiteurs. Entre-temps, Adrian et moi étions devenus adultes, et chacun était parti dans une direction, séparé de l'autre par un océan. J'ai baissé les yeux sur la main d'Ariane dans le reflet verdâtre. J'ai songé à Adrian, puis à la tortue et à Knud Rasmussen. Je n'arrivais pas à savoir lequel des deux avait le sort le plus triste. Était-ce de végéter sous sa carapace de corne, à la fois protégé et enfermé, ou de guetter, déconfit, ses chiens de traîneau enfuis et les navires qui passaient ?

Je me suis rappelé la lassitude que j'avais ressentie, enfant, lorsque nous étions sortis de la pénombre des salles, clignant des yeux en retrouvant la lumière du jour dans le foyer. C'était la même tristesse terne que nous éprouvions quand nous sortions du cinéma de banlieue, après la séance de l'après-midi, et qu'il nous fallait à nouveau nous résigner au quotidien prévisible et raisonnable. Je me suis arrêté devant l'une des vitrines de la boutique pour regarder les souvenirs. Il était encore possible d'acheter ces hippocampes séchés, montés sur une aiguille de sûreté, et destinés à faire office de broche. J'en ai acheté un pour Ariane.

Elle était déjà sortie et je l'ai rattrapée sur le parking ; elle a pris le petit sac en papier en faisant une petite révérence espiègle de la tête, ce qui est sa manière de montrer sa surprise. Elle a contemplé le corps strié et sans poids posé sur sa main, tel un point d'interrogation aux yeux noirs. Puis elle m'a hâtivement embrassé sur la joue, heureuse. Je me suis un peu raidi quand elle a posé la main sur mon épaule. C'était presque excessif. Il ne s'agissait tout de même que d'un hippocampe.

Elle devait donner un concert le soir même. Avais-je envie de l'entendre ? Il m'aurait été difficile de dire non, car je n'avais rien de prévu. Ariane m'a demandé si je voulais rentrer chez moi avant le concert, elle pourrait passer me prendre plus tard. J'ai regardé ma montre, cela n'en valait pas la peine. Nous nous sommes arrêtés à une pizzeria en revenant en ville et, tandis que nous attendions dans la gargote graisseuse, j'ai été à nouveau frappé par le côté étrange et maladroit de nos retrouvailles après tant d'années. Ariane habitait au dernier étage d'un immeuble en coin, au sud de la gare centrale. L'appartement donnait l'impression qu'elle venait juste d'emménager, les murs étaient nus et les pièces à moitié vides. L'une d'elles comprenait une pile de cartons qui n'avaient pas encore été vidés. Elle n'avait certainement jamais imaginé qu'elle vivrait dans un endroit comme celui-ci. Nous avons mangé la pizza dans la cuisine. La vaisselle de la veille n'avait pas été faite. La conversation roulait mieux désormais,

mais plus nous devisions, plus il était manifeste que nous n'avions pas encore parlé de nous-mêmes. Et j'étais incapable de savoir s'il était trop tôt, ou beaucoup trop tard.

Elle m'a raconté sa dernière rencontre avec Adrian, six mois auparavant. Elle était restée seulement deux jours à New York. Elle s'était produite, en compagnie d'un acteur, devant plusieurs associations d'émigrants danois. L'acteur avait déclamé des textes d'Andersen, elle avait joué de petits morceaux de Kuhlau et de Gade, de la musique légère. Elle a affiché son sourire ironique, pour bien me faire comprendre que, à ses yeux, il n'y avait pas de quoi se vanter. Elle avait appelé Adrian à son bureau et il avait proposé de venir la chercher à son hôtel. Elle n'avait pas eu envie d'aller dîner dans sa villa de banlieue et d'être obligée d'y passer la nuit si elle ratait le dernier train pour rentrer à New York. Ils s'étaient donné rendez-vous dans un restaurant de SoHo. Elle avait senti qu'il était froissé.

Sa précédente visite, l'année d'avant, avait été pénible et embarrassante. Elle n'avait pas compris ce qui se passait entre Adrian et Yuki. Yuki était restée tellement silencieuse et renfermée qu'Ariane avait trouvé cela presque insultant. Yuki critiquait Adrian pour des broutilles, elle exigeait qu'il fasse ceci ou cela, et il cédait sur tout. Il se mettait en quatre, témoignant des égards excessifs envers son épouse maussade et ronchonneuse. Oui, il était presque servile, comme si tout ce qu'il faisait était un acompte sur une dette sans fin. Ariane a marqué une pause et m'a lancé un regard hésitant. Quand elle a repris la parole, son ton était différent, plus mesuré. Résigné, me suis-je dit.

Adrian s'était montré d'humeur radieuse, ce soir-là, mais elle le connaissait bien. À cet instant, Ariane m'a dévisagé. Parfois, elle avait eu l'impression de le comprendre mieux que lui-même. Et sa gaieté, ce soir-là... Ariane a écarté un bout de croûte de la pizza sur le bord de son assiette. Cela l'avait agacé, et elle en avait seulement compris la raison pendant le plat principal. Il avait été badin et drôle, comme toujours, il avait parlé de tout et de rien, mais elle avait bien vu que ce n'était qu'une façade, elle avait bien entendu qu'il se forçait. Et elle devait admettre que les efforts de son frère l'avaient mortifiée. Elle lui avait demandé ce qui le tracassait, et il l'avait regardée en haussant les sourcils, avec l'air surpris de celui qui cherche à protester de son innocence. Comme lorsqu'il avait douze ans et qu'il avait tenté de faire croire à leur mère qu'il n'avait pas chipé de l'argent dans son porte-monnaie. Je savais exactement quelle tête il avait faite.

Ils étaient restés muets, sirotant leur vin. Elle avait senti à quel point il était blessé et inquiet quand il avait fini par lever les yeux, avec un sourire assuré, et lui avait demandé ce qu'elle avait contre Yuki. Il était impossible de biaiser, et Ariane avait dit le fond de sa pensée. Sa réponse brève et carrée avait sonné d'une manière épouvantable, et fausse d'ailleurs, mais, à son avis, leur mariage était une erreur. Une fois lancée, elle avait été incapable de s'arrêter.

Ce n'était pas qu'elle avait quelque chose contre Yuki. Elles s'étaient rencontrées quatre ou cinq fois seulement, et n'avaient jamais échangé autre chose que des remarques polies. Mais il ne l'aimait pas. Il confondait sa compassion avec de l'amour. Il l'avait épousée par pitié et parce qu'elle s'était trouvée là, disponible et exposée après avoir plaqué le pilote ivrogne. Il l'avait prise sous son aile et s'imaginait que son geste était une conquête résolue et masculine. Mais, de fait, Yuki s'était littéralement jetée à ses pieds, ce soir où il dînait dans le restaurant japonais très chic où elle était serveuse et, où, durant un dîner d'affaires, il s'était épris de sa mélancolie orientale. Ariane avait également demandé s'il ne s'était pas étonné de ce que Yuki était allée si vite en besogne. En effet, malgré tout son tact et sa retenue japonaise, elle lui avait téléphoné dès le lendemain, après qu'il lui eut glissé sa carte de visite.

En quelques minutes, j'en ai appris beaucoup sur cette petite femme qui était montée sur une pierre pour être à la même hauteur qu'Adrian, sur la photo de vacances du Grand Canyon. Mais en ai-je vraiment appris davantage que ce que j'avais pu discerner dans les lettres d'Adrian ? Yuki n'en est devenue que plus indistincte et mystérieuse, de même que la motivation d'Adrian. Ariane avait presque souhaité que son frère se défende, qu'il contre-attaque, et il y avait eu un instant pendant lequel elle avait su ce qu'il pensait et ce qu'il allait dire. Il aurait pu mentionner son mariage raté avec le chef d'orchestre et lui demander si elle ne mêlait pas sa propre déception avec l'idée qu'elle se faisait de sa vie à lui. Mais il n'en avait rien fait. Non, il l'avait longuement dévisagée d'un regard doux et peiné, et elle avait immédiatement eu des remords et s'était excusée.

Il lui avait expliqué ce que Yuki lui avait appris, ce qu'elle lui avait donné, et combien sa vie formait un tout désormais. Oui, il avait utilisé ces mots. Il avait parlé d'Eva, du fait qu'il s'était progressivement senti comme son père. Il avait ajouté que l'amour était avant tout une question de savoir ce que l'on avait à donner. Ariane m'a regardé fixement. « Adrian avait raison, naturellement », a-t-elle ajouté avec un sourire ironique. Cependant, elle avait failli vomir ! Là, c'est moi qui me suis mis à sourire, tandis que son sourire à elle s'évanouissait. Elle a jeté un coup d'œil au reste de la pizza qui semblait déjà condamné à rejoindre le fond d'une poubelle. J'ai répondu qu'elle s'était peut-être trompée dans son jugement. Peut-être Adrian était-il mort heureux.

Elle m'a regardé à nouveau et dit qu'elle avait besoin de s'allonger un moment. Elle se reposait toujours avant de donner un concert. Je n'avais qu'à me servir, a-t-elle ajouté en désignant une table roulante avec des bouteilles dans le salon. Puis elle est sortie en me donnant au passage une légère caresse dans le dos. Je me suis versé un whisky, j'ai enlevé mes chaussures et je suis retourné dans la cuisine, sur la pointe des pieds, à la recherche d'un cendrier. En repassant dans le couloir, j'ai entendu, par la porte de la chambre entrebâillée, les ressorts du matelas couiner doucement sous son poids.

Son piano à queue était placé dans un bow-window du salon. Excepté le piano, la pièce était vide. Elle donnait sur des voies de triage et des dépôts et, de l'autre côté de la passe du port, on discernait les usines désaffectées. En me penchant, je voyais les toits de Kødbyen, les abattoirs qui s'étendaient entre la fosse ouverte et le quartier de mon enfance. Ce dernier n'a guère changé. Certes, il y a davantage de boutiques exotiques, de femmes voilées et d'hommes portant moustache noire et petit bonnet, mais les devantures des sex-shops exhibent toujours le même ramassis couleur chair de godemichés et autres instruments caoutchouteux, et les mêmes photos de corps en extase.

Je me suis assis sur le tabouret et j'ai posé mon verre et le cendrier sur le couvercle fermé du piano. Le soleil couchant se reflétait sur la laque noire comme des flammes jaunes et diffuses, elles-mêmes reflets de reflets. Les rayons du soleil déclinant tombaient sur les cailloutis et les rails rouillés qui ressemblaient à un écheveau de fils d'argent. Derrière le port, les murs de la Sojakagefabrikk flamboyaient comme une lampe à signaux lointaine. À l'est, le ciel était déjà si noir que je distinguais les éclats des feux des avions qui tournaient au-dessus de l'aéroport. Il m'a semblé entendre Ariane soupirer dans son sommeil.

Pour la première fois de ma vie, j'aurais aimé croire que l'âme survivait au corps. Il était déjà loin, mon ami. J'aurais aimé croire que lui, au moins, pouvait me voir quand je ne le pouvais plus, que son âme invisible se trouvait quelque part, parmi les ombres bleuâtres du salon, et qu'il me regardait, avec mon whisky et ma cigarette, assis au piano d'Ariane, en chaussettes, comme si j'étais chez moi.

J'ai pensé à Eva, que je n'avais jamais rencontrée. Eva, cette jeune fille qui avait pleuré sous un arbre dans le New Jersey, un bouleau aux petites feuilles tremblotantes, peut-être déjà jaunies sur les bords. Si Adrian menaçait de s'estomper, c'était avant tout parce que je me souvenais de lui à l'époque où je me sentais tellement proche de lui, lorsque nous n'étions encore que des gamins. Et si jamais il me voyait, s'il parvenait à me discerner malgré l'intervalle brumeux des ans, c'était parce que j'essayais de me remémorer celui que j'avais été.

Les rayons de soleil horizontaux se sont éteints l'un après l'autre, et les ombres des immeubles se sont fondues dans l'obscurité qui enveloppait la fosse ouverte de la gare. J'ai tenté de me concentrer sur le visage radieux d'Adrian comme s'il allait, sinon, disparaître à jamais. Tandis qu'Ariane se reposait et que l'ultime éclat du soleil se consumait sur les usines distantes, j'ai essayé de croiser le regard d'Adrian, sur l'autre rive des ans, entre notre enfance et l'instant de sa mort. Je dois me dépêcher, ai-je pensé, je dois me dépêcher avant qu'il ne me perde de vue totalement.

2

Sa chaussette a glissé sur la cheville, elle est en « tire-bouchon », comme on disait autrefois. Cela fait longtemps que je n'ai pas entendu cette expression. Ses genoux sont noirs de boue. Je me rappelle la sensation rugueuse et poussiéreuse de terre séchée qui colle à la peau des rotules, même s'il ne s'agit pas de mes genoux, mais de ceux d'Adrian. Les bouts de ses tennis sont également salis par la poussière et l'herbe. On aurait reconnu la couleur verte, presque identique à celle de sa veste en laine, lâche, grise et si grande qu'elle dissimule les poches de sa culotte courte gris clair, laquelle, en réalité, était kaki.

Mais comme les couleurs sont absentes, l'image me rappelle d'autant plus ce qu'est une photo : une empreinte de la lumière, telle qu'elle se reflète sur la peau, la laine, la terre, l'asphalte et l'écorce. Les silhouettes des corps et du lieu impriment leur marque sur l'émulsion du film lorsque les lamelles de l'obturateur s'écartent et se rejoignent derrière l'œil de verre de l'appareil, telle une rose de fin acier noir et mat. Les lamelles s'ouvrent pour le soleil et se referment pour la nuit, comme si ce bref instant était un jour. J'ai oublié ce qui s'est passé ce jour-là, il ne reste que ces contours de grains noirs et gris, et c'est comme de regarder une radiographie des entrailles du temps.

Ce doit être fin août, voire début septembre, un matin, car la lumière du soleil est encore oblique. L'année scolaire vient de commencer ; je suis nouveau et ne connais personne. On a regroupé la classe en deux rangées sous les châtaigniers de la cour, la première rangée est assise sur des chaises prises dans la classe. Adrian est à l'extrême droite, légèrement penché, la tête un peu baissée, comme s'il allait bouger. Ses cheveux blonds ébouriffés paraissent presque blancs dans le soleil vif. Il cligne les yeux avec un sourire madré, comme s'il savait ce qui allait bientôt se passer et ne pouvait guère attendre de voir nos têtes stupéfaites.

Je reconnais les autres, mais me rappelle peu de noms. Je n'ai pas la moindre idée de ce que la vie a réservé à ces jeunes gens souriants, aux cheveux coupés court ou en queue de cheval, crâneurs ou timides, certains portant des appareils où les croûtes de pain noir venaient à se coincer. Les garçons sont vêtus de chandails ou d'anoraks avec une poche sur le ventre, les filles de jupes plissées ou de culottes de cheval bleues avec des sous-pieds. Même si Adrian et moi ne sommes pas encore amis, même si nous ne nous regardons pas, mais fixons le photographe, il me semble que nos regards transpercent les visages des autres pour se rejoindre sous le verre couleur lilas de l'objectif.

Je suis sous le feuillage des châtaigniers, cependant, le soleil m'atteint, tellement il est tôt. Seul mon visage est à l'ombre, et le blanc de mes yeux en ressort d'autant. J'ai ôté mes lunettes à cause de la photo. J'ai douze ans. Mes traits sont flous, mais l'on voit bien que c'est moi, même si j'ai des cheveux, foncés et plus longs que ceux des autres garçons, à l'instar d'Adrian. Je porte un polo gris-bleu, un pantalon en tweed avec des plis marqués. On n'aperçoit pas mes chaussures, mais je sais qu'elles sont marron et cirées, avec des semelles de cuir et des talons ferrés qui claquent sur les dalles des trottoirs. C'était mon habit d'école. Je devais l'enlever en rentrant à la maison, un soulagement, car le pantalon me grattait les cuisses.

Une semaine avant la rentrée, ma mère m'avait emmené en ville pour acheter de nouveaux vêtements. Je ne m'étais pas encore habitué à cette expression que j'allais entendre si souvent et employer tout autant : « en ville ». C'était la première fois que j'y retournais depuis que nous avions quitté mon père pour déménager vers la banlieue nord où je m'étais seulement rendu avec lui, quand je l'accompagnais à l'hippodrome, le dimanche. Il jouait aux courses et, parfois, il gagnait ce qui me paraissait des sommes astronomiques.

Ma mère tenait à ce que je sois correctement vêtu pour ma rentrée à la nouvelle école. J'étais le mieux habillé, même si je venais d'un endroit totalement différent des autres, eux qui avaient grandi là, dans les villas aux jardins profonds. Mais ce n'étaient ni les jardins ni les villas chics et impénétrables qui me faisaient la plus forte impression. C'était le silence particulier, uniquement rompu par le gazouillis des oiseaux, le vrombissement assoupi des tondeuses à gazon et le murmure du vent dans les feuilles. Et, plus que tout, j'associais ce silence à l'assurance évidente et nonchalante qui était l'apanage de mes nouveaux camarades.

C'étaient les terres d'Adrian où il sévissait comme un prince effronté à l'intrépidité contagieuse, quand nous allions chiper des pommes ou quand nous faisions des farces aux gens, simplement parce que nous trouvions qu'ils méritaient qu'on les embête. Dans ce temps-là, il était encore possible de se faire livrer les courses par un pauvre hère à bicyclette, aux épaisses lunettes et aux joues couperosées par l'effort. Un jour, Adrian avait enfilé une chaussette sur le combiné du téléphone, appelé l'épicier et commandé des provisions qui auraient permis de tenir un siège prolongé. Déformant sa voix, il s'était fait passer pour une dame et avait donné un nom et une adresse trouvés dans l'annuaire. J'ai toujours été peureux de nature, mais, en compagnie d'Adrian, j'osais tout.

J'admirais l'aplomb dont il faisait montre, tant avec les adultes qu'avec les garçons plus âgés que nous. J'étais stupéfait et ravi par son impertinence, toujours prêt à lancer une remarque spirituelle ou hautaine. Quand nous étions à vélo, il ne tenait jamais le guidon et, de temps en temps, un policier nous arrêtait. Mais cela ne l'alarmait nullement. Il savait que, à tous égards, il se plaçait à des classes au-dessus des agents de la circulation qui se prenaient trop au sérieux. Il m'a appris qu'il suffisait de sourire poliment et de promettre de ne pas oublier leurs avertissements, la prochaine fois.

Mais j'anticipe, car notre amitié n'était pas encore établie le jour où la photo de classe a été prise. Peut-être est-ce à cause de cette photo que je me souviens d'Adrian invariablement vêtu de sa veste tachée d'herbe, avec des bardanes accrochées à la laine floconneuse, et toujours en culotte courte kaki et salie. Il ne prenait presque jamais de bain, la crasse imprégnait ses mains et les verrues que, nous en étions persuadés, il avait attrapées en s'adonnant à son passe-temps favori, la chasse aux crapauds. À le voir, on n'aurait pas su que ses parents étaient riches, mais il se moquait de son allure, et je devais découvrir que sa mère aussi d'ailleurs. Moi, j'étais toujours le nouveau, timide et ridicule dans ses beaux habits. Contrairement à Adrian, j'étais péniblement conscient de mes moindres pas. Je me mouvais en territoire inconnu et peut-être ennemi, et ne pouvais me permettre un faux pas ou de relâcher mon attention ne fût-ce qu'une seconde.

Je suis toujours assez gauche et mal à l'aise, même si, au fil des ans, j'ai à peu près appris à savoir comment me conduire.

Peu à peu, je me suis fait à l'idée que je ne suis pas le seul dans ce cas, mais cela m'a pris maintes années pour le découvrir. Nous, les sceptiques et les maladroits, ne nous soucions pas de nous faire connaître, et nous nous sentons donc plus solitaires qu'il ne le faut, tandis que nous nous efforçons de mettre un pied devant l'autre, de suivre la conversation, de trouver le mot juste, bref, de donner l'impression que, nous aussi, nous avons le droit d'être traités comme des êtres humains.

Je me sentais comme un imposteur lorsque je rentrais de l'école dans mon costume d'emprunt que je remisais le soir, comme un acteur après la chute du rideau. Mais, derrière ma honte secrète, se cachait un plaisir encore plus intime : celui d'être une page blanche. Ce qui séparait les deux sentiments n'était qu'une membrane poreuse et frémissante. La honte empoisonnait ma joie par l'osmose banale de tous les sentiments, et l'ivresse d'être un espion en terre étrangère venait aussi ternir l'estime confuse que j'avais de moi-même. Certains jours, ma tête bouillonnait de projets de vengeance froide.

Me venger de qui? Et pourquoi? Existe-t-il autre chose que des sentiments mitigés? Parfois, je ressens à nouveau cette angoisse d'un garçon de douze ans, même si je la dissimule derrière mon sang-froid d'adulte et ma confiance dans le caractère prévisible des convenances sociales. Je perçois son sadisme latent qui le grise, le désir de punir son entourage pour les abîmes qui l'en séparent.

Je n'étais rien; les autres, eux, formaient une hydre tentaculaire qui m'observait d'un regard méprisant. Je m'imaginais véritablement que je parviendrais à les tromper en me cachant dans un nuage mystérieux, comme si ce n'était pas moi, mais eux, qui devenaient flous lorsque j'ôtais mes lunettes. Il me manquait simplement une garde de braves qui auraient taillé une poutre, l'auraient rougie dans les charbons ardents avant de l'enfoncer dans l'œil mauvais de la bête. J'étais totalement seul et je ne remarquais donc que la poutre dans mon œil, non les pailles d'incertitude dans le regard des autres. Cependant, j'ai tourné mon handicap en avantage.

Je me suis isolé des autres, inaccessible et arrogant. J'étais un passager anonyme entre deux mondes quand, le matin, je me rendais à vélo à l'école et humais les parfums frais des jardins où je n'avais pas ma place. J'étais loin de chez moi, mais, dans le soleil bas du matin, les cimes noires des arbres étaient illuminées par mes souvenirs de la rue derrière la gare Centrale, là où se trouvait l'Hôtel Reykjavik.

Mon père tenait l'hôtel pour un oncle, qui est mort depuis longtemps. Je n'aurais pas considéré le quartier comme un des plus durs de la ville si ma mère ne m'avait parlé avec mépris des putes, des cinés porno et des truands qui, dans mon imagination, donnaient aux cafés des airs de films. Elle n'était pas bornée, mais bien des gens l'auraient certainement traitée de snobinarde, ce dont certains ne se privaient pas. À l'époque, je ne connaissais pas le sens de ce mot.

C'était elle qui assumait le quotidien, mon père, lui, disparaissait. Il dormait jusqu'à une heure avancée de la matinée et il passait le reste du temps à traîner dans les bistrots ou à jouer avec quelques Yougoslaves dans des arrière-boutiques un peu plus bas dans la rue. Il était toujours bien habillé, presque tiré à quatre épingles, avec un faible pour les chemises rouge vif et les foulards de soie, de plus, ses chaussures étaient toujours étincelantes. C'est lui qui m'a appris à cirer mes chaussures, mais c'est aussi la seule chose dont je puisse dire avec certitude qu'il me l'a correctement enseignée.

Je ne le voyais pas beaucoup, et j'ai seulement appris à le connaître durant l'année où nous nous sommes retrouvés seuls tous les deux. Avant cela, il apparaît dans mon souvenir comme un homme taciturne et renfermé, qui me regardait avec un air distrait, comme si, sur le coup, il ne savait pas très bien qui j'étais. Je crois qu'il s'est profondément ressaisi quand nous avons été seuls, mais il est alors clairement apparu qu'il était complètement incapable de tenir une maison ou d'être père. Par la suite, je me suis rendu compte qu'il était tout aussi inapte à gérer un hôtel. Quelques années après le divorce, son oncle a confié la gérance à un Chinois, à la condition que mon père puisse continuer à habiter l'appartement du rez-de-chaussée donnant sur la rue, là où j'ai mes premiers souvenirs d'enfance.

Ma mère avait rencontré un Français et elle était partie avec lui à Menton, où ils ont tenu une pension, jusqu'à ce qu'ils finissent par rompre. Quand nous avons emménagé dans le nouvel appartement, je lui ai demandé pourquoi papa ne revenait pas avec nous. Elle m'a répondu que c'était trop tard. Moi, j'ai pensé que cela n'aurait peut-être pas été trop tard si elle était revenue un peu plus tôt. Ultérieurement, j'ai compris qu'elle avait été déçue une fois de trop et que, entre mes parents, cela avait été trop tard dès le début. Elle avait une haute opinion d'elle-même, beaucoup plus haute que celle que peut inspirer la vue des putes qui traînent sans cesse aux coins des rues du quartier de mon enfance, courbées dans le froid en attendant le prochain client et le moment où elles pourront se shooter à nouveau.

Mon père et moi ne nous parlions guère et, la plupart du temps, il n'était pas en état de tenir les moindres propos cohérents. Cependant, il a révélé une facette inconnue pendant l'absence de ma mère. Il était gentil, il ne m'engueulait jamais et, parfois, il lui arrivait de laisser brûler les sempiternels œufs miroir et les tranches de bacon, tandis qu'il me contemplait d'un regard doux et résigné. J'ai souvent été tenté d'aller serrer mes bras autour de son ventre, mais je ne l'ai jamais fait. Le dimanche, il restait affalé sur le canapé, à fumer et à écouter des disques de jazz, à regarder dans la rue où un doigt de soleil parvenait à se coincer pour pointer sur les poubelles et les vélos rouillés. Lui, cela faisait longtemps qu'il avait cessé d'avoir une haute opinion de lui-même.

À l'époque où ma mère l'a rencontré, il jouait dans l'orchestre d'un de ces restaurants dansants qui existaient jadis. Dans un moment de nostalgie, il m'avait assuré qu'il jouait comme Stan Getz. Il possédait encore son saxophone, et le sortait parfois. Il n'avait plus le son de Stan Getz. Ma mère l'a quitté parce qu'il était une chiffe molle doublé d'un ivrogne qui claquait son argent au jeu. Mais le départ de ma mère n'a fait que l'inciter à boire davantage, parce qu'elle l'avait abandonné. À sa manière maladroite, il essayait de se rapprocher de moi, mais je m'éloignais, parce qu'il puait, et parce que je n'étais pas encore assez âgé pour faire la différence entre la sensibilité et l'apitoiement sur son sort. Il me fallait souvent le ramasser, au milieu de la nuit, quand il s'était endormi sur un coin de banquette du night-club à côté de l'hôtel.

Les filles du Club Intime avaient des chambres au mois à l'Hôtel Reykjavik, où elles faisaient monter leurs clients. Plusieurs étaient amies avec ma mère. Avant son départ, elles prenaient le café dans la cuisine, derrière la réception. J'étais encore si chaste et tellement habitué à les voir que je pouvais faire mes devoirs sans être distrait par leurs paroles crues et leur féminité très décolletée et débordante. Elles m'embrassaient sur la joue, fourrageaient dans mes cheveux et faisaient semblant de se chamailler pour savoir qui serait ma copine quand je serai grand. Elles m'ont manqué, quand ma mère est partie, elles m'ont manqué avec leurs rires débridés. Elles la faisaient rire, et le rire lui donnait l'air d'être aussi jeune qu'elles. Je me souviens d'elle à la table de la cuisine, en train de faire les comptes, les lunettes sur le nez et les cheveux ramassés en un chignon sévère. Je me rappelle la cigarette qui se consumait toujours dans le cendrier, entre les colonnes de chiffres dans lesquelles elle était plongée tandis que je me démenais avec mes exercices de calcul.

Elle avait un air strict, avec le nez retroussé de mon arrière-grand-mère et son regard théâtral, et, quand elle le posait sur les piles d'écritures, elle ressemblait à la méchante reine des contes de fées. J'entendais souvent sa voix résonner dans les étages quand elle engueulait les femmes de chambre ou rabrouait mon père. Je me cachais dans la lingerie lorsqu'elle piquait ses crises. J'y restais avec un paquet de bandes dessinées, jusqu'à ce que l'orage soit passé, entre les piles de draps raides qui sentaient vaguement le vinaigre. Mais elle m'aidait bien pour mes exercices de calcul. Elle avait de l'ambition pour moi et, quand elle m'expliquait patiemment, pour la septième fois, les secrets des chiffres, un je-ne-sais-quoi de doux pointait alors dans ses yeux et sa voix, une douceur que j'ai seulement revue le soir où elle s'est assise sur le bord de mon lit pour m'annoncer qu'elle partait. Elle avait dit que c'était simplement provisoire, jusqu'à ce qu'elle ait eu le temps de réfléchir, mais elle savait que je l'avais percée à jour, et cela n'en avait rendu l'instant que plus tendre encore.

Ou bien ce sont les signes cryptiques des devoirs de maths qui fixent sa tendresse occasionnelle dans ma mémoire, comme si elle avait besoin d'eux pour coder ses sentiments pudiques. J'ai été bon en maths après son départ. J'ai appris la langue absurde des formules, tout en pensant à elle et en maudissant son amant français. Elle m'envoyait des cartes postales avec des palmiers, des fleurs et des falaises devant la mer bleue, mais jamais de photos d'elle-même et de sa nouvelle vie. Peut-être est-ce la combinaison de ces panoramas lisses et de ses mots réguliers au dos des cartes qui m'ont fait découvrir ce qu'elle avait laissé derrière elle. Ce ne sont pas les messages brefs et prévisibles qui m'ont mis sur la piste, mais le simple fait qu'elle m'écrivait d'un pays étranger, en utilisant mon nom et notre adresse, me reliait à ces vues marines ensoleillées et encadrées par les feuilles pointues des palmiers. De quoi s'agissait-il ? Je ne savais comment le formuler et je ne sais toujours pas comment l'exprimer. Autre chose, tout simplement. L'idée d'autre chose.

Et, un jour, elle était de nouveau là. Tout s'est passé très vite, et mon père n'a pas eu l'occasion de placer un mot. Il avait plus qu'amplement démontré son incapacité en tant que soutien de famille et, naturellement, il était impossible que je grandisse dans un tel nid de prostitution et de criminalité. C'était là un aveu insolite. Rappelons que plusieurs filles du Club Intime étaient ses amies et qu'elle avait touché sa commission du commerce nocturne qui se déroulait dans les chambres. Son souci inattendu pour ma délicate âme d'enfant procédait de motifs tout autres. Elle nous avait quittés, moi et mon père, emportée par un coup de foudre sexuel qui possédait des côtés à la fois romantiques et intéressés. Elle avait souhaité une vie meilleure et plus glorieuse, et le Français de Menton avait semblé être en mesure d'apporter cette amélioration. L'aspect romantique ayant fait défaut, il n'était resté que l'ambition sociale, plus sage, infiniment plus farouche, mais d'autant plus vulnérable.

Elle était seule et, même si elle était encore une belle femme, elle s'approchait douloureusement de la quarantaine. Elle ne pouvait escompter qu'il lui soit présenté une offre aussi alléchante que celle du Français aux séduisants projets méditerranéens. Elle ne pouvait pas davantage compter sur elle-même car il n'était nullement certain qu'elle ose croire à une nouvelle chance, si celle-ci venait à survenir. Ses doutes constituaient le problème, et elle savait que ces derniers ne feraient que croître avec l'âge. C'est pour cela qu'elle était si fragile. Sa solitude devait avoir un sens et semblait pour le moins confirmer que l'amour est une loterie. Puis elle s'est souvenue qu'elle avait un fils.

Je suis certainement injuste, mais je ne la condamne pas. À dire vrai, je l'adorais, et elle me faisait de la peine, sans même en être consciente. Elle m'aimait aussi, j'en suis sûr, c'est seulement que son amour avait été si difficile à manier. Il s'était divisé en deux : une partie pour moi, une partie pour le Français appétissant aux promesses dorées, et elle ne parvenait pas à les rattacher, car chacune d'elles possédait son pas de vis. Là, sa pudeur avait également fait la différence, entre autres. Elle m'aimait, mais elle était trop pudique pour le montrer et je crois qu'elle le ressentait ainsi également. Elle en avait honte et tentait de dissimuler celle-ci mais, à la place, elle en venait à cacher son amour deux fois plus.

Après notre déménagement, j'allais la chercher tous les soirs au train de banlieue. En deux semaines, avec un mélange d'allant et de relations, elle avait trouvé un appartement et un emploi de standardiste dans une compagnie d'assurances. Je l'attendais au bout de la passerelle qui traversait l'autoroute, parallèle au viaduc de chemin de fer en béton grisâtre. La gare était située sur une hauteur, devant un château d'eau dont la citerne couleur argile était surmontée d'une girouette qui ressemblait de manière frappante à un coq, dotée d'une crête, de plumes et tout le tremblement. Derrière moi, j'avais les barres d'immeubles en brique jaune ; en dessous, le flot de voitures délaissant la ville qui semblait se terminer juste là, cédant le pas aux jardins ouvriers et aux prés, où les pylônes à haute tension se détachaient sur le ciel, tels des insectes gigantesques. Il y avait une station météo et l'on voyait parfois un ballon-sonde grimper au-dessus des jardins ouvriers, puis s'évaporer pour ne plus faire qu'un mirage blanc dans le ciel.

La passerelle était en planches goudronnées et, plus tard, elle m'a toujours fait penser à un autre pont qui revient dans les estampes d'Edo par Hiroshige. Ce pont est fabriqué lui aussi de poutres larges qui se dressent bien haut, au-dessus du fleuve sur lequel vogue un petit bateau, sous la pluie, tandis que les quelques silhouettes sont courbées sous leurs chapeaux et leurs parapluies. C'étaient les mêmes planches inclinées et les mêmes piliers écartés, quoique l'azur du fleuve fût remplacé par de l'asphalte et le bateau solitaire par un flot frémissant de voitures. Les buissons sur les rives du fleuve étaient aussi jaunes, blancs et odorants que ceux du bord de l'autoroute, lorsque j'attendais ma mère au printemps, en fin d'après-midi.

L'éclat du soleil bas scintillait derrière les vitres du train quand celui-ci passait sur le viaduc et s'arrêtait au quai qui, l'instant d'après, fourmillait de banlieusards. À l'époque, les trains de banlieue étaient couleur cacao, avec des poignées en cuivre, et poussaient une sorte de hululement plaintif quand ils accéléraient ou ralentissaient. La plupart des passagers étaient des hommes en costume gris ou bleu, avec des attachés-cases et des trench-coats sur le bras. Mon regard volait d'un visage à l'autre dans la foule qui venait vers moi jusqu'à ce que l'une des figures inconnues se révèle être celle de ma mère. Je voyais à son sourire soudain combien elle était heureuse de m'apercevoir, mais la passerelle était longue, et elle ne pouvait garder ses yeux fixés sur les miens ni conserver son sourire spontané. Son regard se faisait fuyant et gêné, elle évitait presque de me regarder et, quand elle déposait enfin un baiser sur ma joue et me serrait la main, la première joie était déjà fanée. Elle était fatiguée et répondait par quelques mots aux questions que je lui posais, et je sentais sa main lâcher son emprise pour finir par se détacher de la mienne.

Elle restait allongée une heure sur le canapé avant de préparer le repas, et je ne la dérangeais pas. Je me souviens de ses traits épuisés entourés de ses cheveux défaits et de son regard pensif tourné vers la fenêtre dans le crépuscule lilas. Je m'imagine qu'elle pensait à l'année passée à Menton, à mon père et aux hommes qu'elle avait connus avant lui. Peut-être se disait-elle que cela avait été le même amour impatient et pourtant indomptable.

Je crois que c'est le même amour qui s'enflamme en chacun sous tant de formes différentes, la même faim, le même désir et la même tendresse qui se tournent vers celui qu'il est possible d'aimer à ce moment : les adultes que l'on rencontre, les enfants que l'on a avec eux et les inconnus pour qui l'on quitte tout afin de les suivre. Mais les formes de l'amour sont troublantes par leurs différences et leur étrangeté. On pourrait douter qu'elles soient de la même étoffe. Du reste, on n'y croit pas, et peut-être cela vaut-il mieux, car, de cette manière, ce même amour ancien peut paraître neuf. Peut-être maman pensait-elle ainsi, peut-être était-ce pour cela et non pas tant à cause des heures passées au standard qu'il lui fallait s'allonger, avant de pouvoir être une mère pour son fils. J'étais tout ce qui lui restait de ses tentatives d'amours ratées, la seule forme durable.

Le matin, elle m'adressait un signe de la main, à la fenêtre de la cuisine, quand je partais à vélo pour l'école. Son visage ne formait qu'une tache blanche derrière l'une des fenêtres du carré monotone, et sa main une tache encore plus minuscule derrière les reflets du ciel matinal. Je savais qu'elle me suivait des yeux, jusqu'au bout de l'allée. Les feuilles des arbres élancés bruissaient tandis que je dévalais la pente, bouche ouverte afin de sentir l'air frais sur mon palais. Je me sentais comme un intrus dans le parfum de rhododendron et de cytise des rues silencieuses, où la calandre chromée d'une Jaguar ou d'une Mercedes pointait le bout de son nez à la sortie des garages et aux croisements. J'étais tout à la fois un espion et un explorateur. La crainte, la témérité et la volatile sensation d'inconnu provoquaient des solutions enivrantes et toxiques dans mon être de douze ans.

J'avais particulièrement peur d'être percé à jour. Je craignais sans cesse qu'un faux pas ou une remarque déplacée ne dévoile d'où je venais. C'était une humiliation de me terrer dans un coin du vestiaire aux murs hostiles après les heures de gym, et d'observer furtivement mes camarades aux membres longs et luxurieux. Mon corps me faisait l'effet d'une plante rabougrie poussée lors d'une année de disette. J'étais encore pataud, voire carrément gros à mes yeux, et, à la différence des autres, je n'avais pas passé l'été sur des rives ensoleillées. J'étais pâle à l'exception du visage, ce qui devait paraître ridicule ; d'une manière obscure, ma chair blanche et superflue allait de pair avec l'odeur douceâtre des détritus et du pétrole qui flottait dans les arrière-cours et les entrées de caves, là où j'avais joué en compagnie des gamins de la rue.

C'était déjà un monde lointain, ce quartier aux petites boutiques poussiéreuses et aux sex-shops avec leurs corps de femmes roses et leurs godes hérissés. Nous nous contentions de jeter de brefs regards en passant à côté des devantures, tout comme nous notions seulement à la périphérie de notre vision les putes en mini-jupe et bottes de cuir qui faisaient le trottoir vers Kødbyen, les abattoirs. L'innocence n'est pas nécessairement synonyme d'ignorance, c'est parfois une manière particulière de faire le tri dans ce que l'on sait et ce que l'on ressent. Nous avions assurément l'intuition de ce qui se passait, mais nous étions trop jeunes pour y penser ou ressentir autre chose qu'un dégoût passager. Une réalité bien plus sinistre peuplait nos esprits, les séducteurs d'enfants, tout ce qui pouvait se produire dans les escaliers de service ou dans les abris à vélos moisis, en ces lieux où les découvertes de certains indices disaient clairement, dans leur langue propre, quels dangers se cachaient : des mégots de cigarillos écrasés, un nœud de ruban souillé, ou un billet froissé des bains douches pour messieurs.

Nous avions notre propre liste de suspects. Il y avait le buraliste aux lèvres épaisses et à la main artificielle à laquelle nous jetions des regards effrayés quand elle poussait la monnaie sur le tas de journaux ; il y avait le vieux monsieur aux dents gâtées et au manteau élimé qui sentait la pisse. Je me rappelle l'assiette glacée et bleu nuit accrochée dans l'entrée, avec une représentation lugubre du Christ en croix, tête baissée, livide et bleui par le froid. Il nous donnait parfois une pièce de vingt-cinq øre à chacun pour lui monter ses bidons de pétrole au quatrième. Par mesure de sécurité, nous étions toujours deux à le faire, et quand nous posions les bidons devant sa porte, nous entrapercevions l'intérieur de son appartement sombre qui puait le vieux tabac. Était-ce donc lui qui avait fumé les cigarillos dans le garage à vélos ?

J'avais observé Adrian pendant un bon moment. Il ne pouvait être que le meneur de la classe avec son insolence et ses remarques spirituelles qui faisaient enrager les professeurs. Au début, il n'a guère prêté attention à moi, jusqu'à un jour précis, pendant une heure de gym. Je n'aimais pas la gym, et pas seulement parce que j'avais honte de mes cuisses et de mes mollets grassouillets. Comme je l'ai déjà dit, j'étais plus empoté à cette époque, et j'étais mauvais à tous les jeux de ballon et aux appareils sur lesquels nous devions précisément nous exercer ce matin-là. Je ne supportais pas la sensation du hêtre gras et du cuir défraîchi du rembourrage. J'avais toujours peur de me casser la figure et l'odeur de sueur rance du gymnase me donnait presque la nausée.

Nous nous tenions en file indienne, devions courir jusqu'à un tremplin et sauter au-dessus d'un cheval, jambes écartées, en posant les mains sur le rembourrage de l'appareil. Adrian est passé avant moi et il a franchi l'obstacle avec classe. Il m'a regardé quand j'ai pris mon élan et sauté. L'instant d'après, je suis retombé lourdement sur le cheval, à califourchon. Et je l'ai vu sourire et entendu faire un petit claquement avec la joue, comme un cavalier qui encourage sa monture. J'ai rougi, et les autres ont ricané derrière mon dos. Je n'ai pas réussi une seule fois à sauter au-dessus de l'appareil et chaque tentative ratée me faisait transpirer à grosses gouttes tandis qu'Adrian poussait les autres à ricaner avec son petit bruit moqueur.

À la récré, ils ont joué au foot. J'étais seul sur un banc, sous le préau, quand Adrian s'est approché de moi. Il faisait rebondir le ballon sur le goudron et m'a demandé si je voulais venir jouer avec eux. J'ai hoché la tête. « Allez, viens », a-t-il dit en refaisant ce petit claquement de la joue. Les autres ont éclaté de rire, comme convenu ; Adrian, lui, me dévisageait de ses yeux bleus. J'ai ôté mes lunettes, je les ai pliées et posées sur le banc. D'un bond, j'étais sur lui et j'ai senti plus que je n'ai vu les autres former un cercle excité autour de nous. J'étais seul dans mon brouillard de fureur myope, et j'ai tabassé à coups de poing son beau visage, tandis que je le bloquais sous moi avec mes genoux.

J'étais stupéfait par mon geste, quand j'ai senti le gardien me serrer fortement le bras et m'écarter. J'ai crié que je voulais mes lunettes. Un gars me les a données dans la main, mais je ne voyais Adrian nulle part. Les autres m'ont contemplé d'un air ahuri quand on m'a conduit au bureau du censeur. Lorsque je suis revenu dans la classe, après avoir reçu un savon, j'ai bien senti les regards en biais autour de moi, et que quelque chose avait fondamentalement changé. Je me suis regardé, et j'ai pensé que ma mère allait être furieuse. J'avais un trou au genou de mon pantalon et il y avait du sang sur ma veste. Ce n'était pas le mien, mais celui d'Adrian.

Il est revenu peu avant la sonnerie, l'arcade sourcilière démolie et le nez caché sous un pansement. C'était le dernier cours de la journée, et il s'est dépêché de sortir avant les autres. Tandis que j'ouvrais l'antivol de ma bicyclette, deux gars de la classe sont venus vers moi, dans le garage à vélos. D'un ton respectueux, ils m'ont demandé si j'allais quelque part. J'ai répondu que j'avais promis de rentrer directement à la maison.

Je l'ai reconnu de loin. Il poussait lentement son vélo sur le trottoir. J'ai espéré que je parviendrais à le dépasser sans qu'il m'aperçoive, mais il a dû m'entendre car, à l'instant où j'arrivais à côté de lui, il s'est retourné, et je me suis arrêté. Je n'ai jamais vraiment compris pourquoi. Peut-être ai-je pensé aux deux traîtres qui faisaient des avances au vainqueur dès que le perdant avait le dos tourné ; peut-être ai-je songé à son sang sur ma veste. Peut-être était-ce simplement mon sentiment de culpabilité à la vue de sa figure esquintée. Mais je me souviens aussi de la peur dans ses yeux, dont l'un n'était plus qu'une fente boursouflée couverte de mercurochrome. Je lui ai dit « pardon » et, pendant deux secondes, il en est resté muet de surprise. Puis il m'a répondu que c'était okay, qu'il l'avait bien cherché. Je lui ai demandé si nous pouvions faire un bout de route ensemble.

Nous avons poussé nos vélos en traversant le marais. C'était un terrain vague envahi par les broussailles où la lumière, filtrée par les feuillages, avait un éclat aventureux. À certains endroits, les chemins étaient protégés par des planches, cernés des deux côtés par un cloaque envahissant couvert de nénuphars et où les arbres découvraient leurs racines pourries comme des bras de pieuvres tortueux. Ensuite, je me rappelle Adrian qui pose son vélo et patauge dans la gadoue, lentement et sans bruit, avec de la vase et des lentilles d'eau jusqu'aux mollets. À la vitesse de l'éclair, il se baisse et se relève, ses mains formant alors une cage de fortune. La bête surprise parvient juste à sortir une patte gluante entre les barreaux.

Il s'est montré cruel, et j'ai été son aide et son complice. Bloquant le crapaud entre ses mains, il m'a ordonné de prendre une bobine de ficelle et un couteau suisse dans sa poche. J'ai suivi ses instructions, mesurant deux bouts de longueur égale que j'ai coupés avec le canif. Tenant toujours attentivement le corps du crapaud d'une main, il a tiré les pattes arrière avec l'autre et, après m'être fait violence, je les ai liées avec les ficelles.

J'en ai tenu une tandis qu'Adrian attachait l'autre à l'extrémité du rameau d'un arbre dont les branches tombaient juste au-dessus du chemin. Je tressaillais chaque fois que le crapaud tirait sur la ficelle, comme si j'avais reçu une décharge électrique. L'animal se débattait faiblement avec ses pattes écartées et étonnamment longues. Il se balançait mollement du haut de sa branche tandis que nous ramassions des cailloux sur le sentier. Adrian avait un lance-pierres dans son cartable, et nous tirions à tour de rôle, visant le ventre dilaté. Pour finir, la peau fine s'est percée et les entrailles ont jailli.

Cet après-midi-là, nous sommes devenus amis. Dans mon souvenir, nous étions toujours ensemble, et toujours chez lui. Il a menti à sa mère à propos de son œil esquinté et du bandage sur son nez. J'ai été étonné qu'elle ne remarque pas les taches de sang sur ma veste lorsqu'elle m'a tendu la main, dans l'entrée aux grandes dalles en damier. C'était une petite main froide qui ne serrait pas, et j'ai eu l'impression de sentir chaque os sous la peau fine. Elle était pâle et en robe de chambre, même à cette heure de la journée ; elle regardait droit devant elle, d'un air lointain et interrogateur, comme s'il lui fallait sans cesse vérifier où elle se trouvait.

Je la voyais rarement. Soit elle dormait, soit elle n'était pas à la maison. Je l'entrapercevais parfois quand elle traversait la cour pavée entre la villa et le garage, où se trouvaient une Lancia décapotable blanche et une Jaguar bleu marine. Je me souviens d'elle en culotte de cheval et bottes luisantes, les joues fortement poudrées, les cheveux enserrés dans un foulard noir. Je ne voyais jamais le père d'Adrian, il se trouvait à l'étranger la plupart du temps. Je n'arrivais pas à savoir s'ils étaient séparés, divorcés ou je ne sais quoi. Adrian ne parlait jamais de ses parents, et j'évitais de lui poser des questions.

La villa blanche était davantage un palais, avec des piliers autour de l'entrée à la lourde porte en chêne et des lampadaires qui, le soir, dégageaient une lumière mystérieuse derrière les arbres de l'allée. De l'autre côté de la demeure, une large terrasse descendait au jardin qui s'étendait jusqu'à la lisière du bois. Adrian m'a dit que, en hiver, les chevreuils s'aventuraient même jusqu'au milieu de la pelouse. J'étais stupéfait par le contraste entre les antiquités somptueuses et la culotte courte sale d'Adrian, et son vieux pull plein de brins d'herbe et de bardanes. Le plus souvent, nous étions seuls à la maison. Adrian ne se souciait pas de la vieille gouvernante en robe noire et tablier blanc qui passait parfois dans les pièces. Nous étions laissés à nous-mêmes et, en gros, nous avions le droit de faire ce que nous voulions. Seuls les appartements de sa mère, au premier, restaient un territoire inaccessible.

Comme je l'ai dit, nous étions amis, mais nous vivions presque comme des frères, malgré l'étendue de nos différences. Peut-être était-ce celles-ci qui avaient été déterminantes. Nous n'avions pas besoin de comprendre tout ce que l'autre faisait ou disait, car nous ne pouvions pas nous empêcher de nous sourire quand nous nous apercevions. Je parle là d'une acceptation pleine et entière dont l'amour s'approche rarement. Adrian avait trouvé la clef de mon cœur barricadé et craintif et, avec lui, la légèreté a fait irruption dans ma vie. Pendant plusieurs années, il a été le chaînon manquant entre moi et le monde, l'instance médiatrice qui m'a enfin permis de retomber sur mes pattes, si bien qu'il m'était possible de suivre et de participer sans avoir à me demander tout le temps comment mettre un pied devant l'autre. Peut-être souriais-je d'étonnement. Ce qui, lorsqu'on est jeune, peut causer tant de mal, nous faisait rire. Un sentiment d'être totalement libre et ouvert, car l'on n'est encore rien de plus qu'un potentiel embrouillé et vulnérable, aux sens pleinement réceptifs.

Quand ai-je rencontré Ariane pour la première fois ? Quand donc ai-je compris qu'il avait une sœur ? Je ne me le rappelle pas, car cette époque n'est faite que de réminiscences confuses dont les origines sont détachées de tout ce que j'ai oublié. Dans mon souvenir, elles s'enchaînent, non pas en suivant le fil des jours, mais celui de mon histoire. Le temps s'est comme évaporé, il les a laissées figées et poreuses, tel un hippocampe séché aux yeux noirs. Dans mon histoire, je rencontre Ariane ailleurs et plus tard, même si Adrian me l'a sûrement présentée peu après que nous étions devenus amis. Il m'a invité à passer les grandes vacances dans leur maison au bord de la mer du Nord, et Ariane devait se trouver dans la Jaguar bleu marine. Je n'étais jamais allé dans le Jutland et, dans mon souvenir, le voyage n'est qu'une mêlée de blés et de coquelicots, de rougeoiements du soleil sur l'eau et de ses reflets sur l'épaisse couche de peinture lisse du ferry, lesquels palpitaient sur mon dos lorsque la côte s'éloignait avec son été vert et jaune moutarde.

Un matin, Adrian et moi sommes allés au bord de l'eau. Nos épaules étaient déjà rouge vif, car nous passions la plupart du temps au soleil et au grand air, qui était toujours rendu légèrement poisseux par le sel. Je me souviens plus nettement de ce jour que de tous les autres. Les vagues déferlent sur nos pieds et la bande raide de sable humide cède sous nos talons. La mer laisse des demi-cercles luisants en se retirant ; ils parviennent juste à pâlir entre les taches d'écume cinglées par le vent, avant que la vague suivante ne s'effondre et n'ouvre ce miroir concave. Entre deux dunes, j'aperçois un toit et un long balcon aux poutrelles rouges, puis le reste de l'hôtel surgit, ceint par des églantiers et une véranda blanche.

Comment commence l'amour ? Comme une chose qui ne sait pas encore son nom, une chose volatile sans poids ni arrière-pensées, comme un besoin soudain et irréfléchi de toucher. Nous entendons le son d'un piano à queue par les fenêtres de la véranda quand nous gagnons l'entrée principale en faisant le tour de l'hôtel. L'herbe crisse sous nos pas, même si nous sommes pieds nus, et le bruit semble déjà assez importun. Il n'y a personne à la réception, mais nous entendons un aspirateur, quelque part à l'étage. Un relent de détergent monte du linoléum encore humide et se mêle à la faible odeur de curry. Quelqu'un ferraille avec une marmite aux cuisines, mais, sinon, il n'y a que la musique qui se fait de plus en plus distincte à mesure que nous traversons la salle à manger pour nous arrêter entre les portes à deux battants du salon.

Les portières vert foncé devant la véranda donnent aux rayons du soleil la forme de barres poussiéreuses, et la laque grasse reluit sur les courbes du piano. Les touches blanches sont inondées de lumière, qui flamboie également dans les cheveux ébouriffés d'Ariane. Ses mains se déplacent trop vite pour que je les distingue. Elle est légèrement penchée en avant, en short et en T-shirt délavé. Ses minces épaules se contractent, se relâchent et se contractent à nouveau, comme si elle avait froid; je vois les muscles remuer sous la peau claire de l'intérieur de ses bras. Elle est pieds nus, comme nous, et ceux-ci empoignent les pédales de cuivre comme si c'étaient des mains, quand ils les lâchent, ses genoux se soulèvent à peine et, pendant une seconde, le soleil dore ses rotules blanches. Elle a seize ou dix-sept ans, elle est déjà adulte.

Adrian fait signe que nous pouvons nous asseoir. Le parquet peint en noir grince entre les accords. Un nuage passe devant le soleil, l'endroit devient soudain sombre et frais tandis que la musique continue, indifférente au roulement lointain qui doit être du tonnerre. Adrian m'observe, comme pour jauger ce que je pense. Je regarde par les fenêtres de la véranda, ternies par le sel, au-delà de la silhouette d'Ariane, au-delà des églantiers et des élymes des sables qui oscillent sous le vent. Je contemple les vagues qui plantent leurs griffes sur le rivage comme autant de pattes de chats gris et blancs sous le ciel couleur de plomb, je les entends quand elle finit par laisser tomber ses mains sur ses cuisses, un léger bouillonnement derrière le picotement plus dense de la pluie sur l'herbe. Quand elle a fermé le couvercle et nous a regardés, je me suis senti très nu avec mon maillot de bain. J'ai frissonné, et ce n'était pas de froid.

Nous sommes rentrés en empruntant un sentier derrière les dunes, entourés de genévriers qui, dans la brume, avaient des airs d'êtres fantasmagoriques paralysés par leur propre charme vert foncé. Ariane avait des yeux bleus comme son frère, avec cette même distance inhabituelle qui les séparait, en revanche, les siens étaient étroits, un peu en biais, d'une manière asiatique. Elle possédait également un menton anguleux, mais ses pommettes étaient plus saillantes, et elle était à la fois plus grande et plus frêle, presque maigre. Nous avons discuté et rigolé, puis elle m'a demandé ce que je pensais de la musique. Là, elle avait un air différent, plus banal que lorsqu'elle jouait. Je n'ai su que répondre et j'ai eu peur de rougir quand elle m'a regardé. Adrian et moi marchions à côté du vélo d'Ariane, avec chacun une main sur le guidon tandis qu'Ariane se tenait à nos épaules. J'étais là, avec eux et je me souviens que j'ai pensé à la sensation de sa main sur mon épaule meurtrie par le soleil.

Naturellement, c'étaient eux, et eux seuls, qui faisaient bloc. Moi, je restais en dehors, en spectateur. Je ne pense pas qu'Ariane remarquait mon recueillement timide, et lorsque son regard se posait enfin sur moi, je le ressentais comme une humiliation. Je ne peux le décrire autrement. Le premier amour est humble et, pour beaucoup, il constitue une humiliation, parce que l'on aime alors trop tôt. Quand Ariane souriait, les fines rides des commissures de ses lèvres recelaient un savoir inconnu et formaient comme d'ironiques guillemets autour de ses yeux. Elle me toisait d'un lieu inaccessible. Son corps était ce lieu, avec son odeur d'ambre solaire et de sueur que je humais en cachette lorsqu'elle était allongée à nos côtés, les yeux fermés.

Un jour où il pleuvait, nous avons fait une promenade sur la plage et sommes allés au kiosque pour acheter des glaces. Je me rappelle la manière dont elle chassait les cheveux mouillés de ses joues tout en croquant le cornet. Elle penchait son long buste en avant tout en marchant, car la glace avait commencé à fondre. Je m'en souviens, car ce mouvement lui était si personnel, gracieux et gauche à la fois. « Svelte comme un roseau », dit-on ; Ariane l'était, indubitablement, mais elle était aussi raide et anguleuse qu'un mètre pliant, et je n'avais jamais rien vu d'aussi beau.

Soudain, il lui est venu à l'esprit de se baigner. Nous n'avions pas de maillots de bain, mais la plage était déserte et, au demeurant, ni Adrian ni moi n'avions grand-chose à cacher. Pour ma part, c'était précisément le problème. Je suis resté sur le sable, engoncé dans mon ciré avec la capuche remontée sur le crâne, douloureusement conscient de la manière dont l'écume des vagues couvrait et dénudait ses tétons hérissés par le froid, et le triangle touffu entre ses cuisses. Ils me faisaient des signes, m'appelaient, je répondais d'un geste de la main. Adrian lui a balancé des cascades d'eau, elle a crié et s'est jetée sur lui si bien que, un instant, ils ont disparu sous une vague.

Oui, ils faisaient bloc. Apparemment, ils se comprenaient sans avoir besoin de paroles, comme s'ils avaient accès aux pensées l'un de l'autre par le truchement d'émetteurs radio invisibles. Cela n'empêchait pas Adrian de la taquiner un peu, comme on embête sa grande sœur, et j'étais à la torture quand elle se fâchait ou le poursuivait. En même temps, je l'enviais quand ils se roulaient par terre, criant ou riant, ou lorsqu'elle lui caressait les cheveux sur sa nuque. J'étais surpris par la sollicitude d'Ariane à l'égard d'Adrian, elle se montrait presque maternelle quand elle lui préparait à manger, les jours de congé de la gouvernante, ou quand elle veillait à ce qu'il fasse bien ses devoirs.

Avec moi, elle était aimable, voire amicale, mais elle ne semblait noter ma présence que de l'extrême périphérie de son attention. À ses yeux, je n'étais qu'un gamin, ami de son gamin de frère. Une fois, elle est entrée dans la chambre d'Adrian en se pinçant le nez, parce que ça sentait le « fauve ». Aujourd'hui, je sais exactement ce qu'elle voulait dire, mais, sur le moment, j'en avais été mortifié. Comme je ne l'ai jamais oublié, j'attends toujours que Theo et ses amis soient sortis avant d'aérer sa chambre.

Parfois, il voulait que nous l'espionnions quand elle se trouvait au jardin avec une de ses amies ou un de ses copains. Je ne désirais rien davantage, même si j'en étais malade quand, de notre cachette, je l'apercevais dans l'herbe, aux côtés d'un type à la voix profonde et aux épaules larges. J'étais cependant surpris qu'Adrian trahisse ainsi leur attachement mutuel. Peut-être avait-il remarqué ma jalousie refoulée ? Peut-être la partageait-il ? Un jour, elle l'a découvert derrière un arbre, alors qu'elle embrassait un de ces types. Je m'étais caché derrière un buisson, un peu plus loin, et j'ai tremblé comme une feuille quand elle lui a sauté dessus.

Ses yeux pouvaient être à la fois malicieux et d'une arrogance oisive, mais chaque fois qu'ils m'effleuraient, je sentais leur rayonnement. Je me ratatinais sous son regard jusqu'à n'être plus qu'un avorton difforme, et pourtant... Non, je ne dirais pas pourtant. C'est bien autant pour elle que pour Adrian que j'allais chez eux chaque après-midi, dans l'espoir d'entrapercevoir Ariane.

Elle m'a fait souffrir, mais elle a également été la première à me faire rêver. Mon amour était à l'image des plantes introduites dans le désert par les hommes primitifs, ces plantes qui survivent avec une goutte de rosée par jour. Un seul regard suffisait pour l'entretenir, doux et mou à l'intérieur, mais couvert d'épines. Elle m'avait touché une seule et unique fois, ce jour-là, au bord de la mer du Nord, quand elle avait posé la main sur mon épaule, pour effectuer son numéro d'équilibriste à bicyclette. De mon côté, je ne l'ai touchée qu'une fois, avant qu'elle ne disparaisse de mon existence pour plusieurs années, et c'est un arc-en-ciel de sentiments forts, clairs, mais aussi légers et incompréhensibles qui s'étend entre ces deux gestes.

C'était un samedi d'hiver, un de ces nombreux week-ends où je dormais chez Adrian. Nous étions dans la chambre d'Ariane et regardions un film à la télé. Elle avait une angine et nous étions tous installés dans son lit, avec des oreillers, du thé et des biscuits. Je me sentais comme un intrus qui se serait introduit chez elle, sous couvert de mon âge innocent et de mon amitié avec son frère. J'étais si proche d'elle que je sentais son odeur ainsi que son pied ou son genou quand elle bougeait. Je crois que nous regardions *Spartacus* ou *Ben Hur*, car je me souviens d'un tas de Romains en technicolor et armure dorée, aux bras luisants et bronzés.

Adrian s'ennuyait et il est parti dans son coin avant la fin. Moi, j'ai dit que je voulais voir le film jusqu'au bout ; cependant, même si mon regard restait braqué sur l'écran, j'avais complètement perdu le fil de l'action. J'avais la tête ailleurs. Beaucoup plus près.

Elle s'était endormie. Ariane était allongée sur le côté, la couette coincée entre ses jambes vêtues d'un collant de laine. Je me suis enhardi et j'ai longtemps contemplé son profil enfoncé dans l'oreiller comme un joyau dans son écrin. Ses lèvres entrouvertes étaient légèrement gercées. De temps en temps, ses paupières frémissaient sous le voile blond de cheveux ébouriffés, et cela me faisait sursauter à chaque fois. Quand elle étirait une jambe dans son sommeil, ses orteils touchaient ma cuisse. Je restais immobile et sentais la pression légère et chaude.

En fait, ce n'est pas le courage mais plutôt une impulsion irrésistible et mécanique qui m'a fait tendre la main et caresser sa jambe. Je n'ai jamais oublié la sensation rêche de la laine contre ma paume et les longues courbes de sa jambe. Elle a esquissé un bref sourire, les yeux toujours fermés, et j'ai pensé qu'elle ne dormait peut-être que d'un œil. Ma main allait presque enserrer sa cheville mais, l'instant d'après, elle a ramené le pied vers elle. J'ai attendu, immobile, tout en lisant les sous-titres sur l'écran. Elle dormait. Je ne savais pas si j'étais déçu ou soulagé.

Par la suite, il m'arrivait d'écouter derrière la porte quand elle faisait ses exercices au piano, mais

Adrian ne partageait pas mon goût pour la musique et, à chaque fois, il me tirait au grand air. Peut-être m'avait-il percé à jour, toutefois, dès cette époque, il avait trop de tact pour laisser paraître ce qu'il voyait. C'est l'ami le plus proche que j'ai jamais eu, néanmoins, nous ne nous sommes jamais fait de confidences outre mesure. Nous étions des garçons, et les garçons ne se confient pas. Ils souffrent en silence, témoins pudiques des souffrances des autres qui vont parfois jusqu'à donner une tape sur l'épaule de leur ami d'humeur chagrine, afin de l'entraîner dans de nouvelles aventures, quand tout devient trop triste.

La pudeur était à la base de notre amitié et peut-être est-ce pour cela que nous étions si liés. Du reste, je ne suis pas certain que les confidences apportent grand-chose, ni même que cela aide un ami si l'on écoute ses jérémiades. J'ai dans l'idée qu'il peut se développer une forme de solidarité équivoque car, au bout du compte, on se solidarise avec la détresse ou les soucis, et non avec le pauvre bougre qui doit tenter de se remettre sur pied et de repartir. Dans sa dernière lettre, Adrian s'est enfin permis de dire qu'il avait quelque chose sur le cœur. Je n'ai pas la moindre idée de ce dont il s'agissait et, même si Adrian n'était pas décédé, il n'est nullement certain qu'il m'en aurait parlé. Curieusement, c'est sa mort qui me pousse à me poser la question. Et je sais que je ne le lui aurais jamais demandé si je l'avais revu.

Deux ans après nos vacances sur les bords de la mer du Nord, Ariane est partie à Londres, pour y suivre les cours du Conservatoire. J'étais désespéré mais soulagé en même temps, car ma mauvaise conscience me disait qu'Adrian n'avait été qu'un prétexte afin de pouvoir venir à la villa. Aujourd'hui, je suis quasiment sûr qu'il connaissait mes sentiments, même si, après coup, il m'est impossible de les exprimer. Je n'ai pas accès à cette fièvre amoureuse puérile. Mes paroles pour la décrire ressemblent aux mots écrits d'une encre fanée sur les petites vignettes publicitaires rangées dans des vieux classeurs fermés à jamais, parce que la clef a disparu. Si je tente de forcer les tiroirs, le classeur va tomber en poussière, bouffé par les termites de l'oubli.

Je l'ai oubliée. Une fois adolescents, nous avions assez à faire. Comme d'habitude, c'était Adrian qui menait la danse et, avec lui, j'ai pris mes premières leçons d'action amoureuse. Il y avait des avantages à être son ami réservé et gêné, car il prenait l'initiative pour nous deux et, en règle générale, ses différentes copines avaient une amie. Lorsque sa mère n'était pas là, la villa tranquille se transformait en un camp d'entraînement tapageur. Je faisais mon possible pour gesticuler comme les autres, avec succès parfois, mais mon cœur n'y était pas. Pensais-je encore à Ariane ? Je ne le crois pas. Je rêvassais comme lorsque j'avais reçu les cartes postales de ma mère, contemplant son écriture régulière et les palmiers pointus de Menton. Je rêvais d'autre chose, rien de spécial ni de particulier. D'autre chose.

Je ne possédais pas de talent prononcé pour être jeune ; de fait, je crois que l'on y est plus ou moins doué selon les dispositions d'esprit de chacun. Adrian était un jeune éblouissant. Il n'aurait jamais dû changer. Pour moi, cela a représenté un soulagement de vieillir, et je me souviens de ces années comme d'un désert d'ennui et d'attente. J'essayais bien de prendre part à l'agitation optimiste et pétulante des autres, mais, au fond de moi, j'étais seul. Comme ma mère, me suis-je rendu compte. Elle et moi, nous nous trouvions chacun de son côté du temps où l'on mesure la réalité à l'aune effrénée de ses espoirs. Elle n'osait plus en avoir autant, tandis que, moi, je n'avais pas encore d'idée précise de ce que j'espérais. En revanche, la solitude était identique, cette sensation d'être enfermé dans l'éternel ici et maintenant des jours. Comme une tortue dans son aquarium ou un explorateur polaire qui, engoncé dans son anorak de granit, regarde fixement l'océan Arctique, même si ce dernier a fondu depuis longtemps.

Sur l'écran de mon cinéma intérieur, le temps est comprimé en séquences abruptes. Sans avertissement, il se passe dix ans, même si ces derniers se sont écoulés à une vitesse d'escargot. Mais l'impression est la même. On était le même tandis que tout se transformait lentement ; c'est la même personne qui, dans le souvenir, s'observe elle-même et observe les autres dans des développements différents. Adrian et moi, nous nous sommes vus grandir et changer, mais nous ne le remarquions pas. Quand j'y repense, il n'y a pas de transition entre le garçon en lainage aux cheveux ébouriffés et le jeune agent de change en costume cravate au sourire de gagneur et aux manières raffinées. Il était tout le temps sous mes yeux, mais je n'ai pas vu le changement ; les ans l'ont atténué et je ne m'en souviens guère. Les différentes versions d'Adrian se substituent mutuellement, comme si le garçon de douze ans n'avait fait que changer d'habit. Mis à part les vêtements, le visage est inchangé, ils sont également grands. L'homme possède le corps du garçon en même temps que le garçon est aussi grand que l'homme. Du reste, ce dernier point n'est pas si surprenant. Les enfants ne sont petits qu'aux yeux des adultes ; aux yeux de leurs pairs, ils ont déjà pleinement fini leur croissance.

Nous avions vingt-cinq ans, cet été où Ariane est réapparue dans notre histoire. Nous l'avions peu vue après son départ à Londres. Elle était revenue deux ou trois fois, Adrian et sa mère s'étaient rendus en Angleterre à peu près autant. Elle avait passé quelques vacances chez son père qui, à cette date, vivait à Paris avec sa nouvelle épouse, son ex-secrétaire, si j'avais bien compris. Adrian ne voyait jamais son père. Adrian était très jeune quand son père les avait quittés, et la séparation originelle était peu à peu devenue un choix de sa part. À ses yeux, il n'avait pas de parents. La mère distante, en robe de chambre ou culotte de cheval, n'était qu'un fantôme, tellement muette, insignifiante et pâle qu'elle en paraissait presque transparente.

Il ne nourrissait ni amertume ni soif de vengeance, il avait seulement tiré ses propres conclusions. Ariane et moi formions sa famille. Ils s'écrivaient et se téléphonaient souvent, mais il me faisait rarement part des propos d'Ariane, et seulement en des termes vagues. Elle devait lui manquer terriblement, mais il n'en laissait rien paraître. À l'époque, je ne crois pas avoir mesuré l'étendue de sa solitude. Quand nous nous retrouvions, il n'était pas seul, n'est-ce pas, et nous étions presque toujours ensemble. Je suivais les cours de l'École d'architecture et j'étais revenu à l'Hôtel Reykjavik. La mansarde était moins coûteuse qu'un logement. Adrian, lui, se consacrait déjà pleinement à sa carrière.

Je me souviens de lui assis dans un box du Club Intime, sur un de ces canapés moelleux et ronds. L'atmosphère de velours, de paillettes et de seins ballottants était aussi exotique pour lui que son monde l'avait été à mes yeux. Je lui ai proposé plusieurs fois de le présenter à une des filles, et je riais en voyant sa tête quand il me répondait qu'il ne lui viendrait jamais à l'esprit de payer pour du sexe. Je nous revois en compagnie de Bibi, une des vieilles amies de ma mère, une de celles appartenant au petit cercle de beautés légèrement vêtues qui venaient prendre le café dans la cuisine, derrière la réception. Bibi avait presque quarante ans, et cessé de faire du strip-tease depuis longtemps. C'était la compagne de Doris, une jeune Africaine qui se produisait au club. Adrian contemple Doris qui se trémousse sur scène et agite ses seins fantastiques. Elle vient s'asseoir avec nous après son numéro. Les yeux d'Adrian sont rivés sur le décolleté où apparaît la peau couleur café.

Mon père arrive à son tour. Il a un verre de sa boisson préférée, Jägermeister mélangé à un soda rouge. Je ne sais pas si cette boisson possède un nom. Adrian et lui discutent, et j'entends plusieurs fois le nom de Stan Getz émerger de la musique disco. Je me représente Stan Getz comme la tête d'un nageur énergique qui ne cesse de disparaître dans les vagues d'un vacarme idiot. Peut-être mon père parle-t-il du temps où il jouait dans les restaurants dansants, où l'on pouvait se téléphoner d'une table à l'autre. J'ai une photo où il est assis avec les saxos derrière un pupitre aux initiales de l'orchestre, vêtu d'une veste en lamé, comme les autres musiciens. Avec le temps, ses cheveux sont devenus gris ; il est ivre, comme d'habitude, et il me fait honte. Sinon, il est élégant le soir, avec un costume crème, une chemise vert menthe et une pochette de la même couleur qui dépasse de la poche comme une feuille de salade fraîche et appétissante. Je ne sais pas combien de soirs sont comprimés pour former cette image, il est donc vain de demander si c'est avant ou après le moment critique.

Il faisait très chaud cet après-midi où je me suis rendu à la villa d'Adrian. La porte principale n'a pas été ouverte et j'ai fait le tour de la maison. Ariane était au jardin, installée dans un transat, et ne portait qu'un slip. Sa peau blanche et exposée au soleil formait un contraste saisissant avec les rhododendrons ombragés entre le jardin et l'orée du bois. Elle avait l'air mal en point, les traits encore plus tranchants que dans mon souvenir, et un bouton rose vif sur une joue. Elle a ouvert les yeux. J'ai senti son regard peser sur moi, comme si elle scrutait le moindre de mes gestes. Elle m'a demandé si je savais où se trouvait Adrian. J'ai haussé les épaules. Peut-être était-il avec sa dernière petite amie ? a-t-elle ajouté, et il y avait un je-ne-sais-quoi d'acide dans la manière dont elle avait prononcé ces mots, avec un sourire.

Cet après-midi-là, elle m'a parlé de la maladie de

leur mère. Elle avait été hospitalisée six mois plus tôt, mais Adrian avait juste mentionné la chose en passant, et j'avais senti qu'il préférait éviter le sujet. Je lui ai demandé ce qui n'allait pas. Adrian ne m'avait donc rien dit ? Je me suis assis sur l'herbe. En fait, il était en soi étonnant qu'elle ait réussi à tenir aussi longtemps, a poursuivi Ariane. Elle a regardé dans la direction des rhododendrons et du bois et, en l'écoutant, j'ai eu le sentiment que nous trahissions Adrian.

La première fois, leur mère avait disparu de la maison, un soir. La chose s'était reproduite et l'on finissait toujours par la retrouver sous un arbre du bois. Ariane l'avait retrouvée ainsi, gisante sur les feuilles mortes entre les troncs. Elle avait vu sa mère déchirer les feuilles en se tordant les mains, elle avait entendu avec terreur la voix métamorphosée. Sa mère grognait comme un chien.

Sa mère avait refusé de voir Adrian à sa naissance. Elle n'avait rien voulu savoir de l'enfant qu'elle venait de mettre au monde. La nuit, elle avait hurlé. Elle s'était retranchée dans la pièce la plus reculée de la maison, et avait refusé d'en sortir. Ariane était venue à la porte pour parler à sa mère, jusqu'à ce que quelqu'un la prenne par la main. Sa mère restait derrière la porte fermée à clef et, la nuit, elle criait. Des médecins venaient et, quand ils repartaient, elle ne criait plus. Les années suivantes, elle n'avait été qu'un fantôme errant en robe de chambre jusqu'à une heure avancée de la matinée. Dans les périodes où elle allait mieux, elle passait le plus clair de son temps à faire du cheval dans le bois.

Ariane s'était occupée de son petit frère. C'était elle qui l'emmenait à la crèche avant d'aller à l'école, elle qui allait le rechercher. C'était elle qui lui faisait la lecture, le soir, elle qui restait dans son lit quand il n'arrivait pas à dormir. Ils avaient un album de photos et, parfois, ils regardaient les clichés de leur mère qui leur souriait, avant leur naissance, par exemple un jour d'été, au bord de la mer du Nord, une jeune femme bronzée au regard vif. Ils avaient tenté de déceler des traces de folie sur son visage, des signes avant-coureurs de ce côté qui allait éclater. Ils avaient scruté les commissures des lèvres, les petites rides et les pupilles, mais n'étaient parvenus à voir qu'une jeune femme heureuse et souriante.

Ariane m'a dévisagé, sa voix avait un ton presque menaçant. Je n'étais tout de même pas en train de la plaindre ? Elle s'est levée, a fait les cent pas, bras croisés. Je me suis protégé les yeux de la main, le soleil était bas sur la maison. Elle a penché la tête en arrière, et ses longs cheveux ont effleuré l'endroit où la colonne vertébrale se cambre à la hauteur des reins, formant une courbe comme celle d'un hippocampe. Les ombres s'allongeaient, atteignant presque la lisière du bois. Ariane s'est retournée, elle est venue vers moi. Là, c'est le trou noir, l'image se disloque, et je ne sais pas comment nous parvenons à la séquence suivante. J'aimerais me souvenir, mais que dit-on dans ce cas ? C'est arrivé, c'est tout.

La chaux blanche de la façade a pris un reflet bleuâtre dans le contre-jour, le soleil m'éblouit quand je monte les marches, derrière Ariane, jusqu'à la porte-fenêtre ouverte. Son dos et ses jambes pâles et nus s'estompent dans la pénombre, et je ne vois rien quand j'entre à l'intérieur. Il s'écoule quelques secondes avant que je l'aperçoive. Elle est allongée sur un canapé, vert dans la lumière affaiblie qui se fraye un chemin à travers le feuillage devant les fenêtres. De prime abord, elle semble dormir, mais quand je m'approche, je vois qu'elle a les yeux ouverts. Elle saisit ma main et m'attire contre elle.

Elle s'est donnée à moi, comme ça, sans crier gare, avec une frénésie soudaine, comme si elle sautait d'un précipice et m'entraînait dans sa chute. Elle a gémi et m'a mordu la lèvre quand je l'ai embrassée, et le goût de sa salive s'est mêlé au goût métallique du sang. Son visage grimaçant a semblé se fondre dans les ombres vertes, oscillant entre le plaisir et ce qui ressemblait à de la douleur, comme si une force inconnue était en train de ravager ses traits. Une partie de moi-même a pénétré violemment en elle, mue par la pression de mon désir refoulé, tandis qu'une autre planait au-dessus de nous et contemplait nos corps impétueux et enlacés, parfaitement conscient qu'Adrian pouvait rentrer d'un instant à l'autre et nous trouver là.

Puis elle est restée sans bouger, un bras tombant sur le plancher, avec un sourire étrange, avant de se lever. Je l'ai suivie à l'étage. Je suis resté sur le seuil de la salle de bains, contemplant sa silhouette diffuse derrière le verre dépoli de la cabine de douche, quand j'ai entendu Adrian appeler dans l'entrée. Elle a ouvert brusquement la porte de la cabine et m'a tenu par le menton. « Tu la fermes, hein ? » Une fois encore, je me suis senti comme un gamin. Mais pourquoi tout ce secret? ai-je pensé sans lui poser la question. Elle m'a dévisagé d'un regard menaçant. Elle avait l'air d'une sorcière avec ses cheveux mouillés qui collaient à son crâne et à ses joues au milieu des volutes de vapeur qui l'enveloppaient. La belle sorcière de mon enfance.

Je suis allé rejoindre Adrian au jardin. Je crois qu'il ne soupçonnait rien. Quand nous sommes rentrés peu après, Ariane descendait l'escalier, en peignoir et avec une serviette nouée comme un turban autour de la tête. Là, elle avait l'air d'une reine mais, en découvrant Adrian, elle a sauté dans ses bras, braillant comme une enfant. Je me suis écarté, comme quelqu'un qui ne veut pas déranger, tandis qu'il la faisait tournoyer dans les airs. Il a perdu l'équilibre, elle a crié, ils ont fait semblant de lutter au sol, la ceinture de son peignoir s'est défaite. Ariane a gagné le combat, elle possédait une force surprenante. Ils ont ri, essoufflés, quand elle s'est assise à califourchon sur lui et a coincé son poignet par terre. Je ne voyais pas le visage d'Ariane derrière ses cheveux emmêlés, non, je ne voyais que ses petits seins qui pointaient dans le peignoir ouvert.

Le téléphone a sonné, je l'ai décroché dans le salon. Un homme a demandé Ariane. Quand je me suis retourné, Adrian était là, avec un regard interrogateur et blessé. J'ai haussé les épaules, il est sorti dans le jardin. En sortant, j'ai entendu la voix douce et badine d'Ariane, ce ton dont elle se servait quand elle enfermait quelqu'un dans une atmosphère d'intimité privilégiée. Quand elle nous a rejoints, elle était habillée, et s'était même maquillée. Ses yeux m'ont effleuré quand elle est sortie. Ce regard ne me demandait ni ne me voulait rien, il notait ma présence, peut-être légèrement sur ses gardes.

J'avais l'impression d'avoir été brusquement poussé dans l'avenir, de l'autre côté de cette frontière d'où l'on ne revient qu'à contrecœur : la frontière qui sépare ce que l'on s'était imaginé et ce qui fait pâlir les fantasmes et les désirs. J'ai bien du mal à me souvenir de ce que j'avais attendu d'Ariane. Pour ainsi dire, la réalité imprévisible et toute-puissante avait changé de pied d'appui, tout paraissait différent.

Je ne me sentais plus le même, mais qui serais-je devenu autrement ? Qui n'étais-je plus ? Je ne le savais pas alors, et je le sais encore moins aujourd'hui. Le regard d'Adrian me contemple par les yeux d'Ariane, de même que les traits d'Ariane m'apparaissent sans cesse derrière le souvenir que j'ai de ceux de son frère. Suis-je en train de raconter cette histoire pour Adrian, ou pour moi ? Plus je m'enfonce dans mon souvenir, plus j'ai le sentiment que c'est moi que j'essaie de sauver, de dépêtrer d'Adrian.

Tandis que nous étions assis sur l'escalier du jardin, Adrian m'a parlé de sa maîtresse. C'était curieux de l'écouter ainsi, d'une oreille, alors que, dans l'autre, j'entendais encore les gémissements excités d'Ariane. S'il n'avait pas été aussi obnubilé par sa propre histoire, je suis sûr qu'il aurait remarqué quelque chose et deviné ce dont il s'agissait. Il ne m'avait jamais parlé d'une femme avec tant d'acuité, tant de sérieux. Il la connaissait depuis environ deux mois, elle était mariée. Ils s'étaient rencontrés un après-midi, lorsque nous étions à la plage. Elle s'y trouvait avec ses enfants, un petit garçon et une fillette plus petite encore. Dans un moment d'inattention, le ballon de plage du gamin avait été emporté par une vague, et Adrian avait immédiatement vu les possibilités recelées par cette chose bariolée et rebelle ballottée par les flots. En outre, cela lui offrait l'occasion de faire une démonstration de son crawl impeccable.

Un ballon de plage récalcitrant n'aurait pas suffi à faire bouger Adrian et, de ma serviette, j'ai vu le sauveteur du ballon focaliser l'attention de l'inconnue, par le verbe et le charme, au milieu de la plage bondée. Certes, elle était belle, cette jeune mère mince en maillot de bain qui découvrait ses hanches dorées, avec ses lunettes remontées crânement sur le front, mais je ne comprenais pas ce qu'elle avait de spécial. Quand elle est partie, il l'a aidée galamment en portant le parasol, le ballon et le panier jusqu'à sa voiture. Il affichait un sourire satisfait en me rejoignant, il avait mémorisé sa plaque d'immatriculation. Bien entendu, il avait eu l'intelligence de ne pas chercher à trop tirer parti de la situation, qui semblait parfaitement innocente. Mais, comme d'habitude, il s'était assuré le loisir d'une prochaine rencontre impromptue.

Les petites intrigues de ce genre faisaient partie intégrante de son existence. Je n'ai donc pas été surpris quand l'inconnue a fini par céder à son siège et à le recevoir dans le pavillon où elle habitait avec son avocat de mari. J'étais habitué à ce que les femmes cèdent à Adrian, et j'étais également habitué à la vitesse et à la facilité avec lesquelles il en changeait. De plus, je m'imaginais sans peine que les prestations érotiques d'Adrian constituaient une variation positive dans sa vie de banlieue. Adrian me l'a décrite avec force détails, lesquels sont trop ennuyeux pour être rapportés ici. Le tout était fort normal et prévisible. En revanche, Adrian m'a étonné, car j'avais cru qu'il s'agissait d'une simple liaison de plus.

Adrian était l'homme des liaisons et des aventures, l'illusionniste des rencontres fugaces et pleines d'espoirs. Il s'y entendait à fouetter l'enthousiasme, à créer une atmosphère de perdition douce amère à laquelle les filles résistaient rarement. Peut-être parvenait-il à faire croire à chacune qu'il y avait quelque chose de spécial avec elle ? Ou, au contraire, aimaient-elles être utilisées de la sorte, au petit bonheur, parce qu'elles se sentaient alors si délicieusement dépravées ? Qu'en sais-je ? Il était débauché, mais parfaitement irrésistible, et j'ai été d'autant plus surpris de voir le Casanova polisson et flatteur aussi enflammé.

Quand elle venait le trouver à la villa, Adrian m'avait gentiment fait comprendre de me tenir à l'écart mais, en règle générale, ils se retrouvaient chez elle, et il la poussait à prendre des risques inutiles. Une fois, il avait été obligé de se cacher dans la buanderie, derrière le linge à sécher, parce que le mari était rentré plus tôt que d'habitude. C'était une comédie totalement banale, et je le lui ai dit. Mais mes ricanements affectueux n'ont eu aucun effet. Il m'a demandé si je n'étais pas envieux, et je n'ai su quoi répondre. La question m'a fait penser à Ariane et au fait qu'il devait ignorer ce qui s'était passé.

Lorsqu'il a commencé à prendre des photos, j'ai considéré cela comme une lubie sentimentale. Il s'agissait de clichés anodins de sa maîtresse, pris dans son jardin ou dans les bois, appuyée contre un tronc avec une pose féminine. J'ai eu des soupçons quand les enfants sont apparus sur les photos. On aurait cru qu'il jouait au papa, à la maman et à la gentille famille avec lui-même comme doublure du mari. C'était exactement le genre de photos que l'avocat prenait de sa charmante famille. Je ne comprenais pas qu'elle le laisse venir quand les enfants étaient là, jusqu'à ce que l'avocat figure à son tour sur les clichés.

Là, j'ai mieux compris pourquoi je voyais de moins en moins Adrian. Il aurait été également surprenant qu'elle soit en mesure de consacrer autant de temps à son amant. La plupart des photos étaient prises au téléobjectif. Adrian m'a dévisagé d'un air triomphant en me parlant du chemin qui serpentait derrière les jardins des pavillons, et de la haute haie derrière laquelle il se dissimulait quand, tel un paparazzi de magazine, il braquait son appareil sur sa maîtresse et sa famille. Je ne suis pas parvenu à déterminer si c'était le risque d'être pris sur le fait ou ces instants de vie volés qui le faisaient jubiler. Je ne crois pas qu'il était en mesure de faire la différence.

Sur une des photos, elle contemplait le gazon, comme si elle avait oublié la petite fille dans ses bras, l'avocat était près du grill, en tablier, avec une cuisse de poulet tenue par une pince, à bout de bras. Sur une autre photo, elle levait les yeux au ciel tandis que son mari la serrait dans ses bras, par-derrière ; visiblement, elle semblait perdue dans ses pensées, repliée sur elle-même, sans prêter attention à ce geste. Mais ce n'étaient pas ces photos prises au téléobjectif qui rendaient Adrian taciturne, ces photos saisissant des instants où l'on pouvait s'imaginer qu'elle songeait à son infidélité. Adrian était davantage ému par les photos où elle se concentrait sur ses enfants, absorbée par leurs jeux, devenant elle-même partie intégrante de ce jeu, comme Adrian. Je crois qu'il considérait ces photos de la sorte, comme un jeu qu'il mettait en scène, un jeu plus innocent à ses yeux que ceux auxquels il se livrait avec leur mère.

Peu à peu, il se montrait plus téméraire, il les suivait dans sa voiture quand ils partaient en promenade ou se rendaient en ville. Il avait pris les dernières photos dans un grand magasin. Le garçon essayait des chaussures, le père tenait la fillette à la main et observait, tandis que la mère s'était agenouillée à côté de la vendeuse. Il y avait plusieurs clichés de la scène et, sur le dernier, elle levait la tête, toujours agenouillée, les cheveux lui tombant sur le front et les joues. Adrian avait fait effectuer un agrandissement, le recadrage était si serré que l'on ne distinguait rien alentour, seulement le visage penché en avant avec les cheveux en bataille. Elle fixait l'objectif d'un regard fougueux, si bien que l'on aurait été porté à croire qu'elle avait été photographiée alors qu'elle le chevauchait, lui. Il l'avait appelée des journées entières, quand il était sûr qu'elle se trouvait seule à la maison. À chaque fois, elle raccrochait violemment. Il avait fini par se rendre sur place, même s'il risquait de tomber nez à nez avec l'avocat. Elle ne l'a pas laissé entrer une seule fois. Restant derrière la porte, elle lui disait qu'elle ne voulait plus le voir.

Aux yeux d'un observateur extérieur, elle ne se différenciait pas de toutes les jeunes femmes bien faites et intelligentes, mais, pour Adrian, elle était unique et irremplaçable. Pourquoi ? Parce qu'il en avait décidé ainsi. Il ne se souciait pas du caractère résolu de cette décision masquée par son désir fébrile et tempétueux, et il lui fallait donc présenter la chose comme s'il était le jouet de forces supérieures. J'y pense maintenant car je dois me demander pourquoi Ariane, et personne d'autre, avait été la passion dévorante de ma jeunesse. Les hasards, certainement, mais le côté fortuit d'un amour ne le rend pas moins déchirant.

À l'époque, je croyais que mes précieux sentiments étaient ce qui me poussait à vouloir la toucher, et qu'elle me cède ou me tourne le dos. Mais c'est l'inverse qui est vrai, l'amour est une chose terriblement concrète : la vision d'Ariane au piano, dans le salon d'un hôtel, se détachant sur le panorama des élymes des sables et des vagues dans le lointain, son pied nu sur la pédale de cuivre, la manière dont le soleil enrobait ses membres, quelque chose dans le mouvement de ses muscles sous la peau, un je-ne-sais-quoi d'appliqué dans son écoute de la musique, comme si ce n'était pas elle qui jouait, comme si la musique se jouait toute seule. Ce qui avait fait la différence était si minuscule et insignifiant, si fugace et fragile.

Mais alors, que dire de la belle épouse de l'avocat dans son pavillon de banlieue ? Pourquoi Adrian s'était-il épris d'elle, et non de la voisine, ou d'une des innombrables filles qu'il séduisait d'un sourire charmeur et laissait tomber peu après, toujours aussi souriant et insouciant ? Je n'en sais pas assez sur elle pour être en mesure de répondre, car

Adrian en parlait si peu. Il se répandait d'abord sur ses sentiments boursouflés, mais je me souviens aussi d'avoir été surpris qu'il parle autant de ses enfants.

Il me rapportait ce qu'elle avait dit à leur propos, visiblement, elle parlait beaucoup des enfants, des petites anecdotes inquiètes ou cocasses sur une incisive cassée ou une remarque d'une sagesse précoce. On aurait pourtant cru que, en compagnie de son amant, elle aurait parlé de tout sauf de ce qui mettait un obstacle à leur relation. Si elle le faisait, cela n'intéressait pas Adrian. Il voulait l'entendre parler de ses enfants. L'amour d'Adrian était tellement débordant qu'il ne rejaillissait pas seulement sur les enfants, mais les emportait avec leur mère dans ses récits larmoyants.

Il lui avait demandé si elle ne voulait pas les emmener avec eux. Il avait proposé qu'ils aillent à la plage ; bien entendu, elle avait repoussé cette idée étrange et incongrue. Un jour, il les avait poursuivis dans la rue, elle avait été furieuse, et il avait dû trouver dare-dare une raison plausible à sa présence accidentelle. Il avait lutté pour ne pas l'embrasser en la voyant ainsi, un enfant dans chaque bras et du chocolat sur son chemisier parce que la petite avait fait tomber sa glace. Il avait eu envie d'embrasser les joues couvertes de chocolat de la petite fille. Un instant, je me suis demandé si mon ami n'était pas devenu pédophile. Je ne le pense pas. Non, je crois réellement qu'il s'agissait de tendresse, et rien d'autre. Une tendresse qui ne se satisfaisait pas de se poser sur la mère fatiguée mais devait également englober la petite trinité.

Lorsqu'elle se blottissait dans ses bras, câline et satisfaite, elle lui parlait de la répétition, des déceptions et de la lassitude insipide qui constituaient la vie qu'elle avait pourtant désirée et choisie de son plein gré. Sa vie avait un relent de détergent, c'étaient ses propres mots; autour d'elle, tout était si propre et charmant qu'elle prenait plaisir à souiller cette propreté domestique par l'odeur de sueur et de sperme étrangers. Adrian m'a décrit qu'elle pissait en laissant la porte des toilettes ouverte, tout en fumant sa clope postcoïtale, et balançait des remarques sarcastiques sur les chemises blanches de l'avocat qui gouttaient au-dessus de la baignoire. Ce n'était pas seulement elle qu'il désirait, cette maîtresse cynique et disponible qui tirait le maximum de plaisir possible de ses heures de liberté d'après-midi. C'était la mère avec du chocolat sur son chemisier et au regard harassé, elle dont les cheveux étaient tenus par un élastique, avec une raie au milieu qui lui donnait l'air d'une écolière. C'était elle qu'il voulait, elle qu'il ne pouvait avoir.

Une de ces photos avait été prise par une chaude journée d'été, à la dérobée, comme toujours. Elle était en train de remplir une piscine gonflable avec un tuyau d'arrosage. Il l'avait photographiée à l'instant précis où elle dirigeait le jet sur les enfants nus et hurlants. Il m'a raconté qu'il avait dû fermer les yeux et se détourner pour ne pas foncer à travers la haie et se faire asperger par le jet d'eau froid et argenté. À l'époque, je me suis imaginé que le côté impossible de son amour était qu'il aurait voulu être leur père. Aujourd'hui, je me demande si je ne me trompais pas, si, au fond, il ne désirait pas être l'un de ces bambins gesticulants et hilares, aux corps bronzés et luisants sous l'effet de l'eau qui les éclaboussait en une cascade étincelante.

C'était une journée de juillet chaude et moite, et les fenêtres de l'Hôtel Reykjavik restaient ouvertes en permanence, faisant penser à des bras écartés ou à des ailes déployées. J'ai oublié cette sensation de cœur gros, en revanche, je me souviens encore des cris de la nuit et de la musique qui venait d'un troquet du coin, des effluves sortant du conduit d'aération noirâtre et de l'odeur de friture qui montait d'un grill voisin. Je me souviens des patrons du grill, des Chinois, de leurs visages larges qui prenaient un éclat doré entre les poulets qui tournaient sur leurs broches, je revois encore les prostituées aux joues creuses et les femmes au lavomatic. Elles ressemblaient à des fantômes dans l'éclat tremblotant des tubes fluorescents, aussi pâles que le linge délavé qui était ballotté derrière les hublots des machines, tandis qu'elles contemplaient le ciel bleu.

Un jour, on a frappé à ma porte. J'ai ouvert, Ariane était là, adossée au chambranle, les mains enfoncées dans les poches d'un manteau blanc et froissé. Ses cheveux étaient noués en un chignon lâche, ses épaules étaient tachetées par des gouttes de pluie. Elle a incliné la tête, elle avait l'air fatiguée. J'ai essayé de sourire. J'étais resté chez moi dans les jours qui avaient suivi la métamorphose de notre relation. Elle n'avait pas donné de ses nouvelles ; Adrian était occupé par son histoire d'amour. Je n'avais pas eu envie de le voir, en même temps, je gardais jalousement mon secret, et je ne voyais pas comment nous parviendrions à nous retrouver tous les trois.

Elle s'est écartée de la porte d'un mouvement d'épaule indolent. Elle était pieds nus dans ses sandales à talons hauts, ses ongles de pieds étaient aussi blancs que des griffes. Elle m'a adressé un sourire complice et a passé doucement la main dans mes cheveux, là où désormais tout est lisse comme une bille de billard. Elle a soutenu mon regard tandis que sa main a glissé sur ma joue. Je pouvais sentir le parfum de sa peau à travers l'odeur de pluie. Je lui ai dit que je l'aimais. Les mots ont surgi de ma bouche, un peu anxieux, comme s'ils avaient attendu trop longtemps, écrasés en moi comme des sous-vêtements au fond d'un sac à dos. Je n'ai pas trouvé autre chose, mais, finalement, aurais-je pu dire autre chose ? Elle s'est penchée un peu et m'a embrassé brièvement. Je l'ai attirée vers moi, mais elle s'est dégagée et a laissé tomber son manteau en allant vers mon lit.

Elle a contemplé le plafond d'un regard vide. On aurait cru qu'elle avait oublié ma présence. « Tu ne me connais pas », a-t-elle dit. J'ai souri, avec plus d'assurance cette fois, et je me suis allongé à côté d'elle. J'ai répondu que je ferais volontiers sa connaissance. Elle a effleuré mon menton d'un poing fermé, comme un boxeur, mais tout doucement. Peut-être allais-je regretter qu'elle ne soit pas quelqu'un de très commode. « Peut-être », ai-je ajouté en lui caressant le visage. Elle a fermé les yeux et laissé ma main s'aventurer où elle le pouvait. Elle n'a pas réagi quand j'ai déboutonné sa robe, ni quand ma main a entouré un de ses seins, ni quand cette même main est remontée le long de sa cuisse, sous sa robe. J'ai sûrement repensé à cet après-midi d'hiver, lorsque j'avais caressé craintivement sa jambe tandis qu'elle dormait en collant, clouée au lit par une angine.

« Arrête », a-t-elle dit après que ma main s'était arrêtée un moment sur le mont chaud couvert par l'étoffe lisse de son slip. Cela a presque été un soulagement d'être interrompu ainsi dans mes approches humiliantes. Elle s'est mise sur le côté en me tournant le dos. J'ai passé un bras autour d'elle, elle a tenu ma main sous sa joue. Je me suis approché, tout en veillant à ce qu'elle ne remarque pas mon érection. Nous sommes restés immobiles une heure ou deux, tandis que la pluie tombait en chuintant dans la cour et tapotait contre les fenêtres ouvertes. Elle a parlé un moment, autrement, je crois qu'elle a dormi. Ses cheveux me chatouillaient le visage, mais je ne me lassais pas de respirer son odeur. Je me suis endormi à mon tour et, à mon réveil, elle était partie. Ariane et moi avons changé, mais, dès que nous sommes allongés l'un contre l'autre, aucun de nous ne sait ce qui va se passer. Je crois que nous laissons une part de nous-mêmes dans ces endroits où nous étions ensemble ; c'est pour cela que nous y retournons périodiquement. S'en souvenir, c'est un peu comme d'allumer un cierge, car ce sont nos petits sanctuaires personnels, une part de nous-mêmes y est enterrée.

Adrian m'a téléphoné quelques jours plus tard et nous nous sommes retrouvés en ville. Nous avons fait la tournée des bars, il buvait beaucoup et vite. Adrian était capable de boire énormément sans tituber, et sans que cela ne marque son visage gamin. Cependant, plus il buvait, plus il devenait sentimental. Il a parlé de sa maîtresse de banlieue qui ne voulait plus le voir. C'était la femme de sa vie. Je ne supportais plus d'entendre Adrian. Nos sentiments respectifs ne regardaient que nous. Comme je ne pouvais partager les miens, il m'était impossible de partager les siens.

Nous avons échoué au Andys Bar. C'est encore un des derniers endroits où l'on peut se cacher de l'aube menaçante. C'est là où se rejoignent les routes de la nuit aux petites heures enfumées de l'aube. Ces lieux obscurs fonctionnent comme les ventricules du cœur de la ville, recevant péniblement leurs flots de songe-creux, de sages et de beautés fanées, avant de les rejeter dans les artères grises et vides du matin. La décoration la plus marquante du lieu est un grand tableau des années cinquante, montrant une blonde apeurée, au milieu de la rue, qui perd son slip tandis qu'un tramway se rapproche au loin entre ses jambes. La perspective centrale de cette œuvre mineure prend donc là tout son sens.

Le juke-box jouait les habituels disques de Charlie Parker, et la bande immuable et vacillante de bohèmes très vaguement connus étaient accoudés au bar. Il nous a d'abord fallu nous frayer un chemin dans la foule avant de trouver une table. Adrian bataillait pour une bière quand j'ai vu entrer Ariane avec un monsieur bien habillé à la barbe grise. Ma réaction instinctive a été de leur tourner le dos, mais Adrian les avait déjà aperçus. Le monsieur aurait aisément passé pour le père d'Ariane. Elle s'est assise sans avoir l'air affectée, et du reste, pourquoi l'aurait-elle été ? Je n'avais à m'en prendre qu'à moi, elle ne m'avait jamais rien promis. Au contraire, j'aurais dû lui être reconnaissant d'avoir daigné m'effleurer au passage de sa grâce érotique.

J'étais sur le point de vomir quand Adrian a posé une tournée de bières fortes et embuées sur notre table. Elle a bu au goulot d'une manière gracieuse que je ne lui avais jamais vue, comme une princesse qui contemple sa cour. Le barbu nous a regardés attentivement pendant qu'elle faisait les présentations. Elle était d'une beauté foudroyante et la vue de ses épaules blanches dans la robe sans manches m'a fait frissonner. Elle faisait penser à un carnassier endormi avec ses dents souriantes enchâssées par le rouge des lèvres. Je me suis demandé si Adrian m'avait entraîné chez Andy parce qu'il savait qu'Ariane allait venir. Il m'avait certainement percé à jour depuis longtemps.

Ariane a dit qu'elle voulait rentrer, et Adrian a proposé que nous prenions tous un taxi. Je ne sais pas si c'est à cause de moi qu'il s'est imposé de la sorte. Elle ne l'a pas raté dans le taxi. Comment cela allait-il avec sa nouvelle amie ? J'étais sur le siège avant, et je n'ai pas vu comment Adrian a réagi en entendant sa sœur distraire Barbe Grise avec le récit de ses amours malheureuses. Il avait dû tout lui confier, et elle n'a rien oublié. Elle a même mentionné ses photos de voyeur, d'un ton enjoué et anodin, bien entendu, comme une grande sœur qui se moque gentiment de son frère toqué. Barbe Grise a ri, et Adrian a essayé de rire également.

Aucun de nous n'avait la moindre idée de ce dont nous allions parler une fois arrivés à la villa. Adrian s'est effondré dans un fauteuil, à moitié inconscient. Mon rival et moi nous sommes assis sur un canapé, le même canapé où Ariane et moi avions fait l'amour une semaine plus tôt. Quand elle s'est mise au piano, cela avait des airs de solution de fortune, de fuite. Dehors, le soleil était sur le point de se lever, on apercevait l'orée du bois à l'extrémité du jardin. Les notes étaient claires et brillantes comme des bulles. Elle a fermé les yeux et penché la tête, si bien que ses cheveux sont tombés comme un voile. Barbe Grise et moi la regardions fixement, immobiles mais aussi attentifs que des poissons d'aquarium à l'œil méchant. Elle était là, la bouche ouverte comme un attardé ; elle jouait et s'éloignait de nous, de cette situation désagréable, mais aussi d'elle-même, et se dirigeait vers un état où seule la musique était réelle.

J'ai été tiré de mes pensées lorsqu'elle a claqué le couvercle du piano. Elle est sortie dans le jardin, Barbe Grise l'a suivie. Je n'ai pas bougé jusqu'à ce qu'ils disparaissent de ma vue. Quand je suis finalement passé dans l'entrée, le silence a été rompu par une série de violents accords discordants. De la porte, j'ai vu Adrian qui se balançait sur la banquette du piano et martelait les touches. J'ai quitté la villa et je me suis dirigé vers la ville, marchant le long des grands jardins luxuriants. J'avais déjà marché longtemps lorsqu'un taxi s'est arrêté près du trottoir. Barbe Grise a ouvert la portière et a proposé de me déposer.

Le Club Intime était encore ouvert, mais il ne restait plus beaucoup de clients. Les filles libres discutaient près du bar tandis que des Norvégiens ivres, assis sur les canapés devant la scène, racontaient des histoires drôles. Doris était en train de faire son numéro. Elle gâchait son talent, les Norvégiens semblaient davantage intéressés par leur propre compagnie que par ses seins marron en forme de calebasse. Mon père, perché sur un tabouret de bar, lui tournait le dos et sommeillait. Bibi était à une table, à l'écart, perdue dans ses pensées. Avec elle, je me sentais toujours comme un petit garçon, le petit garçon que j'étais autrefois, quand elle-même était encore strip-teaseuse et venait dans la cuisine de ma mère, derrière la réception. Elle souriait en me voyant et passait la main dans mes cheveux. C'est seulement quand je pense à Bibi que mes cheveux me manquent, car je regrette la sensation de léger tiraillement dans la racine des cheveux. Mais mes cheveux ont disparu, et Bibi aussi.

« Tu as l'air triste », a-t-elle dit de sa voix chantante. Elle était islandaise et avait toujours fière allure avec ses cheveux blond-roux et son visage large aux yeux clairs. Ses yeux m'ont toujours rappelé à quel point le soleil d'hiver peut donner à la mer l'éclat dur de l'acier. Je ne crois pas qu'elle passait ses nuits au Club Intime parce qu'elle était jalouse. Elle et Doris étaient lesbiennes jusqu'aux bouts des ongles, et elle venait là plus par sollicitude, comme un époux fidèle qui attend que sa conjointe ait terminé son travail. Si, par mégarde, un client venait s'asseoir à côté d'elle, il était congédié d'une réplique aussi brève que brusque. Je crois qu'elle avait été amoureuse de ma mère, autrefois; elles avaient en commun des manières directes et indépendantes. Là, elle était amoureuse de Doris, mais elle ne le montrait pas lorsqu'elles se retrouvaient entre deux numéros. Il fallait le déchiffrer dans son regard attentif quand sa jeune maîtresse se retrouvait sous les projecteurs et dénudait son magnifique corps sénégalais.

J'ai eu peur qu'elle me demande pourquoi j'étais triste, mais elle avait déjà oublié, et parlait d'elle-même. Elle avait trente-huit ans et ressenti un besoin étrange. Elle avait cru que cela ne lui arriverait jamais. Elle n'avait pas couché avec un homme depuis qu'elle avait été violée à l'âge de quatorze ans, mais là, elle avait envie d'avoir un enfant, et, si elle en voulait un, il ne lui faudrait pas tarder. Doris ne le comprenait pas, elle était trop jeune. Du reste, Bibi elle-même ne comprenait pas pourquoi ses ovaires la démangeaient soudain de la sorte. Elle aurait volontiers adopté un enfant, peut-être un enfant sénégalais. Elle était allée à Dakar avec Doris pour rendre visite à sa famille, comme si elles étaient amies. Elle avait vu les orphelins qui traînaient sur le marché aux poissons, dans la poussière et la puanteur, mais ni elle ni Doris n'auraient été jugées dignes d'être parents adoptifs.

Pendant un moment, elle avait envisagé de coucher avec un type de passage. Cela n'aurait pas été trop difficile, elle était encore un beau brin de femme, même si elle commençait à se ramollir un peu. Elle s'était même décidée, un soir où elle avait été abordée par un homme d'affaires aux cheveux gris. Il avait eu l'air charmant, et elle s'était dit que ses gènes étaient certainement aussi solides que son compte en banque, à en juger par ses vêtements coûteux et ses bonnes manières. Cela s'était terminé en farce pénible, et l'homme avait failli la battre quand elle s'était levée et lui avait demandé de partir. Son con était resté sec comme du papier de verre, a-t-elle dit en rigolant. « Tiens, ce n'est pas ton ami, là-bas ? » a-t-elle demandé en désignant le bar. Quand je me suis retourné, j'ai vu Adrian se diriger vers nous à pas hésitants. Je me suis dépêché de l'asseoir à mes côtés avant qu'il ne s'écroule sur la table. Il empestait l'alcool.

« Merde, mais pourquoi a-t-il fallu que je continue ? » Il se balançait lentement d'avant en arrière, me dévisageant de son regard fixe et bleu. C'est alors que j'ai remarqué les traces de sang séché au coin de ses lèvres et sous son nez. Il a été secoué par un éclat de rire sans bruit ; il arrivait de chez sa maîtresse. Le taxi avait attendu tandis qu'il criait dans la rue paisible. Pour finir, le mari était sorti. Il l'avait aperçue, elle, sur le pas de la porte, tel un ange endormi aux cheveux défaits. Les enfants étaient arrivés à leur tour, en larmes, et elle était rentrée avec eux. Adrian lui avait crié de faire ses bagages, il était venu les chercher tous les trois. Les lumières de la maison voisine avaient été allumées, des chiens s'étaient mis à aboyer dans tous les coins. Incroyable le nombre de chiens dans une aussi petite rue! Adrian regardait devant lui, comme si un chenil au complet défilait dans ses pensées. Bref, l'avocat en avait eu par-dessus la tête. Adrian a souri en appuyant sur une incisive branlante. Puis il s'est effondré sur le canapé en velours capitonné.

Bibi m'a aidé à le mettre debout et à le traîner sur le trottoir. Il a failli se cogner la tête dans la porte vitrée de l'hôtel mais, heureusement, il n'y avait personne à la réception. Le portier de nuit regardait une vidéo dans la cuisine, et le vacarme des coups de feu couvrait les hauts cris de mon ami. Il a vomi dans l'ascenseur. Nous l'avons déshabillé et couché dans mon lit, sur le côté pour qu'il ne risque pas de s'étouffer. Je n'ai pas fermé à clef en partant. Bibi a trouvé un seau et un balai dans la lingerie, elle a lavé l'ascenseur tandis que je maintenais la porte ouverte. Ensuite, nous sommes descendus boire une bière au bar de l'hôtel. Le jour s'était levé, mais le bar était encore plongé dans la pénombre et il n'y avait pas un bruit.

J'ai demandé à Bibi si Doris n'allait pas s'inquiéter de savoir où elle était passée. Elle avait terminé maintenant et l'attendait peut-être au vestiaire. Bibi a souri, les fines rides de son visage se sont recroquevillées avant de disparaître tout aussi vite. Comme des brins d'herbe sous l'eau. Je me rappelle avoir pensé exactement cela, car je n'oublierai jamais ce qu'elle a dit alors. Elle a tendu la main et m'a caressé les joues, l'une après l'autre, très lentement. Je n'avais pas changé. Je ressemblais toujours au garçon avec ses calculs dans la cuisine, là où maintenant le portier de nuit somnolait devant sa vidéo. Bibi s'est retournée pour jeter un coup d'œil vers la réception, et j'ai entraperçu une silhouette en manteau blanc dans le miroir, derrière les bouteilles alignées.

Bibi s'est retournée vers moi. Elle aurait aimé avoir un garçon semblable à celui que j'étais autrefois. Voudrais-je être le père de ce garçon ? Elle m'a regardé attentivement tandis que je digérais ce qu'elle venait de me dire. Elle n'exigerait jamais rien de moi, je n'aurais jamais besoin de voir l'enfant. Elle et Doris envisageaient de quitter Copenhague. Je lui ai demandé ce qu'elle ferait si c'était une fille. Elle a souri et nous avons parlé d'autre chose, dont je ne me souviens pas. En revanche, je me rappelle la légère pression de sa main sur mon poignet quand nous nous sommes dit au revoir. « Réfléchis-y », a-t-elle ajouté avant de disparaître dans le matin gris.

Je suis resté au bar un moment avant de prendre l'ascenseur. En entrouvrant la porte de ma chambre, j'ai entendu qu'Adrian n'était pas seul. Les rideaux étaient tirés et j'ai seulement distingué les silhouettes floues de deux corps dans le lit. Il haletait, elle gémissait. J'ai reconnu ses plaintes de plaisir. Son manteau blanc gisait en tas sur le plancher. J'ai refermé la porte quand elle s'est redressée en sursaut.

Une seule chose occupait mon esprit : trouver un endroit où dormir. Bibi et Doris habitaient tout près, et j'étais déjà arrivé à l'entrée de leur immeuble quand je me suis souvenu de son offre. J'ai décidé de faire comme si de rien n'était. Elle n'était pas encore couchée. Je lui ai expliqué en souriant qu'Adrian était trop agité pour que je m'endorme. Elle a sorti un drap et arrangé le canapé du salon. Nous avons chuchoté afin de ne pas réveiller Doris; elle m'a proposé sa couette, mais j'ai répondu qu'une couverture ferait l'affaire. J'ai longuement regardé le coin de ciel entre le châssis de la fenêtre et le toit en face. Sur le rebord de la fenêtre, il y avait un ours polaire en porcelaine qui poussait un grognement et une statuette africaine en bois noir et poli, une femme aux seins pointus avec un masque grimaçant en guise de visage. Les deux figurines m'ont fait sourire.

Je me suis demandé à quelle vitesse Ariane s'était rendu compte que ce n'était pas moi qui me trouvais dans le lit, quand elle s'était faufilée dans ma chambre. J'aurais bien aimé savoir si elle avait ôté son manteau avant ou après avoir découvert sa méprise. Là, je comprenais mieux pourquoi Adrian ne devait aucunement savoir que nous avions fait l'amour. En même temps, je comprenais de moins en moins. Je me suis demandé si cela avait été un moment d'égarement passager. Je l'ai cru, et je le crois encore. J'avais été la cause occasionnelle, le chaînon manquant pour ainsi dire.

J'aurais dû m'en rendre compte à temps. Je l'aurais sûrement fait si je n'avais pas débarqué avec mes rêves aussi secrets qu'ardents. Cependant, je crois que c'est moi qu'elle était venue trouver. J'ai pensé à ce que j'aurais ressenti si je m'étais trouvé dans mon lit lorsqu'elle avait doucement frappé à la porte, était entrée et s'était approchée en laissant tomber son manteau sur le plancher. Quelle surprise, quel bonheur. Ce matin-là, c'était déjà comme de repenser à un temps passé.

Ensuite, je me souviens de Bibi assise sur le bord de la table basse. Elle me tend une tasse de café. Dehors, les bruits de la ville sont revenus, et les rayons du soleil pénètrent droit dans la pièce, si bien que je cligne des yeux. La silhouette de son corps se dessine sur l'étoffe de sa chemise de nuit.

Doris était sortie. J'ai compris pourquoi elle a dit cela quand elle a plongé une main chaude et fureteuse sous le drap. Elle a souri en saisissant mon érection naissante. Elle s'est agenouillée à côté du canapé et a approché son visage du mien. C'était okay ? Peut-être étais-je trop fatigué pour dire quoi que ce soit, peut-être mon silence était-il en soi une réponse.

Ariane est repartie à Londres deux jours plus tard. Je n'ai pas réussi à la revoir, mais ce n'aurait sans doute pas été une très bonne idée. Adrian et moi n'avons jamais parlé de ce qui s'est passé dans ma chambre ce matin-là. Et là, plus que jamais, nous avons eu besoin de notre pudeur et de notre tact respectifs. Nous avons également fait montre d'une prudence, d'une distance qu'il ne fallait ni augmenter ni réduire. Nous étions comme deux personnes qui tiennent chacune l'extrémité d'une corde tout en tournant en rond. Être ensemble exigeait un effort de notre part, mais il nous était nécessaire de maintenir notre amitié comme si rien ne s'était produit. Nous trouvions toujours quelque chose à faire, une sortie au ciné, une fête, n'importe quoi, afin d'être sans cesse entraînés ailleurs. Il était devenu dangereux de traîner trop longtemps au même endroit, sans issue de secours.

Peu à peu, nous nous sommes vus moins fréquemment, mais nous nous téléphonions plusieurs fois par semaine. Il nous fallait cependant rester en contact afin que le secret ne s'étende pas entre nous et ne vienne tout combler. Et c'est seulement en nous regardant droit dans les yeux que nous pouvions le maintenir hors de vue. Si l'un de nous avait dérobé son regard, cela aurait causé un éboulement. Six mois plus tard, il est parti à New York. Je l'ai accompagné à l'aéroport, et je me souviens que nous sommes restés à rigoler de rien. J'étais incapable de déterminer si ses yeux s'efforçaient à tout prix de me maintenir à distance ou si, au contraire, il cherchait à m'atteindre par-delà le silence qui régnait entre nous.

Je passais le plus clair de mon temps à l'École d'architecture. Le soir, il m'arrivait de me rendre au Club Intime et de parler à mon père. C'était le seul endroit où nous nous rencontrions, sinon, je ne le voyais jamais. Je le laissais raconter ses histoires des années cinquante, lorsqu'il était l'équivalent local de Stan Getz. Parfois, je lui prêtais de l'argent, quand il avait flambé le sien avec les Yougoslaves. J'étais étonné de ne pas voir Bibi, mais, un soir, elle est venue s'asseoir à notre table. Elle ignorait mon père car elle avait toujours été solidaire de ma mère, mais, ce soir-là, elle lui a souri paisiblement quand il l'a complimentée sur son allure et lui a offert un verre. Il avait raison, elle était belle d'une manière nouvelle et particulière. Oui, elle avait l'air différente, avec un cachet presque exotique. Elle portait une robe longue et gracieuse avec un col blanc qui la faisait ressembler à une institutrice d'autrefois. Normalement, elle était habillée en jeans et n'était pas du genre à refuser un verre.

Elle était enceinte. Mon père l'a embrassée sur la joue, et elle a ri quand il a tenu son visage entre ses mains. Comme un vrai grand-père, me suis-je dit fugacement. Il avait toujours pensé que c'était seulement une question de temps avant qu'elle ne rencontre l'élu de son cœur. Pouvait-on savoir de qui il s'agissait ? Elle n'a ni cillé ni regardé dans ma direction en répondant qu'il se trompait. C'était seulement l'affaire d'un soir, elle et Doris seraient les parents de l'enfant. Par son sourire, mon père a indiqué qu'il était épaté. « Bon sang de bon sang ! » a-t-il répété plusieurs fois tout en secouant sa tête grise. Quand il est parti, Bibi a pris ma main sous la table et m'a regardé longuement dans les yeux, comme Adrian à l'aéroport. Et, là aussi, il s'agissait d'un adieu. Elles avaient décidé de déménager à l'autre bout du pays. « Merci », a-t-elle dit doucement avant de sortir sans regarder Doris qui faisait son numéro. Je suis resté planté là, étourdi. J'ai contemplé sans le moindre désir le corps aventureux de Doris qui se tortillait au rythme de la musique, tout en me demandant ce qu'elle ferait comme père.

Les années suivantes, je retrouvais parfois Ariane quand elle venait voir sa mère qui oscillait entre les périodes d'internement. J'avais désormais un appartement dans un quartier excentré. Ça sentait le pétrole et la friture dans l'entrée, et ma fenêtre donnait sur un viaduc qui, matin et soir, canalisait la circulation entre une étendue grisâtre de pâtés d'immeubles. Elle m'appelait toujours sans me prévenir, bien consciente que j'étais à sa disposition quand cela lui chantait. Dans un recoin de mon moi, il y avait un bouton celé qu'elle s'entendait à presser. Elle appuyait et, pendant un moment, j'hésitais entre l'excitation, l'amertume et l'allégresse. Je ne savais pas si elle entretenait notre relation comme un moyen d'exorciser le secret dont j'avais été témoin, ou si elle continuait de venir pour Adrian, mais d'une manière contradictoire. On aurait cru qu'elle cherchait à effacer mon souvenir par sa présence déchaînée et que, en même temps, elle tenait à prouver que cela avait véritablement été un moment d'ivresse et d'égarement quand elle avait trouvé Adrian dans mon lit.

En règle générale, elle repartait aussi rapidement qu'elle était arrivée et ne passait jamais la nuit chez moi. Cependant, elle restait parfois quelques heures et me parlait de sa vie à Londres, des hommes qu'elle fréquentait, et sa confiance contrebalançait ma jalousie. C'étaient les seuls moments où nous nous livrions à autre chose que des accouplements ardents mais rongés par le remords. Quand elle me livrait ainsi ses confidences, je retrouvais un reste de la tendresse paisible qui avait surgi entre nous, cet après-midi à l'Hôtel Reykjavik, lorsque nous avions écouté la pluie. En effet, elle se confiait à moi, et à personne d'autre. C'était moi qu'elle était venue voir ce matin où Adrian avait littéralement pris ma place. Peut-être tout aurait-il pris une tournure différente s'il ne s'était pas trouvé là.

Elle fréquentait un homme marié, à Londres. C'était une relation turbulente et brouillonne. Elle le retrouvait dans des parcs, des restaurants, des hôtels. Ils savaient tous les deux qu'il ne quitterait jamais sa famille et, du reste, elle ne l'espérait pas. Peut-être continuait-elle à le voir uniquement parce qu'il n'y avait aucun espoir. C'étaient deux êtres qui n'auraient jamais dû se rencontrer, et c'était le secret plus que l'homme en question qui attirait Ariane, le fait d'être une silhouette cachée et étrangère dans son existence. Oui, il y avait le secret et la fureur de son désir quand il se jetait sur elle, cet homme un peu comique avec sa cravate et son alliance, mais il y avait aussi quelque chose de fascinant, car elle n'était qu'une ombre dans un recoin de son existence rangée. Cela excitait Ariane, comme si cette ombre dissimulait une faille où elle pourrait disparaître. Mais pour aller où ? Elle n'en parlait jamais.

Nous étions toujours chez moi quand elle venait à Copenhague, jamais dans la villa, même si cette dernière restait vide quand sa mère était hospitalisée ou internée. Ariane voulait me voir uniquement chez moi. Elle voulait être mon invitée fascinante et imprévisible, un ange érotique qui descendait jusqu'à ma modeste hutte. Je constituais une ombre dans sa vie et mon triste appartement était une niche sans le moindre lien avec son monde. Nous n'avons rendu visite à sa mère qu'une seule fois, et encore, parce qu'elle l'avait souhaité. À cette époque, j'aurais fait tout ce qu'elle m'aurait demandé, mais elle ne me demandait presque jamais rien. Peut-être n'était-elle pas sûre des motifs de mon empressement. À sa place, je ne m'y serais pas fié.

Sa mère se trouvait dans un pavillon qui donnait sur un parc aux arbres centenaires, vêtue d'une robe de chambre, comme toujours, mais elle avait aux pieds des pantoufles en peau de mouton. Je m'en souviens, car ils allaient tellement mal à cette femme élégante. Ses cheveux frisés et coiffés en hauteur avaient blanchi, et son regard était voilé par les médicaments qu'on lui administrait. Elle a continué à regarder par la fenêtre, sans que nous puissions savoir si elle avait conscience de l'identité de ses visiteurs. Elle a contemplé une volée de mouettes regroupées sur l'herbe, répétant sans cesse le même mot tout en nouant méthodiquement un mouchoir autour d'une main, puis de l'autre. « Vraisemblablement », marmonnait-elle encore quand les mouettes se sont dispersées au-dessus des arbres touffus. « Vraisemblablement... »

Ariane pleurait quand nous avons pris le train. J'ai posé un bras sur ses épaules et je lui ai tenu la main jusqu'à notre retour en ville. Je dois admettre que j'étais heureux d'être celui qui la consolait. Peu avant notre départ, sa mère l'avait regardée droit dans les yeux, avec un sourire, tout à fait normale en apparence. « Ton père était là hier », avait-elle ajouté. Le père d'Ariane était mort six mois auparavant. Sa nouvelle épouse l'avait retrouvé flottant dans la piscine de leur maison en Provence. La mère d'Ariane l'avait attendu durant toutes ces années, persuadée qu'il reviendrait si elle attendait assez longtemps. Ses enfants avaient grandi, presque sans qu'elle ne s'en rende compte, livrés à eux-mêmes.

Cela m'a fait penser à ma mère. Elle était restée seule dans l'immeuble de béton jaune près de l'autoroute, tandis que les ans passaient et que les voitures défilaient le long des prés fichés de pylônes à haute tension. Elle n'est pas devenue folle, mais elle avait du mal à faire la différence entre amour et folie. Quand je suis parti, elle a rencontré un constructeur de bateaux qui avait passé dix ans à convoyer des yachts de luxe à travers l'Atlantique. Les marins finissent bien par poser leur sac à terre, m'étais-je dit. Il possédait la barbe de rigueur, un regard tendre et de gros bras poilus qui avaient dû finir par réchauffer ma mère quelque peu transie. Lors d'un voyage organisé, elle avait été réveillée un matin par son compagnon qui bondissait dans le lit, hurlant comme une bête, avec de l'écume aux lèvres. Ses mains ressemblaient à des pattes d'ours avec de longues griffes acérées. Il s'était fichu des aiguilles de cactus sous les ongles et la folie battait à tout rompre dans ses yeux tendres. L'imbécile avait oublié ses cachets.

Ma mère ne savait pas qu'il était malade, mais après l'incident, elle avait abandonné la partie, sentimentalement parlant. Elle n'était plus disponible. Avec l'âge, elle a pris un je-ne-sais-quoi d'innocent, tandis qu'elle contemplait à distance la folie des passions. Un jour, elle m'a raconté l'histoire d'une de ses jeunes amies dont le mari, pris d'une crise de jalousie, avait tailladé ses sous-vêtements avec une paire de ciseaux. Elle en parlait comme s'il s'agissait des us et coutumes d'une tribu de Nouvelle-Guinée, avec un petit hochement du chef et un sourire.

Elle était très réservée quant à ses sentiments, et même incapable de les montrer car les mots et la manière lui faisaient défaut ; cependant, une fois adulte, je me suis parfois confié à elle. Je n'aurais pas pu parler des femmes avec mon père. Sa philosophie amoureuse tenait dans le refrain d'une rengaine de son enfance : « Il viendra toujours un tram de plus, et une fille avec. » Il ne tenait pas compte du fait que les tramways avaient été supprimés depuis longtemps, aussi bien en ville que dans sa propre existence sinueuse et biscornue. Ma mère et lui ne se voyaient quasiment jamais, mais il me demandait toujours de lui dire bonjour quand il savait que j'allais lui rendre visite. La crainte doublée de vénération dans la voix de mon père m'attristait. Ma mère se contentait de sourire quand je lui transmettais son bonjour, elle avait jeté la moindre amertume à la rivière, ce qui m'effrayait presque d'ailleurs. Elle écoutait attentivement ce que je lui racontais sur moi, sans m'interrompre, plus comme un psychologue que comme une mère.

Elle ne savait pas que j'étais le père du garçon de Bibi. Elle avait gardé le contact avec sa vieille amie, mais elle mentionnait l'enfant comme si le facteur ou un employé municipal l'avait déposé à la porte. Elle donnait l'impression que plus rien ne pourrait l'étonner et, peu à peu, tout lui a semblé de plus en plus étranger et incompréhensible. Je lui ai dit que j'avais la sensation de chuter dans un trou noir après chaque rencontre avec Ariane, sans lui raconter toute l'histoire cependant. Elle l'avait croisée une fois dans la rue, quand Adrian et moi n'étions que des gamins. Je me souviens encore de ses paroles quand nous étions rentrés à la maison. « La pauvre petite... » Je ne lui avais pas demandé ce qu'elle voulait dire tellement j'étais ulcéré, parce que sa remarque bouleversait tout de fond en comble.

Quand Ariane se retrouvait dans mon lit, avec des intervalles de plusieurs mois, je sentais qu'elle devinait mes pensées. Je le voyais bien quand elle me regardait d'un air effaré, comme si j'étais sur le point de la violer, ou quand elle fermait les yeux quand je la pénétrais, comme si elle ne voulait pas voir qui j'étais. Je serrais ses hanches entre mes mains et m'imaginais qu'Adrian avait fait de même. Je me représentais ses fesses sous les paumes d'Adrian, ses tétons, durs comme des glands. Je devinais ses cheveux et son souffle sur le visage d'Adrian, et son sexe qui se refermait sur le sien, comme un poing.

Après, il ne restait plus qu'elle et moi. Elle aimait me saisir le nez entre deux doigts et me secouer légèrement la tête, mais son regard sévère ne collait pas avec sa tendresse taquine. « Tu es parfait », disait-elle doucement quand elle me regardait ainsi. On aurait cru qu'elle parlait à quelqu'un qui se trouvait hors d'atteinte, comme si c'était la faute de ce quelqu'un, ou celle d'Ariane. Trop parfait pour ce monde parce qu'il était trop innocent, ou trop parfait pour elle parce qu'il lui fallait être la première à se punir.

Nous ne parlions presque jamais d'Adrian. Il avait commencé à m'envoyer ses lettres détaillées, auxquelles je répondais brièvement et avec le sentiment de remplir une obligation. Il me téléphonait de temps en temps, comme pour me rappeler que nous étions toujours amis. Il était devenu une sorte de silhouette ambiguë à l'arrière-plan quand Ariane était là, tel un mirage sous ma fenêtre. Il m'a appelé un jour d'hiver alors qu'Ariane se trouvait chez moi. J'ai été stupéfait quand elle m'a arraché le combiné de la main, encore nue sous la couverture dans laquelle elle s'était enroulée car le vent filtrait par la fenêtre. Elle avait besoin de lui faire savoir où elle était. Elle pouvait seulement le rassurer en le blessant, en l'atteignant au point précis où rien n'aurait jamais dû transparaître. J'avais honte pour Adrian, et j'avais honte de moi. J'étais un otage, oui, l'otage d'Ariane et de la satisfaction à retardement de mon désir.

Rien ne paraîtra aussi fade, aussi insipide qu'un désir satisfait, particulièrement si celui-ci est comblé trop tard. Certains rêves sont trop anciens pour être réalisés, et ce n'est pas leur étendue qui les rend impossibles. On les a nourris trop longtemps. Ce qui se reproduisait par intermittence entre Ariane et moi n'avait aucun avenir. Nous avions dépassé le point où l'avenir aurait pu commencer pour nous, en ce matin d'été où nous nous étions ratés. Nous n'avions en commun que le passé ; moi, mon amour d'adolescence, elle, une jeunesse trop hâtive sur laquelle j'ignorais tant, car l'on sait toujours si peu de choses sur celui que l'on désire. Elle était une ombre dans ma vie, une ombre qui dissimulait une fêlure en moi et qui me ramenait à l'enfant que j'avais été ; quand Ariane surgissait, je l'aimais à nouveau comme un gamin glouton et éconduit. Même si beaucoup de temps s'écoulait entre ses visites, elle était la figure récurrente entre les filles qui passaient dans ma vie.

Julie était l'une d'elles. Dans mon souvenir, c'est tour à tour Ariane et Julie qui se trouvent sous la fenêtre, sous cette vue du ciel vert du soir et des phares mouvants sur le viaduc. C'est une halte temporaire dans le temps, un de ces petits bassins sur le bord du fleuve où l'eau tourbillonne sur elle-même. C'est tantôt Ariane, tantôt Julie qui me contemple à la tombée du jour. Leurs regards se rejoignent, là où mes souvenirs se fanent lentement, traversés par la même lumière.

Julie était graphiste. Je l'avais rencontrée à une fête de l'École d'architecture et nous avions couché ensemble de temps en temps. Elle était blonde comme Ariane, mais, sinon, elles étaient très différentes. Julie était plus petite, nous étions de la même taille, elle avait les yeux marron comme moi, et ses seins étaient d'une perfection inhabituelle. Je les mentionne parce que le simple fait d'y penser me rend encore nostalgique, et aussi parce qu'elle en était très satisfaite. C'est la seule femme de ma connaissance qui était contente de son corps. Elle paraissait pleinement à l'aise dans son corps et, d'une manière plus générale, bien dans sa peau, comme si elle n'en faisait qu'à sa tête.

Elle semblait s'adapter parfaitement à chaque situation, à chaque moment, et, quand je me trouvais en sa compagnie, j'en venais également à me sentir léger et simple. Elle était à la fois spirituelle et forte en gueule, sexy et douce, elle maniait aussi bien le couteau à huîtres que la ponceuse et elle ne supportait pas que l'on prenne des décisions à sa place. Nous ne nous disions jamais ce que nous faisions lorsque nous n'étions pas ensemble, et nous ne posions pas davantage de questions. Je savais qu'elle avait d'autres hommes dans sa vie, mais cela ne me gênait pas. J'étais content d'être l'un d'eux, voire un peu fier, car j'étais étonné qu'elle veuille bien d'un type comme moi.

Un dimanche soir, à la fin de l'hiver, j'ai vu Ariane et Julie ensemble, deux ans et demi après le départ d'Adrian pour New York. C'était l'un de ces soirs où l'on remarque que l'obscurité hivernale commence à céder du terrain. La nuit tombe moins rapidement et, malgré le froid, il y a quelque chose dans les dernières lueurs éclairant le ciel qui nous dit que l'on peut raisonnablement se mettre à penser au printemps. Nous avions passé le week-end dans l'appartement de Julie et dormi la majeure partie de la journée après une longue nuit en ville. Je ne me rappelle pas pourquoi nous étions restés chez elle, et nous avions fini par aller chez moi. Nous étions dans ma rue, avec nos courses faites chez l'épicier turc et, quand nous sommes presque arrivés à la porte de mon immeuble, un taxi nous a dépassés avant de s'arrêter. Nous étions juste à sa hauteur quand Ariane en est descendue.

Je ne l'avais pas vue pendant quatre mois, et j'ignorais totalement qu'elle se trouvait en ville. Le taxi a redémarré en vitesse, tourné au coin, et le silence s'est fait dans la rue. Voir ainsi Ariane m'a fait un choc, encore plus violent que d'habitude car c'était tellement inattendu. Julie s'est immédiatement montrée à la hauteur de la situation. Elle s'est présentée, puisque j'étais momentanément paralysé, et Ariane lui a serré la main en hésitant. Je ne crois pas l'avoir jamais vue cligner nerveusement des yeux comme cela. Comme si elle s'excusait, elle a dit qu'elle avait essayé de m'appeler plusieurs fois. Le plus étonnant, c'est que la situation n'aurait nullement dû se révéler gênante. Aucune d'elles n'avait jamais prétendu que je lui appartenais, et ni Ariane ni Julie ne pouvaient savoir qu'il en allait ainsi. Elles se comportaient comme deux maîtresses cachées qui ont été découvertes par malchance. Mais qu'elles ont réagi différemment ! Julie a fait comme si de rien n'était, restant directe et naturelle, ce qui était évidemment le plus sensé. En revanche, Ariane a paru décontenancée et indécise.

J'ai demandé à Ariane si elle voulait monter. Elle a hoché nerveusement la tête, comme si j'avais proposé que nous fassions une partie à trois. Je pouvais lui passer un coup de fil si j'avais le temps. Elle est repartie à toutes jambes, elle qui ne fait pas cent mètres sans prendre un taxi. Je suis resté à regarder sa silhouette s'éloigner sous les lampadaires qui éclairaient faiblement la rue étroite comme un puits dc minc. Quand je me suis retourné, Julie me dévisageait avec un sourire en coin. Je ne lui avais jamais parlé d'Ariane. Elle m'a demandé s'il y avait un problème. « Non », ai-je répondu en soulevant les sacs de l'épicier.

Ariane avait laissé deux messages de son ton familier et légèrement facétieux, avec un soupçon de prétention, comme si son appel constituait en soi une faveur particulière. Je me suis souvenu de son regard désorienté. Cela ne collait pas avec la voix sur le répondeur. Julie a vidé discrètement les emplettes sur la table de la cuisine. Nous avons préparé le dîner et parlé d'autre chose, tandis que j'essayais de discerner ce que je ressentais. Mon triomphe inattendu ne correspondait pas à l'envie que j'avais eue de courir après Ariane, une demi-heure plus tôt, quand elle était partie.

Je suis resté éveillé longtemps après que Julie s'était endormie. Elle était blottie contre moi sous la couette. Le lit était trop petit pour deux, cependant, nous pouvions nous y tenir en nous serrant l'un contre l'autre. Son dos était collé contre mon ventre et les creux de ses genoux étaient imbriqués dans mes genoux, et j'ai pensé que nous pouvions être allongés ainsi parce que nous étions de la même taille. Nos corps s'imbriquaient si bien l'un dans l'autre qu'il n'y avait aucun espace entre eux. J'ai lentement caressé ses jambes et j'ai songé au moment où j'avais jadis caressé Ariane au même endroit, en cachette, pendant son sommeil. J'ai senti une colère soudaine monter en moi au souvenir de ma timidité enfantine et de son profil endormi sous ses cheveux défaits. Ma colère m'a surpris, tant d'années plus tard.

Julie s'est retournée et m'a caressé la joue. Je la voyais sourire dans l'obscurité, et je lui ai demandé si nous ne pouvions pas vivre ensemble. « Peut-être », a-t-elle marmonné, comme si elle n'avait pas entendu mes paroles. Elle s'était déjà rendormie.

Nous n'en avons pas reparlé au matin ; de même, nous n'avons pas mentionné la rencontre crispée sur le trottoir, la veille au soir. Une fois Julie partie, j'ai appelé Ariane, mais personne n'a répondu. J'ai rappelé plusieurs fois les jours suivants, jusqu'à ce que j'apprenne qu'elle était repartie à Londres. À ma grande surprise, Julie a dit oui à ma proposition et, peu après, elle s'est installée dans mon appartement. Le sien était situé plus au centre, mais le mien était plus grand.

Il existe une forme de bonheur, un bonheur quotidien souvent dénigré et réellement négligé, où tout ce que l'on est se voit traduit sans déformations en gestes simples et répétés. Et cette simplicité vaut que l'on prépare le repas ensemble, que l'on fasse l'amour ou que l'on se trouve dans la même pièce. Nous aimions les mêmes choses, nous riions des mêmes choses et nos corps s'habituaient l'un à l'autre jusqu'à ce qu'il ne soit presque plus possible de sentir nos propres caresses, comme si les mains de l'un et la peau de l'autre étaient reliées par les mêmes fibres nerveuses. Le corps paraît parfois si désemparé quand il est isolé, mais lorsque deux corps se sont habitués l'un à l'autre, ils forment comme un animal cohérent et bienveillant, doté de quatre bras et quatre jambes. L'idée de la séparation est semblable à celle de l'amputation d'un membre. On appelle cela l'amour, mais les corps se moquent du terme donné à leur réunion, du moment qu'ils ont le droit d'être ensemble.

Nous n'avions presque pas d'argent, mais notre

existence avait du style. Je m'en suis rendu compte quelques années plus tard, quand Julie est partie. Elle était trop fière pour emporter quelque chose, et il restait partout des petits exemples de son ingéniosité et de son sens du détail. Si c'était là sa façon de me punir, elle n'aurait pas pu le faire de manière plus raffinée. Elle avait un don phénoménal pour chiner chez les brocanteurs, et les objets les plus négligés et délaissés avaient retrouvé une nouvelle vie après qu'elle les avait ajustés dans l'ensemble soigneusement composé qu'était notre chez-soi. Cela peut paraître superficiel, mais la vie est vécue en surface, et l'amour se dissimule parfois dans les moindres choses. Nous avions une devise, une phrase de Mies van der Rohe : « Dieu est dans le détail. » Peut-être était-ce là le secret de ma fascination pour les estampes japonaises, que Julie partageait également. Le sens dont les Japonais font montre pour la simplicité limpide dans un geste, qui se concentre à la fois sur l'instant et en accepte la fugacité.

Ariane était devenue un vieux cul-de-sac dans mon moi tortueux et, pour finir, il ne restait qu'une cicatrice lisse, un de ces points insensibles où l'on a saigné jadis. Ma passion s'était révélée posséder une date de péremption, comme tant d'autres choses. Les dernières fois où nous nous étions retrouvés, j'étais retombé dans mon rôle de soupirant épuisé et tremblant, cependant, mon désir atroce paraissait peu à peu emprunté. Peut-être nos postures érotiques étaient-elles depuis longtemps une représentation à laquelle les acteurs même avaient cessé de croire. Je le remarquais de moins en moins quand je pensais à elle, jusqu'à ce que je ne le note plus du tout. Au début, je me suis souvent demandé comment cela était possible, puis l'étonnement s'est estompé. Néanmoins, je n'avais pas encore trouvé de réponse satisfaisante quand il a cessé pour de bon.

Peut-être Adrian aurait-il pu répondre. Il y a tant de choses que nous ne nous sommes jamais demandées, tant de choses que nous ne sommes jamais permis de nous dire. Il me regarde à travers toutes ces années, à partir de la première photo que j'ai de lui, avec sa veste en laine couverte de brins d'herbe et de bardanes, près du châtaignier dans la cour de l'école, clignant des yeux sous le soleil. Je ne sais si son regard est une réponse ou une interrogation. Il me contemple toujours avec ses yeux vifs sur cette photo, un matin de notre enfance. Il m'observe sans ciller.

Certes, le destin de chacun est ce que l'on fait de celui-ci, mais ce que l'on fait devient alors aussi irrémédiable que le sort véritable. Ce que l'on fait, et ce que l'on néglige de faire. Ce que l'on dit, et ce que l'on n'exprime jamais. Ce que l'on permet aux autres de voir, et ce que l'on tient devant soi pour qu'ils ne le manquent pas. Ce qui arrive, ce que l'on devient.

3

Trois silhouettes se détachent sur la plage, gravées dans un coin par le soleil flamboyant. Elles sont menues comme des corps de fourmis presque disjoints. C'est l'après-midi, le soleil est bas et la mer brille autant que le ciel. Je ne suis pas revenu dans ces lieux depuis que je suis tombé amoureux pour la première fois. J'ai changé, mais l'endroit est resté identique avec ces vagues et ces dunes qui ne sont jamais tout à fait les mêmes et semblent pourtant immuables. Une des trois silhouettes se retourne tandis que je continue de marcher sur la rive ; il fait un signe de la main.

Le Trio aryen. Voilà le nom que s'étaient donné Adrian, Julie et Jill. C'était une trouvaille d'Adrian, mais, de fait, ils se ressemblaient vraiment avec leurs cheveux blonds que le soleil rendait plus blonds encore. Au bord de l'eau, Jill et Julie me confectionnaient une perruque de goémon, afin que mon crâne chauve ne prenne pas de coups de soleil. Ils s'accordaient à dire que j'avais l'air du Marchand de Venise avec ces boucles de varech qui me tombaient sur les oreilles et le nez hongrois de mon arrière-grand-mère. Je n'avais pas vu Adrian pendant plusieurs années. Notre seul lien avait été les coups de fil sporadiques et ses lettres auxquelles je me donnais parfois la peine de répondre. J'avais été surpris quand il m'avait appelé pour me proposer que nous passions deux semaines de vacances dans la maison de sa mère, au bord de la mer du Nord.

Jill était architecte d'intérieur, nous avions donc quelques points communs. Adrian était égal à lui-même, mais nos existences avaient changé, et ces changements facilitaient cette villégiature commune. Les deux filles aussi rendaient tout cela plus aisé. Nous faisions comme si nous avions oublié à quel point Ariane s'était intercalée entre nous. Là, c'était elle qui formait une silhouette irréelle à l'arrière-plan, et nous ne parlions quasiment pas d'elle. Nous ne manquions pas de choses à nous raconter, grandes ou petites, et nous avons retrouvé sans peine notre ton enjoué, mais ce dont je me souviens le mieux, ce sont les silences pendant lesquels j'observais les autres, tel un étranger de passage.

Adrian et Jill avaient l'air faits l'un pour l'autre. Ils étaient aussi grands et bien mis dans leurs vêtements d'été au chic négligé de bon ton. Ils étaient presque trop parfaits lorsqu'ils échangeaient leurs petites marques d'affection conventionnelles et leurs remarques banales, et il y avait un je-ne-sais-quoi d'aliénant à entendre Adrian parler anglais avec un accent américain. Adrian et Jill parlaient beaucoup, avec enthousiasme, et tout ce qu'ils disaient en venait à sonner comme quelque chose de tout à fait spécial et merveilleux. J'ai essayé de discuter à leur sujet avec Julie, quand nous étions couchés, mais elle n'était pas disposée à jaser sur eux. Pourtant, c'était l'un de nos hobbies de faire des commentaires sur les gens que nous avions rencontrés, une fois rentrés à la maison. Nous étions rarement rosses, mais nous ne pouvions pas nous empêcher de nous gausser des petites comédies que les gens mettent en scène, poussés par le besoin de donner à leur existence une apparence importante et exceptionnelle. Bien entendu, toute existence est importante pour celui qui la vit, mais elle est rarement exceptionnelle.

J'avais parlé d'Adrian à Julie, sans mentionner son secret. Je ne lui avais pas dit non plus que je trouvais qu'elle se comportait différemment. Avec lui, elle se montrait froide et réservée de cette manière ironique et boudeuse dont les belles femmes se servent pour masquer leur manque d'assurance ; en revanche, avec Jill, elle était presque expansive. Je voyais bien qu'elle les admirait, et cela me gênait. Je n'avais jamais imaginé qu'elle puisse admirer quelqu'un, ou le regarder de haut, elle qui considérait chacun comme un égal. J'étais embarrassé de soupçonner qu'elle faisait du plat à Adrian et que, en même temps, elle le trouvait « trop », simplement parce qu'il venait de la haute bourgeoisie et qu'il habitait New York. Ce dernier point m'agaçait particulièrement, cette espèce de sottise provinciale que je sentais sous son désir un peu trop empressé de montrer qu'elle connaissait Manhattan comme sa poche.

Elle s'efforçait de dissimuler son admiration, et cependant cette dernière pointait. Je la voyais dans son regard qui semblait coller à Jill, je l'entendais dans sa voix qui avait pris un ton affecté. Julie aurait été terriblement blessée si je lui en avais fait la remarque. Elle venait d'un solide quartier pavillonnaire du sud de Copenhague, son père était entrepreneur de peinture et il avait réussi, mais elle n'était assurément pas née avec la célèbre cuiller d'argent dans la bouche qui fait parler les gens comme Adrian et Ariane comme si ladite cuiller était coincée entre la langue et le palais.

Je suis content de ne pas l'avoir critiquée. Cela indique que je tenais véritablement à elle. Curieusement, c'est Julie qui, un soir où nous étions couchés, m'a dit qu'elle me trouvait différent en présence d'Adrian. Qu'elle est fine, ai-je pensé. « Comment ça, différent ? » ai-je demandé. « Plus idiot ». À cette époque, j'étais encore un jeune architecte sérieux capable de discuter d'urbanisme jusqu'à une heure avancée de la nuit. Elle a dit la chose gentiment, comme si elle avait découvert un nouvel aspect de ma personne qui me rendait plus attirant encore, mais j'ai bien noté le sous-entendu ironique quand elle a décrit ma métamorphose en jeune chiot excité au pays des vacances. Elle aimait bien ce qu'elle voyait, cependant, à l'entendre, elle était profondément jalouse car ce n'était pas elle ni sa féminité impulsive qui était parvenue à faire ressortir cette excitation. Peut-être cela expliquait-il sa réserve à l'égard de mon ami. Pourtant, elle aurait mieux fait de se méfier de Jill.

Un soir, j'étais seul devant la maison. Julie et Adrian étaient dans la cuisine et leurs jacasseries gastronomiques me cassaient les oreilles, même si j'étais content qu'ils aient trouvé un terrain d'entente avec leur vinaigre balsamique et leurs épices provençales. Je fumais une cigarette. Il y avait cette lumière particulière sur les dunes et les élymes des sables, rose, presque comme la peau, quand le soleil vient juste de se coucher. J'étais monté sur la dune la plus proche, la mer était déjà sombre sous le ciel jaune. On distinguait à peine le murmure des vagues de celui du vent dans les brins d'herbe secs et, tout d'abord, je ne l'ai pas vue. Elle était accroupie entre deux dunes, en train de pisser. Dans la pénombre, j'ai aperçu le jet entre ses cuisses.

Il était trop tard pour que je batte en retraite, soudain, elle a levé la tête. J'ai secoué la main, l'air stupide. Elle n'a même pas cherché à cacher son bas-ventre quand elle a remonté son slip. J'avais bien conscience que la situation aurait été encore plus gênante si j'avais tourné le dos. Elle s'est approchée en souriant, et j'ai certainement souri à mon tour. Lorsqu'elle est arrivée près de moi, elle m'a pris la cigarette de la main. Elle m'a dévisagé en tirant une bouffée profonde. Je ne l'avais jamais vue fumer. Elle a soufflé la fumée en prenant un air impertinent et posé la main sur ma braguette, comme si elle savait qu'elle allait tomber sur quelque chose de dur. Puis nous avons rejoint les autres. Il ne s'était rien passé, rien ne s'était jamais passé.

Comme d'habitude, nous avons mangé sur la terrasse. Les sauterelles stridulaient et la nouvelle lune était à sa place, c'est-à-dire au-dessus des dunes. Nous parlions des dernières nouveautés du ciné, du design et de l'architecture. Nous n'avions pas encore trente ans et nous débordions de grandes phrases. Nous avions encore l'âge où l'on se sent au top, parce que l'on est encore jeune mais plus aussi vulnérable et pur, grâce aux expériences marquantes acquises entre-temps. Le charme de s'approcher de la trentaine, c'est que, plus que jamais, l'on se sent en phase avec son époque. L'esprit du temps, c'était nous, la musique que nous aimions, les vêtements que nous portions, notre jargon d'initiés et notre sens de l'humour très particulier. C'était notre époque, car c'était à notre tour d'y imprimer notre marque et, en cette nuit d'été, nous savions tout cela. Quand on a la quarantaine, c'est déjà une autre histoire, le temps devient alors un sujet plus sensible. Il y en a déjà tellement de passé.

Quand on a trente ans, on se dit que la vie que l'on mènera à quarante devrait être l'existence dont on a rêvé, car sinon... Oui, sinon quoi? Bien peu de gens s'imaginent comment les choses vont tourner. On peut regretter ses rêves de jeunesse et les choses que l'on a faites ou pas, mais cela ne change rien à l'affaire. On peut avoir eu de la chance, ou en avoir manqué. Lorsque nous étions jeunes, nous n'avions presque rien essayé, et toutes nos expériences et nos sentiments étaient de la plus haute importance. Ce que nous avons ressenti jadis est toujours capital, mais pour des motifs parfaitement différents car, entre-temps, nous avons justement essayé tant de choses et nous savons que la portée et le sens de celles-ci diminuent et changent. Avec les ans, le passé devient comme un rêve dont on émerge chaque matin. Et l'avenir ? Eh bien... Certes, il est encore là, mais on en a déjà usé la moitié.

Je me rappelle que, ce soir-là, Adrian a longuement parlé avec Julie. Je m'en souviens car j'avais été frappé qu'il parvienne à la faire parler autant. À la longue, Julie non plus n'avait pas pu résister à son charme hypnotisant. Il possédait un don particulier pour se concentrer sur son interlocuteur, comme s'il oubliait tous les autres. « Il parlait dans un tunnel. » C'est Ariane qui a trouvé cette expression. Adrian faisait en sorte que son interlocuteur se sente privilégié, par le simple fait qu'il écoutait avec une telle attention, sans lâcher le regard de l'autre. En sa compagnie, même les gens timides et renfermés en venaient à dire des paroles qu'ils ne s'étaient jamais entendu prononcer ; quant aux paons, ils se pavanaient davantage encore. Du reste, Adrian préférait faire parler les autres et, lorsqu'il finissait par dire un mot, c'était souvent du babillage, alors qu'il écoutait avec tellement de sérieux et de compréhension. Au fil de la conversation, il se révélait avoir déjà saisi ce qui se passait, par ses commentaires, ou en servant un nouveau verre de vin, sans cesser d'écouter sa victime transportée de bonheur. Les femmes tombaient amoureuses de lui sur-le-champ, les hommes le trouvaient prodigieusement intelligent.

En revanche, Jill faisait comme s'il n'était pas là, et j'ai noté dans son regard et son sourire un rappel de ce qui s'était passé en début de soirée. Elle parlait de lui d'un ton badin, en des termes parfois sarcastiques, comme une femme s'adressant à son ex. Il paraissait ridicule dans les anecdotes de Jill. Cependant, au début, j'ai eu des rires complices, jusqu'à ce qu'ils deviennent un peu forcés. Adrian a affiché un sourire bienveillant avant de se laisser captiver à nouveau par les confidences de Julie. Jill est rentrée dans la maison. Dans le salon, elle s'est retournée et a capté mon regard à travers la baie panoramique. Elle avait deviné que je la suivais des yeux, comme si j'avais eu l'intention de la mater dans les dunes. C'était un pouvoir étrange qu'elle détenait alors sur moi, car elle ne s'en servait pas, se contentant de l'avoir. Était-ce là une réserve stratégique, pour un usage futur ?

Je me suis retourné vers Adrian et Julie, un peu trop rapidement. Leurs traits étaient flous dans la pénombre. Ils parlaient à voix basse, avec une intimité surprenante. Plus tard, il ne m'a pas été possible de distinguer mon sentiment de culpabilité absurde de mes soupçons tout aussi injustifiés. Je me souviens de certains regards fuyants, de caresses accidentelles, de phrases à moitié attrapées au vol au cours de cette nuit d'été où l'on saisissait seulement les silhouettes et les voix. Des impressions, et leur succession... Elles ont signifié quelque chose, jadis. Mais quoi ?

Je suis resté immobile le temps d'une cigarette avant de me lever et de poser la main sur l'épaule de Julie. Elle a levé des yeux étonnés sur moi, comme si elle avait oublié ma présence. Je lui ai dit que je rentrais me coucher, mais, en réalité, je lui disais bien évidemment que je pensais qu'elle devait m'accompagner. J'ai attendu longtemps. J'étais agacé par la provocation de Jill, mais j'étais encore plus énervé par ce qu'elle avait pu noter par son geste inattendu. J'ai pensé à Julie et au fait que j'avais envie de me blottir contre elle. Je n'entendais pas leurs voix, dehors, cependant, j'étais certain de les avoir entendus quand je m'étais déshabillé. Julie avait parlé à Adrian de la mort de sa mère, quelques années avant notre rencontre, et de l'influence que la perte de sa mère avait eue sur elle. Il s'était ensuivi une période dissolue où elle avait abusé d'elle-même et avait laissé les autres abuser d'elle, et j'étais presque furieux qu'elle ait immédiatement confié ses souvenirs les plus pénibles à un homme qu'elle connaissait à peine. Elle m'en avait parlé seulement à l'époque où nous avions commencé à être plus proches l'un de l'autre.

J'ai fini par sortir. Ni Julie ni Adrian n'étaient encore à table, et les assiettes sales avaient été rentrées. J'ai grimpé sur la dune où j'avais aperçu Jill, au début de la soirée. J'ai fumé une cigarette et contemplé la mer dans la nuit bleue et granuleuse. Quand je suis revenu, Julie était couchée. La lampe de chevet était encore allumée, mais Julie semblait dormir. Aujourd'hui encore, je ne comprends pas où elle avait disparu. Je ne lui ai pas demandé et, à mesure que le temps s'écoulait, il était toujours plus vain de lui poser la question. Du reste, qu'aurait-il pu se passer en un laps de temps aussi bref? Je me suis collé contre son dos chaud, elle ne dormait pas. J'ai commencé à la caresser. Elle m'a dit qu'elle était fatiguée. J'ai continué.

Cela n'avait jamais été aussi terne, aussi solitaire, me suis-je dit après avoir éteint la lumière. Comme une chose dont il fallait s'acquitter. Je ne savais pas si Julie s'était endormie lorsque j'ai entendu Jill, à l'autre bout de la maison. Elle gémissait, comme si elle pleurait, mais ce n'étaient pas des sanglots, ses gémissements étaient beaucoup trop en cadence et, peu après, j'ai entendu le châssis du lit marteler la cloison, au rythme de ses plaintes douloureuses. Adrian ne se retenait pas, et cela sonnait plus comme un viol que comme un acte d'amour. J'ai posé une main sur la hanche de Julie, sous la couette, et je me suis demandé si elle était réveillée et entendait la même chose que moi.

Curieusement, je ne me suis jamais senti aussi proche de Julie que durant cet été-là. Le soleil et la chaleur, les restes de sable sur ses mollets bronzés et son parfum de sueur et de sel sont des souvenirs qui se mêlent aux réminiscences de mon désir et de ma tendresse, à ce moment où ses traits, ses regards, les accents ironiques de sa voix et le duvet blond sur ses cuisses formaient le cadre du maintenant spirituel et bouillonnant d'où je contemplais mon existence passée. Son visage paresseux et souriant m'attendait au bout de toutes les pensées qui me venaient à l'esprit, et je les abandonnais derrière moi chaque fois qu'elle m'accueillait avec son corps qui s'adaptait si bien au mien.

Je ne sais pas pourquoi les choses arrivent, si tant est que l'on puisse se poser cette question. Je ne sais si cela s'est passé cet été-là, au bord de la mer du Nord, ou si j'ai entraperçu que quelque chose allait se produire. Julie parlait de l'avenir quand nous nous promenions tous les deux sur les dunes. Elle parlait d'avoir un enfant. Je ne lui avais jamais dit que, stricto sensu, j'étais déjà père. Elle ne savait rien de Bibi, et, moi-même, je ne songeais presque jamais à cet enfant inconnu. C'était un petit détail technique sans importance pour notre vie commune. Tandis que nous marchions bras dessus bras dessous dans le sable mou, je contemplais les dunes qui se ressemblaient tant, même si aucune n'était identique. Je me disais que nous étions déjà arrivés à cet avenir dont elle rêvait. Et celui-ci n'était pas si différent de ce que j'avais cru.

Elle me demandait souvent à quoi je pensais. Ce n'était pas dans ses habitudes, et je ne savais que répondre. Il m'aurait été impossible de lui expliquer mes pensées sans l'inquiéter, et l'idée même de lui causer du souci troublait ma propre quiétude. Je ne disais rien, et mes pensées solitaires à demi conscientes se sont muées en un sentiment inexplicable, et d'autant plus préoccupant.

Vraiment, je ne crois pas m'être imaginé autre chose au cours des années précédentes : Julie et moi devions vivre ensemble. Cependant, mes idées étaient fragiles, aussi volatiles que la lumière du soleil sur la mer. Jill avait dû le pressentir sans savoir de quoi il s'agissait. Elle avait dû deviner qu'il y avait un recoin dans ma vie, une fêlure, une ombre. Je revois clairement Julie, dorée et bronzée, avec un sourire de Bouddha, les yeux fermés; mais l'image s'estompe si je la contemple trop longtemps. Entre son front et ses joues duveteuses, je vois le panorama de l'hôtel des bains que l'on avait rasé entre-temps. Je vois les contours épais d'un piano à queue entre les portières du salon et la silhouette d'une jeune fille longiligne, ses pieds nus sur les pédales de cuivre. Je vois son profil penché devant la balustrade blanche de la véranda et les dunes, l'élyme des sables immobile et le choc des vagues, un peu plus loin, à peine déformé par les minuscules bulles d'air des carreaux.

Une semaine s'était déjà écoulée, mais Adrian et moi ne nous étions pas encore trouvés seuls. Je crois que c'était aussi étrange pour chacun de nous d'être ainsi lié en couple mais, les premiers jours, on aurait pu croire qu'il cherchait à éviter de se retrouver seul avec moi. J'y pensais justement quand, un matin, nous nous sommes retrouvés dans sa voiture, rien que nous deux. Tout ce qui s'était passé au cours des années récentes ne formait qu'une parenthèse qui a été refermée au moment où il a claqué la portière. Il m'a regardé, a souri dans le silence soudain avant de démarrer. Nous n'avons pas échangé un mot tandis que nous roulions le long des prés maigres. Un troupeau de vaches nous ont regardés passer avec leurs yeux noirs. Nous sommes restés silencieux jusqu'à ce que nous atteignions la nationale et passions le long des plantations de pins.

« C'est une fille bien », a-t-il dit. Il parlait de Julie. J'aurais eu du mal à dire quelque chose d'équivalent au sujet de Jill. J'ai repensé à la main insultante de cette dernière. J'ai également songé à l'intimité inattendue qui s'était établie entre Adrian et Julie, à leur disparition mystérieuse tandis que j'attendais dans le lit. Cependant, je n'aimais pas le ton d'Adrian. « Oui », ai-je répondu. Il gardait les yeux sur la route qui n'était pas goudronnée mais faite de plaques de béton. C'étaient les Allemands qui avaient construit les routes dans la région, pendant la Seconde Guerre mondiale, quand la côte faisait partie du Mur. Nous étions descendus dans une ruine en béton craquelé, sur la plage. Il y faisait humide et étonnamment frais. À un moment, Jill et moi nous étions retrouvés seuls dans la pénombre, elle avait penché la tête avec un air taquin jusqu'à ce que Julie arrive et m'embrasse. Je n'ai su que penser de ce baiser et je me suis empressé de poser un bras sur ses épaules et de la suivre dehors, à la lumière.

Adrian m'a dit qu'Ariane s'était mariée. On nous avait passé un sac de morues par-dessus le bastingage d'un bateau de pêche. Adrian le balançait en marchant le long du quai, nous sommes allés nous asseoir sur le môle. Un vieux caboteur rouillé était ancré au quai opposé. Les reflets du soleil matinal dans le bassin du port faisaient étinceler le minium en un lacis clignotant. Des paquets de détritus et de brins de paille jaunis s'accrochaient sur les flancs du navire qui oscillait lentement sur la surface huileuse. Adrian m'a dévisagé tout en parlant du chef d'orchestre qui avait presque vingt ans de plus qu'Ariane. Puis il m'a demandé quel effet ça faisait. Je lui ai demandé à mon tour ce qu'il voulait dire. Il a haussé les épaules. « De savoir... » Je ne me souviens pas de ma réponse. Peut-être n'ai-je tout simplement rien dit, mais je me rappelle son regard provocateur.

Comment osait-il me regarder ainsi ? Bien sûr, il savait ce qui s'était passé entre Ariane et moi. En tout cas, il l'avait découvert ce matin d'été quand il avait cuvé sa cuite à l'Hôtel Reykjavik et lorsque Ariane était soudain venue s'allonger à côté de lui. Et il en avait eu la confirmation quand, un jour d'hiver, il avait téléphoné chez moi et avait eu sa sœur au bout du fil. Instinctivement, Ariane avait compris qu'elle devait saisir l'occasion de lui assurer que les choses étaient bien comme elles auraient dû l'être. Mais peut-être n'avait-il pas pleinement conscience de ce que je savais. Peut-être ne m'avait-il pas aperçu quand j'avais ouvert la porte et l'avais découvert dans mon lit. Cela s'était passé très vite et j'avais déjà refermé la porte quand Ariane s'était redressée dans le lit. Avait-il même perçu que la porte avait été ouverte ? Et le silence qui s'était instauré entre nous... Peut-être ne savait-il pas que nous avions été deux à le vouloir.

Toutes ces questions sans réponses ont envahi mon cerveau comme de la brume et je ne voyais que ses yeux bleu clair à travers le brouillard. Les reflets du bassin jettent un filet doré sur son visage. Il me dévisage encore et son regard est lourd de reproches. Et je repense alors à ce qu'il m'a dit lors de notre dernière rencontre, avant que nous ne nous disions au revoir devant ma boutique et que son taxi ne disparaisse derrière un voile de flocons de neige. Il aurait aimé être moi. Son regard me frappe brièvement mais durement, comme un pilon, et je baisse la tête pour éviter de le regarder dans les yeux. Peut-être ai-je regardé les morues agglutinées dans le sac, bouche bée contre le plastique laiteux et transparent.

À cette époque, je travaillais encore au cabinet où j'avais été embauché après avoir quitté l'École d'architecture. L'année suivante, nous avons dessiné les plans des locaux d'une société suisse. L'architecte m'a demandé d'aller présenter le projet et c'est ainsi que j'ai rencontré Paula. Elle avait une demi-tête de plus que moi, de grands yeux et un sourire rebelle. Comme je l'ai déjà indiqué, je suis d'assez petite taille et je suis facilement séduit par les grandes femmes. Peut-être était-ce uniquement parce qu'elle était si grande que, quelques mois plus tard, j'ai cru que Paula serait la femme qui me sauverait de ma vie toute tracée. En fait, il était très prévisible que je pense cela d'elle.

Elle était secrétaire de direction et je serais incapable de dire ce que nous aurions pu avoir en commun. Elle n'était pas particulièrement jolie, pas comme Julie qui est presque belle, mais elle était grande, et son corps et son sourire possédaient un je-ne-sais-quoi de troublant. Elle découvrait ses gencives quand elle souriait. Cela suffisait-il ? En tout cas, c'était un début. Aujourd'hui, cette explication est aussi bonne ou mauvaise qu'une autre ; avec les ans, mon passé ne devient que plus lointain et incompréhensible. Dans mon souvenir, elle est renversante, comme à l'instant où je l'ai rencontrée dans un ascenseur à Zurich. J'ai baissé les yeux, tandis que l'architecte et moi serrions nerveusement nos dossiers de présentation, pour tomber en admiration sur ses longues jambes qui descendaient de sa minijupe. Banal ? Oui, mais que dire d'autre ?

Le soir, l'architecte a eu un grognement de satisfaction quand nous avons pris congé de nos hôtes devant le restaurant où nous avions dîné. Non, je n'allais pas rentrer à l'hôtel avec lui. J'ai saisi une certaine réprobation chez les maîtres d'ouvrage suisses quand Paula est restée sur le trottoir et m'a lancé un regard interrogateur. Malgré sa brièveté, c'était un instant assez scandaleux, mais cela n'a aucunement affecté mon patron. Au contraire, il m'a donné une grande tape sur l'épaule avant de faire la bise à Paula et de nous laisser seuls. Il n'a pas manqué de me tirer les vers du nez le soir suivant, dans l'avion qui nous ramenait à Copenhague. Je venais juste d'avoir trente ans et j'étais encore une proie facile pour un monsieur d'un certain âge à la familiarité envahissante. Cela l'a réjoui que je m'accorde un petit à-côté quand l'occasion se présentait. Sa voix était rendue rauque par les cigarettes françaises qu'il fumait. Il avait une mine paradoxale où se mêlaient la jovialité et l'élégance, toujours vêtu de tweed, toujours avec une cigarette au coin du bec, et toujours avec une lueur insolente dans le regard quand des jeunes femmes se trouvaient dans les parages. Un jour, après une cuite, il avait laissé entendre qu'Yves Montand était son modèle. En tout cas, j'ai bien senti que j'avais grimpé dans son estime.

Julie est venue me chercher à l'aéroport, et Yves Montand s'est montré aussi galant à son égard qu'il l'avait été avec Paula. Il m'a lancé un clin d'œil roublard en me faisant au revoir. Julie a souri quand nous sommes sortis de l'ascenseur du parking. Je lui ai demandé pourquoi elle souriait, mais ma voix sonnait faux. Elle a agité les clefs de la voiture et regardé droit devant elle, sans répondre. Je ne l'avais jamais trompée auparavant. De fait, je n'avais jamais eu l'occasion d'être infidèle à quiconque. Cela n'appartenait pas à mon répertoire et je tâtonnais comme un vulgaire amateur. J'avais l'impression qu'une vitre nous séparait, et j'étais seul de mon côté. De l'autre côté, tout avait l'air d'un film, le sourire mystérieux de Julie, l'éclat des tubes fluorescents qui se reflétaient sur les peintures des voitures, l'écho de nos pas sur le béton et le tintement des clefs.

Le père de Julie lui avait donné sa vieille Saab, une véritable voiture familiale, bien trop grosse pour un jeune couple comme nous, mais je ne pouvais rien dire à ce sujet. Je n'avais pas de permis de conduire, et je n'en possède toujours pas. Ma maladresse et mon détachement du monde m'ont toujours retenu, en outre, il y a bien assez de conducteurs comme cela. Je suis certain que mon refus a évité maints accidents et épargné bien des vies humaines, parmi lesquelles la mienne. Il n'en reste pas moins que je ressens parfois cela comme un handicap, non pas tant parce que je ne sais pas conduire, mais parce que la capacité à conduire une voiture semble indissociable de la capacité à savoir vivre, à participer au monde et à se laisser aspirer par son système de mouvements complexe tandis qu'il tourne sur lui-même.

Pour moi, la circulation en est venue à symboliser la vie même, la grande roue du destin, telle qu'elle est représentée sur les estampes tibétaines où une foule de dieux et de gens tourbillonnent dans la centrifugeuse cosmique de la métempsycose. Certains conduisent, d'autres sont transportés, et dans la voiture, à côté de Julie, je me sentais réduit à un enfant sans ressource. Elle me paraissait encore plus attirante parce qu'il ne m'était guère possible de la toucher quand elle avait un pied sur l'embrayage et l'autre sur l'accélérateur, avec les genoux légèrement écartés sous sa jupe qui remontait toujours un peu plus qu'elle ne le permettait autrement.

Elle n'a pas démarré immédiatement quand nous nous sommes assis. Elle a laissé les mains sur le volant. Elle portait mon vieux trench-coat. J'étais toujours un peu ému quand elle le portait, car je voyais cela comme un signe de complicité qui disait que nous étions liés. Elle m'a dévisagé, belle et mystérieuse dans la pénombre de la voiture avec ses cheveux blonds qui tombaient sur le col remonté. Elle a dit qu'elle était enceinte. Je me suis senti comme un traître. Elle a attentivement scruté mon visage, souri une nouvelle fois, à la fois nerveuse et soulagée de l'avoir finalement dit. J'ai dû avoir l'air passablement idiot, car elle s'est mise à rire. Il va sans dire que la chose n'était pas prévue. Je l'ai embrassée, car je ne savais quoi faire d'autre et je ne pouvais pas rester planté là. Apparemment, elle ne soupçonnait rien, et il était pénible de soutenir son regard qui ne voyait pas ce que je pensais.

Je pensais au corps de Paula et à un garçon inconnu à l'autre bout du pays. Le fils de Bibi devait certainement parler désormais, cet enfant dont j'avais été le père, presque par inadvertance. Julie a probablement interprété ma paralysie comme la réaction normale de chaque homme qui saisit qu'un seul de ses millions de spermatozoïdes a la mainmise sur sa vie. Nous avions souvent parlé d'avoir un enfant, elle en particulier, et je n'avais guère manifesté d'objection. Si elle m'avait annoncé la nouvelle quelques jours plus tôt, j'aurais indubitablement eu une réaction différente. Peut-être cette annonce aurait-elle chassé le dernier doute dans mon esprit, car le doute avait bien été présent, tapi dans le recoin obscur d'un méandre de mon for intérieur. Jill l'avait bien remarqué l'été précédent et m'avait fait sentir que je n'étais pas sûr de mon fait, mais au cours des mois suivants, j'étais parvenu à oublier le serpent taraudant dans un coin de notre bonheur. Julie m'anesthésiait de ses caresses et de sa présence légère, jusqu'à ce que j'émerge de cette torpeur.

Oui, j'avais eu l'impression de me réveiller quand

je m'étais retrouvé dans un taxi qui traversait Zurich avec Paula à mes côtés. C'est ainsi que je pensais à notre rencontre, assis aux côtés de Julie, dans la Saab bien trop grosse de l'entrepreneur de peinture. La réalité se fait encore plus tangible dans ces instants où la raison et les concepts baissent leur garde, où s'estompe tout ce que l'on peut se raconter, et que l'on répète sans cesse parce que l'on est obligé de reconnaître qui l'on est. Paula avait été extrêmement réelle avec ses longues jambes, son sourire indiscret et ses grands yeux qui se posaient sur moi tandis qu'Yves Montand devisait avec les maîtres d'ouvrage suisses. Elle avait immédiatement perçu la faille dans le camouflage de mon doute.

Je m'efforçais de participer tant bien que mal à la discussion sur la construction envisagée tout en me demandant ce que ça me ferait de passer la nuit avec elle. Cette possibilité monopolisait toutes mes pensées, au point que ma tête n'était plus qu'un gros ballon gonflé d'hypothèses. Plus tard, une fois sortis du restaurant, j'ai bien été obligé de me demander si j'avais correctement interprété ses regards invitants. Dans un accès subi de passion inassouvie et de courage, j'ai choisi de faire comme si j'avais vu juste. C'était bien le cas. Si je dois expliquer en deux mots pourquoi je l'ai suivie chez elle, je ne mentionnerais pas en premier lieu ses jambes ou son sourire particulier. Son corps provocant était une raison nécessaire mais pas suffisante. Si j'ai couché avec elle, c'est, avant tout, parce que c'était possible.

En suivant Julie dans l'escalier qui conduisait à

notre appartement, je me suis imaginé Paula dans une cage d'escalier à Zurich. Quand Julie a ouvert la serrure de notre petit monde, j'ai pensé à Paula qui avait ouvert une porte inconnue et inattendue. Comme d'habitude, Julie a posé le manteau sur une chaise de la cuisine. Comme d'habitude, je suis allé l'accrocher dans le couloir. Elle a sorti des tasses et fait chauffer de l'eau pour le thé. J'ai reconnu le moindre de ses mouvements dans la cuisine étroite. Je savais où tout se trouvait, je connaissais la sensation de chaque objet dans ma main.

En même temps, je voyais Paula dans l'appartement inconnu ; elle a allumé la lumière, ôté ses chaussures et s'est tournée vers moi, un soulier dans chaque main. Elle a porté un doigt à ses lèvres et, après avoir entrouvert une porte, un enfant endormi est apparu dans la lueur du couloir, avec des nounours sur sa chemise de nuit. Elle ne m'avait rien dit de sa fille. En fait, je ne savais quasiment rien d'elle. Elle m'a demandé d'attendre dans la cuisine tandis qu'elle réveillait la baby-sitter qui dormait sur le canapé du salon. J'ai entendu leurs voix étouffées, puis la porte d'entrée a été doucement refermée. Je me suis senti comme l'inconnu que je devais être aux yeux de Paula, même si sa cuisine ne me paraissait pas si étrange. Les différences d'agencement des cuisines du monde occidental sont tout de même limitées.

Julie a versé le thé dans les tasses et a déposé une rondelle de citron dans la mienne, sans me le demander. C'était l'une de ces choses qu'elle n'avait pas besoin de demander. Elle a appuyé sa joue sur une main et m'a dévisagé. J'ai enfoncé la rondelle de citron au fond de la tasse avec une cuiller. Elle ressemblait à une roue de bicyclette vue sous l'eau, une roue dotée d'un pneu jaune et de rayons blancs. Est-ce que je me faisais du souci ? J'ai levé les yeux. J'ai répondu que c'était une telle nouvelle. Le regard de Julie rayonnait de tendresse apaisée. Elle m'aime, me suis-je dit, et je lui ai demandé si elle trouvait que le moment était bien choisi. Elle m'a caressé la main. « Les enfants n'arrivent jamais au moment qui convient », a-t-elle répondu. Et je ne pouvais que lui donner raison. Je suis longtemps resté éveillé. Je ne me sentais pas chez moi dans la chambre, alors que je la connaissais si bien que je pouvais m'y déplacer dans le noir. Elle a cherché ma main dans son sommeil. J'avais couvert Julie de caresses, je m'étais dissimulé derrière celles-ci et je ne pouvais lui reprocher de les avoir prises comme une réponse muette à sa question muette.

Certaines questions exigent des réponses claires et nettes, et ce sont souvent les femmes qui les posent. J'ai alors songé aux petits mots que la copine de son expéditrice vous glissait dans la main, avec des petits carrés à cocher. Tu m'aimes ? Oui ou non. Il n'y avait pas de troisième case où dire Ne Sais Pas. On sait ce genre de chose et, si on l'ignore, il faut décider de le savoir. Je sais que cela peut paraître étrange, mais aimer est parfois une question de décision, de choix. J'avais choisi Julie le soir où Ariane et elle s'étaient croisées. J'avais pris ma décision sur le coup, et je n'y avais pas repensé jusqu'au moment où je lui avais proposé que nous vivions ensemble. Spontanément, j'avais fait le choix de l'amour possible et tourné le dos à l'impossible.

Il s'est écoulé du temps avant que je ne sois convaincu de la justesse de mon choix. Le temps et Julie m'ont confirmé que quelque chose en moi avait su ce qui était le mieux pour moi, quelque chose qui se trouvait hors de portée de mes pensées hésitantes. J'ai été convaincu par la légèreté qui régnait entre nous, par l'accord harmonieux entre nos corps et nos impulsions, par la langue des signes quotidienne de gestes simples et répétés. Dieu était dans le détail et le dieu des détails était avec nous. Avec Julie, j'ai appris à me concentrer sur l'instant sans m'y cramponner. Elle m'a enseigné à en profiter et, en même temps, à en accepter la fugacité.

Si le temps me l'avait permis, j'aurais certainement oublié ma nuit avec Paula. L'année suivante, j'aurais été un père ravi avec son nourrisson dans le porte-bébé kangourou, épuisé et fourbu avec les sacs pleins de couches et de petits pots de carotte. Mais je n'ai pas eu le temps d'oublier. Peu après, j'ai été envoyé à Zurich en qualité de représentant du cabinet auprès de l'entrepreneur du chantier. C'était une responsabilité considérable de se voir confier cette tâche, et je me suis demandé si mon patron ne faisait pas une expérience avec moi, pour s'amuser un peu. Par la suite, j'ai refoulé l'idée qu'il ait pu parrainer mes projets d'une existence tout à fait autre. Cela aurait par trop corrodé la noblesse des sentiments fraîchement éclos.

Paula a eu l'air surprise quand je l'ai appelée et lui ai demandé si elle avait envie de me voir. Nous nous étions séparés sans grandes embrassades. Cela n'avait été qu'une nuit. Je brûlais d'impatience de faire une différence, d'être autre chose qu'un homme avec lequel elle avait couché une fois. Mon impatience, voilà ce dont je me souviens le mieux lors de nos retrouvailles. Le reste n'est qu'un typhon brumeux d'élans violents, de membres flous et de vêtements épars, à peu près comme une bagarre dans un dessin animé.

J'étais rentré pour Pâques. Le vendredi saint, nous étions invités à déjeuner chez des amis de Julie qui venaient d'acheter une maison de campagne. Nous n'avons guère parlé dans la voiture. Julie se montrait taciturne et repliée sur elle-même, comme si elle était concentrée sur ce qui allait lui arriver. L'enfant était déjà un fait, aussi fondamental que l'existence du soleil, de la terre et des arbres. J'analysais la situation tandis que nous glissions sur l'autoroute dans la Saab héritée de l'entrepreneur de peinture. Mes pensées papillonnaient en vain sur la situation tandis que Julie fixait la route et changeait de vitesse avec des gestes assurés. Je lui ai parlé du chantier à Zurich en regardant les sillons sombres sous le ciel printanier incertain. Les pousses hésitantes des arbres ressemblaient à une poussière vert-de-gris et diffuse. J'avais été soulagé quand, la veille au soir, elle m'avait tourné le dos dans le lit et demandé si cela ne me gênait pas que nous ne fassions pas l'amour.

La maison de campagne était située sur un petit

terrain, parmi d'autres maisons identiques, au milieu d'une plantation de sapins. L'écho de voix et de portières qui claquent résonnait parmi les troncs et, derrière le camouflage vert foncé, on entrapercevait les enfants du voisin qui couraient dans leurs tenues bariolées. Nous étions trois couples pour ce déjeuner. Je me suis efforcé d'être attentif. Les autres filles ont insisté pour poser la main sur le ventre de Julie, même si, naturellement, ce dernier était encore tout à fait plat. Elles n'avaient pas encore d'enfants et considéraient Julie comme une authentique pionnière. Après le déjeuner, nous avons pris le café dehors. Un des messieurs était directeur adjoint du marketing d'une société informatique, l'autre était concepteur-rédacteur d'une agence de pub. Ils portaient tous les deux leur veste de chasse verte, et ils avaient tous les deux leurs premiers cheveux blancs respectables sur les tempes. Ils parlaient de logiciels avec l'enthousiasme du gamin qui décrit son train électrique. Les filles parlaient de films que je n'avais pas vus. Elles avaient mis des lunettes de soleil et restaient emmitouflées dans leurs manteaux, les épaules crispées, car il faisait encore frais.

Le cercle d'amis de Julie était constitué de couples qui avaient tous la trentaine et se fréquentaient depuis des années. Ils ne se lassaient jamais de raconter les mêmes anecdotes complices sur telles ou telles vacances aux sports d'hiver, où untel s'était cassé la jambe, untel s'était donné un coup de bâton sur l'oreille et untel avait causé un scandale en commençant à faire un numéro de strip-tease dans la discothèque locale. Toutes ces histoires qui confirment que l'on est lié parce que l'on sait des choses sur les autres, en toute jovialité, bien entendu. Chacun s'était vu attribuer un rôle avec ses traits de caractère précis et, à leurs yeux, ils formaient un groupe de fêtards hors pair.

Au début, je m'étais senti étonnamment dépaysé en leur compagnie, et Julie prenait sa place dans le cercle avec un sourire pour m'encourager à me laisser aller. Peut-être y avait-il une part d'avertissement dans son sourire, m'interdisant ainsi de les contempler de loin avec mon air hautain. Un jour, j'avais essayé d'expliquer à Julie que je ne m'étais jamais senti chez moi, qu'il s'agisse du quartier de mon enfance ou de la banlieue chic où j'avais rencontré Adrian. Son amitié avait été mon chez-moi, si l'on peut dire cela d'une amitié, et, durant l'été précédent, j'avais bien senti à quel point son silence, sa distance et nos frictions nous avaient affectés.

Julie ne m'avait pas laissé en paix et m'avait demandé ce qui me permettait de me croire si différent. Tout le monde venait de quelque part, et l'endroit importait peu car c'était tellement fortuit. Elle avait raison et, peu à peu, elle a réussi à m'impliquer dans sa vie. J'ai été gagné par la gaieté de ses amis, qui ressemblait à la sienne, séduit, devrais-je dire. Oui, c'est exactement ce que je me disais alors : j'avais été abusé au point d'oublier qui j'étais. Comme si je l'avais jamais su.

J'écoutais les autres d'une oreille distraite tout

en observant la fumée de ma cigarette sous le soleil timide, ses volutes bleues se détachant sur les sapins. J'essayais de ne pas penser à Paula, cependant, c'était comme si elle était là, sous les arbres, et nous regardait. Même si je ne la discernais pas clairement, je ne doutais pas un instant de ce qu'elle aurait vu. Nous serions exactement pareils dans cinq ans ; les mioches avanceraient clopin-clopant dans leurs combinaisons, avec la goutte au nez et les joues en feu sous l'effet de l'air frais. Nos discussions, elles, seraient sans importance.

Ma relation avec Paula n'était encore qu'une aventure, un écart, et j'ai soudain compris pourquoi on utilise ce mot-là. On fait un petit saut sur le côté, on se retrouve avec une inconnue parmi les fleurs sauvages d'un fossé, tout en regardant la route et en se demandant si l'on a véritablement pris le bon chemin. Peut-être ne se pose-t-on même pas la question. La plupart des gens poursuivent leur petit train-train, comme si rien ne s'était passé.

Le directeur adjoint du marketing m'avait une fois confié qu'il avait tiré un coup après le repas de Noël. Il avait même précisé que cela s'était produit dans un parking, sur le siège avant d'une voiture. Il avait scruté mon visage pour y déchiffrer ma réaction, à la fois gêné et insistant, et j'avais alors compris pourquoi il lui avait fallu me faire part de sa petite aventure de Noël. Ce n'était pas seulement pour se vanter, mais aussi pour placer cette histoire dans son contexte, pour la remettre à sa place, la faire passer pour un petit bénéfice accessoire, un avantage en nature, une bagatelle accidentelle. Il isolait ce coup du sort, en gommait les effets en se compromettant sous le couvert de la camaraderie masculine. Il aurait pu en aller de même avec Paula. Un beau jour, cela pouvait être moi qui confiais au directeur adjoint du marketing mes doux souvenirs de Zurich.

Paula avait fait son possible pour que notre aventure ressemble à une exception dans nos vies respectives. Elle faisait garder sa fille quand je venais ; son appartement dans un immeuble anonyme se transformait en un nid d'amour oriental avec draps en satin, encens et musique d'ambiance sensuelle. Elle m'accueillait avec un kimono de soie brodé, fleurant le musc. Avec ses cheveux noirs défaits, elle avait l'air d'une prêtresse érotique.

Paula m'a parlé de son passé, mais elle ne m'a livré que des bribes. Cela faisait plusieurs années qu'elle vivait seule avec sa fille, le père les avait abandonnées quand il avait rencontré une autre femme. C'était une histoire banale, cependant, Paula semblait s'interroger sur les mots qui sortaient de sa bouche. Elle s'arrêtait souvent au milieu d'une phrase, comme si elle trouvait que cette histoire ne valait pas la peine d'être racontée. D'ailleurs, elle avait dû la confier un certain nombre de fois aux hommes qu'elle avait connus. Elle m'a fait comprendre que j'étais tout sauf une exception. Au début, j'avais cru que c'était sa vanité qui la poussait à insister sur le nombre. Je confondais probablement sa vanité et la mienne, inquiet à l'idée d'être comparé aux autres.

Quand tout a été fini entre nous, je me suis rappelé le léger accent de dégoût dans sa voix quand elle parlait d'une chose vécue en compagnie d'un de ces hommes en question. Elle était certainement déjà découragée en pensant que j'étais un type de plus qui, au fil des ans, passait dans ses draps en satin rouge, dans un nuage de musc et d'encens. J'essayais de ne pas me laisser distraire par le contraste entre le séchoir sur son balcon et les voiles indiens drapés autour des lampes afin de dégager une lumière tamisée et dorée. Moi aussi je tenais à être emporté et passionné, et Paula me rappelait parfois Ariane. Il y avait un je-ne-sais-quoi dans son visage quand elle approchait de l'orgasme, la même oscillation entre le plaisir et la douleur. Je reconnaissais également cette fureur dans son corps quand elle s'agrippait à moi et m'enserrait entre ses membres, comme si elle avait peur de tomber et, en même temps, cherchait à m'entraîner avec elle.

Je n'ai jamais rien appris sur le milieu dans lequel elle vivait. Elle ne m'a jamais présenté ses amis, excepté une fois, dans un café. Nos doigts étaient entrelacés, quand elle a brusquement levé la main pour faire un signe à quelqu'un. J'ai suivi son regard et j'ai aperçu un grand type en duffel-coat qui venait d'entrer. Elle a eu un sourire ravi, mais je n'ai pu déterminer si elle avait lâché ma main parce qu'elle était heureuse de voir un visage familier ou parce qu'elle se sentait prise sur le fait. Le type s'est approché et Paula a tendu la joue pour qu'il y dépose une bise. Il m'a serré la main et m'a dévisagé tandis qu'elle expliquait les liens professionnels qui nous unissaient. Elle parlait très vite et j'ai affiché un sourire innocent. Le type est resté planté là, les mains enfoncées dans les poches de son duffel-coat, jusqu'à ce que Paula finisse par l'inviter à s'asseoir. Il a marmonné une excuse et, l'instant d'après, il avait disparu dans la rue.

Je lui ai demandé qui c'était. Elle a haussé les épaules. Un ami. Elle a évité mon regard, mais j'ai noté l'esquisse d'un sourire sur ses lèvres. Quand elle a posé une main sur ma nuque et l'a massée doucement, je me suis dit que cette rencontre avait sans doute constitué une menace et un bénéfice inattendu. Elle avait déjà une fille de six ans et personne ne pouvait lui reprocher de se montrer un peu calculatrice. À moins d'être dans l'erreur, le duffel-coat et moi avions de bonnes raisons de nous considérer comme des rivaux et, même si ce petit épisode pouvait entraîner des problèmes, il ne manquerait pas de nous titiller tous les deux. Elle n'est donc pas aux abois, me suis-je dit en repensant au petit sourire qui avait supplanté son embarras initial. Visiblement, elle avait plusieurs atouts en main. Ou bien était-elle précisément en si mauvaise posture qu'elle se trouvait dans l'obligation de jouer une carte contre l'autre ?

Il lui arrivait d'être franchement cynique après que nous avions fait l'amour et quand nous fumions chacun dans notre coin du lit. Elle ne se gênait pas pour présenter ses amants passés à la lueur du ridicule. Il y en avait un qui se curait le nez, un autre qui pliait soigneusement son pantalon, soucieux d'en préserver les plis, avant de se consacrer à son rut. Je me demandais ce qu'elle trouverait à dire à mon sujet plus tard, mais, en même temps, puisqu'elle parlait avec si peu de respect de mes prédécesseurs, il n'y avait pas de raison que je m'estime privilégié. Mais n'y avait-il pourtant pas quelque chose de spécial entre nous ? Je ne sais pas si j'ai caressé cette idée. Je me suis imaginé que nous vivions ensemble, et que je devenais le beau-père de sa fille. L'inconnu au duffel-coat a renforcé mon sentiment que ce serait une vie différente, très différente. Il me rappelait à quel point j'en savais peu sur Paula, avec quelle facilité nous pouvions nous perdre de vue, aussi facilement, aussi fortuitement que nous nous étions rencontrés quelques mois auparavant, dans un ascenseur.

J'aurais pu me contenter de baisser les yeux au restaurant quand elle me lançait des regards provocateurs. J'aurais pu me concentrer sur Yves Montand et les maîtres d'ouvrage suisses au lieu de me demander s'il serait possible de me retrouver au lit avec leur secrétaire. Si je n'avais pas décidé qu'il y avait là une possibilité, je me serais réveillé dans ma chambre d'hôtel le lendemain matin. Paula n'aurait été qu'une de ces amours qui ne durent qu'une minute et dont les jours fourmillent, lorsque l'on est attiré par un visage inconnu dans la foule ou derrière la vitre d'un bus qui passe. Chacune de ces amours est le début oublié d'une histoire qui n'est jamais racontée, elles sont aussi désagrégées et stériles que les ovules non fécondés et les spermatozoïdes égarés qui quittent le corps des hommes et des femmes sans lieu de destination. Aujourd'hui, mes souvenirs de Paula ne sont rien d'autre que le début abrupt d'une histoire qui n'a pas été racontée, mais, à l'époque, j'en avais soupesé l'éventualité. Je m'étais fait des idées d'une vie différente, parce que c'était possible.

Un après-midi, j'ai décidé de me rendre chez Paula, même si elle m'attendait seulement une heure plus tard. J'ai songé à lui téléphoner d'abord, car je ne savais pas si elle était chez elle, mais j'ai eu envie de lui faire la surprise. Peut-être me suis-je imaginé que je pourrais ainsi entrevoir ce qu'était sa vie quand nous n'étions pas ensemble. Peut-être le souvenir du type en duffel-coat me trottait-il dans la tête. Il faisait encore jour quand je suis arrivé dans le quartier moderne où elle résidait, mais le soleil avait disparu derrière les immeubles monotones. Je suis passé à côté d'un terrain de jeux où couraient quelques enfants. Une petite fille était assise, toute seule, sur une balançoire faite d'un pneu maintenu par des chaînes. Elle se balançait doucement, tout en me suivant des yeux. Ses moufles étaient retenues par des attaches qui sortaient des manches de sa veste, et je me suis dit que les chaînes devaient être froides. Était-ce la fille de Paula ? Quand je me suis retourné, la fillette a couru rejoindre les autres. Le pneu oscillait encore, plus lentement cette fois.

Paula a eu l'air contente quand elle a ouvert la porte. Elle avait noué une serviette autour de la tête, son front était couvert de sueur. Elle était pieds nus dans ses sandales d'exercice et elle avait remonté les jambes de son jean élimé. Je ne l'avais jamais vue sans maquillage. Elle a souri, elle venait de faire le ménage. Une marmite était sur le feu dans la cuisine. Je me suis installé au salon tandis qu'elle mettait du linge à sécher sur le balcon. J'ai reconnu la chemise de nuit avec les nounours jaunes sur fond bleu clair. Je lui ai demandé où était sa fille. Elle a souri encore, avec une pince à linge dans la bouche et une chaussette d'enfant dans chaque main. La petite était chez sa grand-mère. Je n'avais même pas songé que Paula avait une famille, et, bien entendu, elle en avait une.

Paula a pris un bain, je suis passé sur le balcon. Une volée de moineaux s'agitaient nerveusement dans les buissons autour du terrain de jeux. Les enfants avaient disparu, le pneu était immobile. Les jeunes pousses des buissons luisaient dans la pénombre et oscillaient chaque fois qu'un moineau se posait sur une branche ou la quittait. Le soleil du soir se reflétait dans les fenêtres des derniers étages; une tache lumineuse brillait çà et là dans les pièces où l'on avait allumé des lampes. En me retournant, mon poignet a effleuré la chemise de nuit humide sur une des cordes à linge. Les nounours jaunes avaient passé au lavage, ils étaient désormais presque blancs et, en certains endroits, le tissu éponge était tellement usé que l'on voyait la trame.

Paula était en train d'allumer les bougies d'un chandelier à sept branches sur la table du salon, et, quand je suis rentré dans la pièce, j'ai senti l'odeur douceâtre de l'encens. Elle s'est approchée de moi dans son kimono, elle avait l'air différente dans la pénombre. Son visage paraissait plus pâle encadré ainsi par ses cheveux défaits, et elle avait souligné ses yeux avec du khôl. J'ai été frappé de constater que son nez n'était pas aussi joli que ça. Il était un peu grumeleux, et l'on distinguait trop les narines. Elle m'a regardé de ses grands yeux, sans ciller, elle a découvert ses dents avec un sourire. Je l'ai embrassée. Elle a glissé un genou entre mes cuisses, et j'ai respiré son lourd parfum de musc.

J'ai essayé de me rappeler ce que j'avais pensé l'instant d'avant, quand je me trouvais juste entre le balcon et le salon. Je savais qu'une idée m'avait effleuré l'esprit, aussi furtivement que l'extrémité de la plume d'une aile d'oiseau. Une idée inconnue, inattendue, encore vague et floue comme un rêve dont on tente de se souvenir lorsque l'on vient de se réveiller, une seconde avant qu'il ne s'estompe.

Nous sommes de nouveau restés silencieux, Julie et moi, pendant le trajet du retour. C'était une belle soirée, l'air était clair, le ciel avait presque la couleur des feux arrière des voitures. Les reflets du soleil doraient son profil et faisaient briller ses cheveux relevés, si bien qu'elle avait l'air d'une reine de médaille. Nous ne nous étions pas parlé de la journée, Julie avait discuté avec ses amis, et je l'avais observée. Julie savait que je la regardais, mais elle gardait les yeux fixés sur l'autoroute. Quand nous nous sommes approchés de Copenhague, elle m'a demandé si je l'avais trompée. J'ai répondu non. « Veux-tu bien cesser de mentir », a-t-elle répliqué doucement.

Elle est entrée dans une station-service, la voiture avait besoin d'être lavée. Elle a garé la Saab dans le tunnel de lavage, puis elle est descendue. Je l'ai suivie. Elle a mis des pièces dans la machine, et nous avons regardé les énormes brosses s'abaisser sur le radiateur et le pare-brise. Je me sentais plus exposé maintenant que nous n'étions plus dans la voiture. Les brosses se mouvaient le long du toit et des côtés comme des tornades bariolées. Julie m'a dévisagé froidement et m'a demandé qui c'était. J'avais la gorge sèche, ma voix m'a fait l'impression d'être celle d'un étranger. Les brosses se sont relevées, un courant d'air chaud a dispersé l'eau sur la carrosserie et les vitres en gouttes toujours plus fines.

« Et nous, alors? » Je n'ai pas répondu. Elle a hésité avant de reprendre : « C'est fini? — On dirait bien. » J'ai eu honte de ma réponse quand nous sommes remontés dans la voiture, mais j'étais également soulagé, comme si j'avais enfin fini par me décider. J'étais soulagé par le calme avec lequel Julie prenait cela, cependant, je me surprenais moi-même. Je n'avais pas dit à Paula que je pourrais quitter Julie. Visiblement, Paula n'avait pas cherché à savoir quoi que ce soit sur ma compagne, même pas pour entendre une comparaison en sa faveur, et je ne lui avais rien dit non plus. Nous n'avions jamais parlé de l'avenir. J'y ai pensé, oui, j'ai pensé que je venais de récupérer mon avenir, même si, en cet instant précis, ce n'était qu'un vide béant et vertigineux dans lequel la lumière arrivait de tous les côtés. Cette nuit-là, j'ai dormi sur le canapé. J'ai entendu Julie pleurer, la tête enfoncée dans la couette. J'ai pensé à Paula, au fait qu'elle se trouvait quelque part, dans cet espace ouvert, sans ombre et tourbillonnant.

Julie est venue me trouver au petit matin. Elle m'a réveillé en s'asseyant sur le bord du canapé. Elle avait les yeux rouges et exorbités. Je me suis souvenu de Bibi, qui m'avait également réveillé, sur un autre canapé, avec son sourire interrogateur. Julie s'est remise à pleurer, elle m'a supplié de nous laisser encore une chance. J'étais sur le point de la prendre dans mes bras et de lui dire de tout oublier, rien que pour la faire cesser de pleurer. Cela avait été plus facile de soutenir son regard dur à la station-service. Cependant, ce n'était pas Paula que je me représentais tandis que je restais immobile, sans mot dire. Non, je voyais Adrian et son regard perçant, l'été d'avant, sur une jetée au bord de la mer du Nord, quand il m'avait dit que j'aurais pu avoir Ariane si je l'avais voulu. Car n'était-ce pas exactement ce qu'il m'avait dit avec ses yeux vifs ?

Julie s'est levée, elle est passée dans la chambre et je l'ai suivie. Elle se tenait à la fenêtre et contemplait le viaduc où les premières voitures filaient entre les immeubles gris. Elle allait se faire avorter le plus vite possible. Elle avait retrouvé tout son calme. Je suis allé dans la cuisine tandis qu'elle faisait un sac avec le strict nécessaire. Elle récupérerait ses affaires quand je serais reparti pour Zurich. Quand elle est sortie, j'ai appelé Paula.

Ensuite, il y a un blanc, un vide dont je ne me souviens pas, jusqu'à l'image suivante, quelques jours plus tard. Paula est appuyée à la rambarde d'une promenade sur le bord du lac de Zurich. Les nuages se reflètent dans l'eau, comme redoublés autour de sa longue silhouette au long manteau noir. Un vent léger agite les pans de son manteau, comme un enfant qui voudrait qu'elle se retourne.

Les nuages se déplacent étonnamment vite, en accéléré, tandis que, moi, je m'approche au ralenti. Je me souviens que j'ai pensé alors : je suis libre. Mais c'est resté une pensée, une pensée qui ne collait pas avec les nuages et la femme qui contemplait les rides sur l'eau. Quand elle s'est retournée, j'ai compris que c'était un énorme malentendu.

Je le lui ai dit après, quand nous étions dans son lit. Je le regrette presque autant que la douleur sur les traits de Julie, ravagés par les larmes, mais il fallait que j'effectue une dernière incursion entre les longues jambes de Paula avant de pouvoir l'abandonner. Elle m'a demandé de partir sur-le-champ et elle s'est réfugiée dans la salle de bains. Je l'ai entendue pendant que je m'habillais. C'était la deuxième femme que je faisais pleurer en l'espace d'une semaine. J'ai compris qu'elle avait placé des espoirs dans cette histoire, mais ses espoirs ne m'avaient pas fait espérer avec grande conviction. Mes attentes avaient vécu leur propre vie, et je les avais hachées menu jusqu'à ce qu'elles ne soient plus tenables.

Quelques semaines plus tôt, j'avais appelé Adrian de l'appartement de Paula. J'étais à la fenêtre et j'écoutais la tonalité qui égrenait le silence atlantique, quand j'ai vu Paula sortir de l'immeuble. Elle a traversé le terrain de jeux à pas énergiques, avec les pans de son manteau à la Mary Poppins qui lui battaient les jambes. J'ai parlé d'elle à Adrian. Sa désapprobation m'a pris de court. Il a dit quelques mots gentils sur Julie, qu'il n'avait pourtant vue qu'une seule fois. Je me suis immédiatement demandé si, en fin de compte, il ne s'était pas passé quelque chose entre eux à ce moment-là.

Nous ne nous sommes plus parlé avant la fin novembre, quand il m'a invité à New York pour Noël. Il paraissait tenir pour acquis que j'étais seul. On aurait cru qu'il avait toujours su que j'allais quitter Julie, quoi qu'il ait pu en dire, et que Paula ne serait qu'un frisson passager, destructeur certes, mais sans conséquence.

Un jour, j'ai chiné chez un marchand qui vendait des estampes japonaises. Je ne parvenais pas à me détacher de la scène paisible dans le pavillon au bord de la mer. Julie aurait adoré le reflet du soleil sur l'horizon et les voiles carrées des bateaux dans le lointain. Elle aurait su mieux que moi déchiffrer l'histoire tranquille qui se déroule dans le vide entre la silhouette qui se détache sur la porte coulissante et l'autre qui sort de l'image. J'habitais un hôtel qui donnait sur le lac. Je n'allumais pas la lumière quand la nuit était tombée. J'aimais rester dans la pénombre et m'asseoir à la fenêtre. L'estampe était posée sur l'autre lit intact avec la couverture et le drap bordés sous le matelas, aussi irréprochable que ceux apparaissant sur les photos du dépliant publicitaire de l'hôtel. Lorsque la nuit tombait, la perspective d'Hiroshige se mettait à ressembler à la vue du lac de Zurich que j'avais de ma fenêtre. J'y retrouvais la même ouverture, le même reflet du soleil dans le ciel du soir, la même étendue d'eau et les mêmes voiles qui oscillaient au loin.

Je me sentais à l'aise dans cette chambre d'hôtel anonyme, du reste, je me suis toujours senti bien dans les hôtels. Leur atmosphère impersonnelle est liée à mes plus anciens souvenirs. Une des premières choses dont je me souviens, c'est l'odeur de la lingerie, au bout des couloirs de l'Hôtel Reykjavik, avec les piles de draps et de housses de couette, rêches et frais au toucher, et pourtant inconciliables avec l'idée de la douce chaleur d'un lit. Quand j'arpente le couloir d'un hôtel, j'ai l'impression de remonter le cours du temps. Les portes numérotées sont les mêmes, ainsi que les bruits, les voix assourdies qui parlent une langue étrangère, les clefs qui ferraillent dans les serrures et les légers chocs de l'anneau en caoutchouc du porte-clefs qui cogne contre la porte. Parfois, une de ces portes est ouverte au moment où l'on passe et, pendant une seconde à peine, l'on aperçoit les vêtements et les affaires de l'occupant éparpillés sur les meubles, avant de détourner le regard, un peu honteux, et de presser le pas.

L'intimité d'une chambre d'hôtel occupée paraît plus privée que celle d'une maison, tellement vulnérable aux regards curieux. La vie privée dans un hôtel possède un côté provisoire qui vire presque au ténébreux, car le cadre est si anonyme, mais il est vrai que je suis de parti pris. Certes, personne ne haussait même un sourcil sur ce que les filles du Club Intime faisaient dans leurs chambres, cependant, il régnait une discrétion impénétrable dans l'hôtel de mon enfance, comme s'il s'y passait quelque chose d'innommable. De fait, j'étais dépourvu de tout préjugé moral. Ma fascination était davantage liée au mystère insondable qui imprégnait les portes numérotées et nourrissait mes divagations sur les inconnus qui se trouvaient là une nuit, côte à côte dans les étages, avant de s'égailler dans toutes les directions. La même métamorphose se répétait chaque matin quand les femmes de chambre faisaient le ménage, changeaient les draps et refaisaient les lits. J'avais presque le vertige en pensant à tous ces gens qui avaient rêvé, fait l'amour ou passé une nuit d'insomnie solitaire dans les mêmes chambres.

Le matin, je m'installais toujours à la même table du coin d'où je pouvais à la fois surveiller la salle à manger et contempler le lac. Un jour, j'ai remarqué un couple d'Américains d'une soixantaine d'années et un Italien du même âge en compagnie d'une belle jeune femme. À en juger à leurs vêtements, les Américains étaient en vacances, ils étaient habillés comme des golfeurs, avec des pantalons à grands carreaux. L'Italien avait l'air d'un homme d'affaires, et j'ai supposé que la jeune femme était sa maîtresse. Ni les Américains ni les Italiens ne parlaient beaucoup. Les Américains étaient mariés depuis si longtemps qu'ils n'avaient plus grand-chose à se dire hormis des remarques pratiques et des constats banals. En revanche, les Italiens paraissaient gênés, peut-être parce qu'ils étaient obligés de se cacher pour se retrouver. Il portait une alliance, mais cet objet faisait défaut au doigt de la jeune dame.

Un matin, je l'ai vu caresser le genou de sa maîtresse sous la table, et j'ai vu que l'Américain l'avait noté également. Il lorgnait la jeune femme avec un regard triste derrière les épais verres de ses lunettes. Peut-être pensait-il au fait que l'Italien et lui avaient le même âge, peut-être songeait-il au partage inégal de chance et d'opportunités qui faisait que l'un prenait son petit déjeuner en compagnie d'une jeune beauté élancée, tandis que l'autre se retrouvait avec son épouse informe. Celle-ci portait un gilet orné de grosses fleurs, et il rougissait un peu quand, avec une tendresse toute maternelle, elle ôtait les miettes de pain tombées sur sa chemise du bout des faux ongles de ses doigts ridés. J'ai regardé le lac où les voiles triangulaires des bateaux de plaisance se reflétaient imparfaitement sur l'eau. Les pieds des chaises ont raclé le plancher quand les Américains se sont levés, et j'ai alors songé à un autre couple que j'avais observé autrefois à l'Hôtel Reykjavik.

Ils avaient tous les deux l'air d'avoir la soixantaine bien tassée. Aussi loin que remontait mon souvenir, je les avais vus chaque mercredi. L'homme arrivait le premier, sans bagages. Je me rappelle qu'il passait la main dans ses cheveux blancs, l'air gêné, après avoir ôté son chapeau, en attendant qu'on lui donne sa clef. Sa tenue me faisait penser aux photos en noir et blanc d'avant-guerre ; il portait toujours un complet-veston, sombre en hiver, clair en été. Il avait l'air d'un survivant d'une autre époque, ce qu'il était assurément, à l'instar de chacun qui voit le monde changer au même rythme que son reflet dans le miroir.

La femme arrivait précisément un quart d'heure plus tard. Elle aussi avait une mise bourgeoise et démodée avec sa jupe plissée, son manteau boutonné jusqu'en haut et ses cheveux gris ramenés sur les côtés avec deux barrettes, telle une fillette sur une photo de classe jaunie. Le monde interlope derrière la Gare centrale avait certainement dû leur paraître étrange et effrayant, mais c'était visiblement le seul endroit où ils sentaient qu'ils pouvaient se voir en toute sécurité. Elle traversait rapidement la réception sans regarder autour d'elle, et j'imagine que, pendant ce temps, son amant avait accroché sa veste sur un cintre, et peut-être avait-il également ôté ses chaussures avant de les ranger soigneusement sous le lit. Ils quittaient l'hôtel exactement trois heures plus tard, la femme en premier, suivie par l'homme quelques minutes après. Dans mon souvenir, ils se sont vus ainsi pendant des années, à l'exception des vacances.

Un soir de printemps, ils ont exceptionnellement quitté l'hôtel ensemble. Comme d'habitude, j'étais dans la cuisine, derrière la réception, en train de faire mes devoirs. Quand ils sont descendus sur le trottoir, je les ai suivis. Ils sont passés à côté de la gare et sont entrés dans Tivoli. J'ai failli les perdre de vue dans la foule, sous les lampes multicolores accrochées aux arbres. Ils se sont arrêtés devant le théâtre de marionnettes et ont regardé un moment Pierrot et Colombine tendrement enlacés devant le décor naïf de couleur pastel. Puis ils sont entrés dans un restaurant. Je me suis placé sous un arbre et je les ai observés, ils étaient totalement absorbés l'un par l'autre tandis que des silhouettes riantes et bavardes passaient entre nous. Ils étaient assis près d'une fenêtre, une lampe sur la table jetait un éclat chaud sur leurs visages. Ils se souriaient tout en discutant et, à un moment, la femme a caressé le visage du monsieur. Pour des raisons évidentes, cela a été la seule fois que je les ai vus se manifester ainsi des marques de tendresse, et je n'ai jamais oublié cette caresse et le regard de l'homme à l'instant où la main de la dame effleurait sa joue ridée.

Un jour, je l'ai vu au bar de l'hôtel en train de discuter avec mon père. Le soir, je lui ai demandé de quoi ils avaient parlé. Le monsieur était venu lui dire qu'il n'avait plus besoin de la chambre. Il avait lu l'avis de décès de son amie quelques jours auparavant. Je me suis demandé pourquoi il s'était ainsi confié à mon père. Pour ce que j'en savais, ils n'avaient jamais échangé que quelques phrases polies, mais mon père ne trouvait pas la chose étrange. L'homme n'avait personne avec qui parler de son amie. Personne ne savait qu'ils s'étaient retrouvés chaque mercredi pendant presque dix ans. Par discrétion, il n'avait même pas assisté à son enterrement. Ils s'étaient connus quand ils étaient jeunes, mais la vie les avait séparés. C'étaient là les mots mêmes du monsieur, d'après mon père. Bien des années plus tard, ils s'étaient croisés dans la rue, par hasard, et l'homme avait décidé qu'il ne la perdrait plus de vue. Année après année, ils avaient mené ensemble cette existence cachée, une fois par semaine, à côté de la vie qui leur était échue, avec la régularité, le calme et la fidélité d'un couple marié.

Ma paralysie s'est lentement dissipée pour céder la place à la fatigue. C'est pendant cette période que mon existence actuelle a pris sa forme. Je ne dirais pas que je l'ai choisie. Il s'agit bien plutôt d'une série de choix par élimination qui commence ce soir du vendredi saint, quand je me suis retrouvé avec Julie face au portique de lavage automatique d'une station-service. J'ai laissé notre histoire se terminer d'elle-même tandis que le courant d'air chaud mécanique faisait s'envoler les gouttes d'eau sur la peinture de la voiture. Peu après, j'ai démissionné de mon poste au cabinet d'architectes. Yves Montand a paru sincèrement déçu et a dit quelques paroles aimables sur mes talents d'architecte, auxquelles je n'ai pas cru.

J'avais trouvé la petite boutique où je passe encore la moitié de mon temps. Avec un prêt bancaire sur le dos, je suis parvenu à augmenter ma modeste collection d'estampes et de gravures orientales au point d'en avoir suffisamment pour couvrir les murs du magasin. À ma grande surprise, il est apparu que je possédais un talent certain pour les affaires. J'ai effectué mes premiers voyages à Paris, Amsterdam et Londres, où j'ai fait des échanges, des ventes et des achats. J'ai même trouvé un plaisir particulier à me plonger dans la comptabilité ennuyeuse, et cela m'a souvent conduit à penser à ma mère, quand elle-même était plongée dans les comptes de l'Hôtel Reykjavik, sur la toile cirée de la cuisine, derrière la réception. Il semblait donc que nous nous ressemblions plus que je ne l'avais pensé.

À la mi-décembre, je lui ai téléphoné et, au fil de la conversation, j'ai compris que Bibi était malade. Elle l'a mentionné au détour d'une phrase, comme quelque chose qui pouvait seulement éveiller en moi une pitié passagère, puisqu'elle ignorait le contrat tacite que j'avais autrefois passé avec son amie. Je n'avais pas vu Bibi ni n'avais eu de ses nouvelles depuis le jour où elle nous avait annoncé, à mon père et moi, qu'elle était enceinte. Cela faisait longtemps que je n'avais songé à ce matin d'été où j'avais trouvé Adrian et Ariane dans mon lit. Épuisé, passif et perplexe, j'avais laissé Bibi me soutirer ce dont elle avait besoin pour réaliser son vœu. Je m'étais également laissé fléchir car j'avais eu besoin d'un peu de tendresse féminine. Elle avait eu son enfant, Doris et elle avaient quitté la ville, et j'ai vu mon fils pour la première fois quand Bibi a été transférée au Rigshospitalet. Je lui ai rendu visite quelques jours avant de partir pour New York. Elle avait tenu parole. Ce n'était pas vraiment mon fils, du moins je ne le percevais pas encore comme tel, ce garçon assis sur les genoux de Doris, devant la grande vitre séparant l'antichambre des visiteurs et la pièce où Bibi était isolée du monde.

Tout ce qu'elle touchait devait être d'abord stérilisé, la moindre tasse, le moindre morceau de sucre, le journal et le courrier. On avait placé un petit sapin de Noël en plastique dans sa zone inaccessible, sapin stérilisé lui aussi, avec des lumières clignotantes. Nous parlions à Bibi dans un micro. Sa voix sonnait plate et pâteuse dans le haut-parleur fiché dans le mur. Il m'a fallu plusieurs minutes pour m'habituer à voir ses lèvres bouger et entendre ses paroles ailleurs. Elle était surprise de me voir. Je trouvais qu'elle n'avait pas changé malgré la maladie. Elle souriait en disant que l'on allait lui remplacer la moelle épinière, en bloc. Comme ça, elle pourrait se redresser et commencer à user un nouveau dos ! Bibi n'avait pas changé, toujours indomptable et directe, avec ses yeux vifs et chaleureux.

C'est le souvenir que Theo a gardé d'elle. Et encore, il se rappelle vaguement la femme mince dans son lit d'hôpital stérile qui sourit tandis que le sapin de Noël sur sa table de nuit émet une lumière tour à tour jaune, rouge et bleue. Doris avait l'air empotée avec le gamin, vêtue d'un tailleur moulant qui remontait à mi-cuisses, avec ses bijoux en toc étincelants et ses lèvres trop maquillées. Les traits de Bibi se sont transformés quand Doris est sortie avec Theo. Elle a baissé la tête sur la couette, serrant les plis de la couverture entre ses doigts, subitement sérieuse. Ce n'était pas... Elle a levé les yeux vers moi et j'ai approché la chaise du haut-parleur. Elle a écarté les mains, comme si elle s'excusait, comme si elle en avait assez de me donner le change. Ce n'était pas sûr qu'elle s'en sorte.

Elle m'a demandé ce que je pensais de Theo. « Il est mignon », ai-je réussi à dire. Elle a répondu qu'il me ressemblait. Moi, je ne le trouvais pas, mais je n'en ai rien dit. « Doris... », a-t-elle dit en regardant le grand sapin de Noël dressé entre les bâtiments de l'hôpital. Il était vert foncé et sombre, et non gai et amical comme celui en plastique posé sur sa table de nuit. La douleur dans son regard laissait la place à autre chose, quelque chose qui avait trait à elle et qui ressemblait à de l'inquiétude. Doris est revenue avec le garçon et je leur ai proposé d'habiter dans mon appartement tant que j'étais parti, comme cela, ils pourraient rester en ville et rendre visite à Bibi chaque jour. Doris m'a écouté d'un air absent, comme si elle était plongée dans une torpeur. Lorsque je lui posais une question, elle tardait à répondre, et de manière hachée. Elle continuait à acquiescer de la tête, même quand j'avais terminé mes phrases.

J'ai croisé ma mère dans le hall de l'hôpital. J'ai vu qu'elle était surprise, mais aussi touchée. Pour elle, Bibi n'était qu'une silhouette floue de mon enfance. Nous nous sommes assis dans un canapé près de l'entrée principale. Cela faisait longtemps que nous ne nous étions vus. J'étais resté dans mon coin depuis que j'avais rompu avec Julie. Maman a évité le sujet, mais je voyais bien qu'elle y pensait. Julie aimait bien ma mère et avait gagné sa confiance et, parfois, je m'étais senti à l'écart en les entendant rire toutes les deux au salon. Cela me faisait plaisir aussi, car je n'avais pas entendu ma mère rire depuis de longues années. Bien entendu, elle faisait rire Julie, Julie qui répondait à chacun avec un sourire bienveillant et plein d'aplomb.

Lors d'une de leurs dernières rencontres, ma mère lui avait parlé de ma naissance. Avec un petit sourire, maman avait raconté que l'accouchement avait duré une journée, et que les douleurs avaient été indescriptibles. Puis elle avait posé la main sur le bras de Julie, comme pour s'excuser. Julie avait ri. Même l'idée des forceps ne la décourageait pas. Au moment où nous allions partir, ma mère a pris le visage de Julie entre ses mains, avec tendresse, comme si elle était déjà grand-mère et Julie un petit enfant, et non une future maman.

Quand je suis rentré de Zurich, j'ai eu beaucoup de mal à voir que Julie avait quitté l'appartement. Elle n'avait presque rien emporté mis à part ses vêtements. Tout était comme d'habitude, et je m'attendais à entendre bientôt ses pas vifs dans l'escalier, la clef dans la serrure, et sa voix enjouée dans l'entrée. J'ai regardé autour de moi et j'ai laissé mon regard se poser sur chacun des objets qu'elle avait apporté dans notre foyer : le tabernacle mexicain en plâtre, avec la Vierge Marie entourée de squelettes dansants, les verres à thé turcs dorés qu'elle avait achetés chez un épicier arabe et la table de machine à coudre qu'elle avait dénichée chez un brocanteur et décapée elle-même.

J'ai longuement contemplé la photo en technicolor qu'elle avait découpée dans un vieux numéro de *Life* et accrochée à côté de mes estampes japonaises. Un père pommadé et ses deux fils aux visages couverts de taches de rousseur sont à table et sourient à la mère vêtue d'une jupe bouffante et d'un tablier plissé ; la maman affiche également un sourire aussi éclatant que suave, tout en servant une dinde géante et luisante. Leur dieu se trouvait aussi dans le détail, mais, chez moi, il ne restait plus que les détails, insignifiants et abandonnés de Dieu.

J'étais soulagé en montant dans l'avion pour New York. Adrian a parlé sans discontinuer durant tout le trajet de l'aéroport à chez lui. Il s'est tu uniquement quand il est sorti de l'ascenseur et m'a laissé entrer en premier dans son appartement. J'ai regardé autour de moi sans dire un mot ; il a ri, peut-être pour excuser cet étalage de luxe. Tout d'abord, je n'ai pas reconnu la femme rousse qui venait à notre rencontre. Elle était loin, à l'autre bout de cette enfilade de pièces, et ses talons hauts claquaient sur le parquet, puis leur bruit était régulièrement étouffé par les tapis d'Orient. J'avais mon Hiroshige comme cadeau de Noël. Jill a admiré les couleurs avec des exclamations enthousiastes ; Adrian penchait la tête, regardant tour à tour l'estampe et ma personne. Une pièce vide avec un paysage presque désert, quel cadeau ! Adrian n'entendait strictement rien à l'art, cependant, le lendemain, le pavillon de Hiroshige était au mur dans un magnifique cadre en acajou, mais à une extrémité de l'immense couloir de l'appartement.

Ni Adrian ni Jill n'ont dit un mot sur Julie. On aurait pu croire qu'ils ne l'avaient jamais rencontrée, ou que j'avais téléphoné à Adrian pour qu'il m'encourage à la quitter. J'ai essayé de me souvenir de ce que j'avais pensé sur Julie, à Zurich, mais il ne restait que des fragments. J'avais effectué une séparation entre mes pensées et mes sentiments dans l'espoir de parvenir à bâtir une existence meilleure. J'avais été convaincu que ma vie commune avec Julie était une construction ratée qu'il fallait raser pour que quelque chose de vrai et franc puisse surgir librement. Je ne sais plus si j'avais déjà compris, en ce jour d'hiver à New York, que je n'étais pas sincère quand j'avais quitté Julie, ni quand j'avais dit adieu à Paula à travers la porte de sa salle de bains.

Un des premiers soirs, Adrian et Jill m'ont emmené à un cocktail. La plupart des invités avaient la trentaine, comme nous, et ils semblaient tous parfaitement se connaître, si bien que les discussions étaient sommaires et excluaient la moindre confidence. Nos hôtes m'ont expliqué que Jill avait décoré leur appartement. Elle avait eu les mains libres, m'a dit le monsieur, comme s'il était très fier de son incompétence en ce qui concernait la décoration intérieure. Tout, dans l'énorme salon, était dans des tons blanc cassé et beige; même les domestiques noirs qui servaient les drinks n'étaient pas vraiment noirs, mais oscillaient entre une couleur nougat et teck. De volumineux tableaux d'artistes américains étaient accrochés aux murs, j'ai reconnu des Warhol, Liechenstein et consorts, même si le Pop Art ne m'a jamais attiré.

Je suis irrémédiablement vieux jeu. Parfois, je me vois tel que j'apparais, de l'extérieur : un homme entre deux âges, distrait et chauve, planqué dans un magasin poussiéreux dans une rue de traverse, penché sur ses estampes fanées d'une époque révolue. Un monde qui est à jamais disparu. Cela ressemble à l'image d'un perdant, un rêveur qui rouille sur place sur une des voies de garage de l'existence, tandis que les gens entreprenants et déterminés passent à vive allure. Mais qu'y puis-je ? J'aime le sens de la beauté que l'on trouve dans l'ancien Japon, cette beauté dans le quotidien, les petits bonheurs comme on dit, un cerisier en fleur, l'éclat de la lune entre les branches de l'arbre et les fleurs.

Je me fais parfois l'effet d'être une vieille dame, mais il faut bien reconnaître que les graveurs japonais possédaient un savoir aujourd'hui oublié. Ils savaient qu'il n'existe peut-être pas de frontière aussi tranchée entre l'âme qui habite la boîte crânienne et l'esprit qui réside dans un arbre, dans les pétales de fleurs emportés par le courant turbulent du fleuve, dans la vue de la forme parfaite d'un mont couvert de neige et dans le retentissement particulier que suscitent l'arbre, le fleuve et la montagne dans le regard fugitif de l'observateur.

Je cherchais donc refuge dans mes pensées ressassées et familières car je ne savais que faire de moi au milieu des riches silhouettes bruyantes et profondément modernes qui m'entouraient. Leurs rires étaient trop féroces, leurs sourires bien trop étincelants. Elles respiraient tellement la réussite, tandis que je me sentais petit et raté, moi qui aime tant trôner dans le fauteuil patiné de mon arrière-boutique, majestueusement coupé de mon siècle trépidant aux néons criards. Les New-Yorkais soignés m'ont fait me sentir laid, même si, d'habitude, c'est moi qui fais la fine bouche en voyant combien le monde devient de plus en plus hideux au fil des ans. D'autant plus riche, d'autant plus affreux. Mais je me suis souvenu de ce qu'un Japonais m'avait dit quand je lui avais demandé comment sa culture était capable de conjuguer la beauté de ses traditions avec la laideur moderne. « Les Japonais aiment le beau, avait-il répondu, mais ils ne détestent pas le laid ».

Je m'étais caché dans un coin, près d'une des baies vitrées qui couraient sur toute la longueur de la pièce. Elles donnaient sur Central Park, un vaste espace sombre rompu par les lignes pointillées des lampadaires qui se croisaient et nous reliaient aux carrés de lumière des immeubles en face. Un monsieur massif, en sueur et paré d'une cravate aux couleurs aussi criardes que resplendissantes s'est approché de moi et m'a entretenu des dangers considérables du parc. Il fumait un gros cigare et, chaque fois qu'il tirait une bouffée, on aurait cru qu'il soufflait dedans. Jill est venue me prendre par le bras, sûrement pour me sauver de ce poussah fort en gueule.

Nous nous sommes assis sur un banc capitonné, un peu à l'écart des gens. Adrian était installé dans un canapé, entre deux femmes, à l'autre bout de la pièce, plongé dans une conversation avec la plus jeune et la plus jolie des deux. J'étais presque certain que Jill l'avait remarqué également. Les cheveux d'Adrian étaient plus longs que d'habitude et ses boucles blondes formaient un contraste intéressant avec son costume en soie noire. La jeune femme a croisé les jambes, si bien que l'ourlet de sa jupe est remonté au-dessus de son genou, et quand il s'est baissé pour prendre son verre, elle a passé la main dans la chevelure d'Adrian. Jill a parlé de la mer du Nord, disant que cela avait été fantastique. Ici, il fallait aller en Floride ou en Californie pour voir le soleil se coucher sur la mer. Peut-être l'ai-je inventé, peut-être a-t-elle réellement posé une main distraite sur ma cuisse tandis que, par la force des mots, elle parvenait à se défaire avec virtuosité de la seule personne qui avait admiré le coucher de soleil cet été-là.

J'ai observé Adrian et je me suis demandé pourquoi j'étais venu. Le ton de nos échanges était toujours aussi spirituel et léger, néanmoins, nous parlions d'une manière plus que neutre et prudente, avec une gaieté que je qualifierais de soignée. La jeune femme s'est levée et Adrian l'a suivie dans la pièce voisine où il y avait moins de monde. Jill a vidé son verre et en a pris un autre quand un serveur est passé avec un plateau. Une tristesse insondable m'a envahi dans cet appartement luxueux, cependant, au début, je n'ai pas compris pourquoi. Il était trop dur de réfléchir ici. Peu à peu, mon amitié avec Adrian n'était devenue rien d'autre que ces souvenirs communs d'amis que nous avions été autrefois. Pendant des mois, je n'avais pas songé à lui une seconde et, dans les années qui ont suivi ma visite à New York, j'ai rarement pensé à lui, sauf quand je lisais ses lettres. S'il n'était pas mort, je l'aurais sans doute totalement oublié. Mais, dans ce cas, je ne me serais pas mis en peine de raconter mon histoire.

En fin de soirée, nous avons quitté le cocktail mondain en compagnie d'une femme que Jill et Adrian avaient invitée à partager un en-cas tardif. Elle venait de divorcer et j'ai dû avouer qu'elle était très attirante quand Jill m'a pris à part et m'a demandé très directement ce que j'en pensais. Il émanait d'elle une conscience affûtée, nerveuse, vive et fragile. Elle avait été blessée, cela transparaissait dans ses yeux et ses gestes, mais la douleur lui avait également conféré une présence plus évidente et plus mûre. La peine lui avait ôté des illusions et avait approfondi la force féminine de son regard. Elle a dit que Jill et Adrian avaient parlé de moi. Nous étions assis sur des tabourets de bar dans leur cuisine et Jill a posé des questions qui m'ont obligé à me découvrir, fût-ce à contrecœur. Elle se comportait comme l'animatrice d'un talk-show, et la femme acquiesçait à toutes mes paroles sans cesser de me fixer de ses yeux alertes. Elle me faisait penser à un censeur exigeant mais foncièrement bienveillant et je me sentais comme une créature douteuse qui donne des preuves de sa sincérité et, malgré tout, de son droit à la sympathie féminine.

Je me suis excusé et j'ai arpenté le long couloir où mon Hiroshige fraîchement encadré était accroché à une extrémité, à côté de la porte d'une des salles de bains de l'appartement. L'éclairage du plafond se reflétait dans les miroirs, si bien que je ressemblais à un fantôme qui marchait sur les eaux. Je ne savais pas où j'allais, ma vie s'enfuyait comme un youyou à la dérive sur la mer lisse. Je suis resté dans la salle de bains aussi longtemps qu'il m'était possible sans paraître impoli. En avançant dans le couloir, j'ai entendu la voix furieuse de Jill et le bruit d'un verre qui se brise sur le sol de la cuisine. Le silence s'est fait quand je suis entré. Leur amie regardait par la fenêtre. Jill était blanche ; Adrian l'observait avec un sourire prudent. J'ai demandé à la divorcée si elle voulait que nous allions prendre un verre quelque part, et elle m'a adressé un sourire reconnaissant.

Je n'ai su quoi dire dans l'ascenseur. La conversation a roulé plus librement après que nous nous sommes installés dans un bar. Elle a parlé de la petite ville du Midwest où elle avait grandi. Tout en parlant, elle me jaugeait attentivement de ses yeux mélancoliques, comme si tout cela n'était que le prélude à quelque chose de beaucoup plus capital que l'exposition de nos origines respectives. Elle souriait d'elle-même, visiblement, elle n'était pas certaine que son histoire soit assez intéressante ou importante. J'étais sur le point de tendre la main et de la poser paisiblement sur la sienne qui voletait entre nous comme un oiseau affolé. Là, c'était son tour de donner des gages comme quoi elle aussi était un être humain.

La rencontre entre deux inconnus prend parfois un côté tellement transi. On peut dire que les vêtements que l'on porte sont le seul lieu où l'on est chez soi. Elle vivait seule avec son fils. Elle m'a montré une photo de lui, coincée entre les cartes en plastique de son portefeuille. J'ai pensé à Paula. On apercevait un coin de son salon sur le cliché du gamin souriant. Je me suis imaginé en train de pénétrer dans cet appartement inconnu, baissant la voix pour ne pas réveiller le garçon. Je resterais sur le seuil de la cuisine pendant qu'elle mettrait de l'eau à chauffer pour un café ou un thé, avec des gestes maintes fois répétés, peut-être un peu embarrassée et se moquant d'elle-même maintenant qu'elle dévoilait sa vie à l'inconnu auquel elle avait décidé de se livrer, parce que l'on ne sait jamais. J'essayais de deviner comment son corps réagirait sous les étreintes, je prévoyais déjà la manière dont son regard tenterait de fixer le mien tandis que le mien se poserait sur ce qui serait sa chambre, son lit et son corps.

Elle était en train de parler de son divorce, je n'avais pas prêté attention à ce qu'elle avait dit auparavant. Je lui ai brièvement parlé de Julie sans mentionner Paula, afin de maintenir une forme d'équilibre dans la conversation. J'étais déterminé à m'extraire de cette situation le plus vite possible. Je lui ai expliqué en termes vagues que, pour le moment, je ne me sentais pas en état de nouer des liens affectifs, ce qui, de fait, n'était pas faux. La déception dans son regard ressemblait presque à de l'estime. Je l'ai embrassée avant qu'elle ne monte dans le taxi, un baiser plus sensuel que je ne l'avais prévu, peut-être une tentative pour la dédommager. J'étais soulagé de marcher seul sur le trottoir, heureux d'être une silhouette anonyme parmi les silhouettes qui passaient le long des larges vitrines éclatantes, cernées par les feux des voitures qui glissaient à côté.

J'ai ôté mes chaussures avant d'ouvrir avec la clef qu'Adrian m'avait donnée, et j'ai souri en songeant à la manière dont je me comportais. Avais-je véritablement honte d'avoir mis une fin aussi innocente à cette soirée, à l'opposé des bonnes intentions de Jill et Adrian ? Je me suis arrêté dans le couloir en entendant un bruit cinglant derrière une porte. D'abord, j'ai cru que cette voix de femme, grave et profonde, et ce coup de fouet venaient de la télé. Cette voix sonnait faux, oui, faussement menaçante, comme celle d'une mauvaise actrice dans un navet. Je n'entendais pas ce qu'elle disait. En sortant de la salle de bains, je me suis retrouvé nez à nez avec Adrian, nu comme un ver. Ses cheveux étaient collés à son front en sueur, ses joues étaient rouges, un gros collier de chien aux pointes chromées lui serrait le cou. Il s'est écoulé à peine deux secondes avant qu'il ne m'adresse un sourire paisible et ne me salue de la main avant d'entrer dans la salle de bains.

En me rendant dans ma chambre, mon regard s'est posé sur l'estampe de Hiroshige et là, pour la première fois, j'ai compris d'où la scène était vue. En bas, à droite, les branches d'un pin s'avancent jusqu'à la galerie du pavillon et ses portes coulissantes ouvertes. La gravure ne décrit pas seulement ce moment de repos, après que les deux femmes ont contemplé le coucher de soleil en compagnie de l'homme qui s'est peut-être déjà retiré avec la courtisane à la coiffure élaborée. Indirectement, l'estampe dévoile la présence d'une personne supplémentaire. Cette image existe uniquement parce qu'il y a quelqu'un dehors, dans le crépuscule, quelqu'un qui contemple la silhouette de la femme qui se détache sur le papier translucide de la porte coulissante.

Le lendemain, j'ai déjeuné avec Adrian dans un restaurant de Chinatown. Nous avons gardé nos manteaux dans le local froid et nu. La lumière des idéogrammes chinois en néon semblait couver derrière la devanture embuée. Adrian m'a demandé si j'avais été choqué. Je l'ai rassuré. Il devait tout de même savoir qu'il en fallait plus pour me choquer, vu l'endroit où j'avais grandi. Il a ri, soulagé, avant de dire qu'il s'agissait d'un jeu entre eux. Il a haussé les épaules puis levé les coudes de la table collante que la serveuse avait essuyée avec un chiffon rendu marron par le soja.

Il a ajouté que c'était dommage pour Julie. Il tenait son bol devant la bouche et avalait gloutonnement le riz avec ses baguettes, à l'instar des Chinois qui mangeaient autour de nous. Adrian avait toujours eu un don phénoménal pour s'acclimater à tout; il était même capable de mettre en suspens ses bonnes manières s'il le fallait. Je lui ai demandé comment ça allait entre Jill et lui. Il m'a demandé ce que je pensais d'elle. Il a soutenu mon regard en attendant ma réponse. Je lui ai dit que je la trouvais belle. Ce n'était pas exact. Il m'a demandé si j'avais envie de coucher avec elle. J'ai rougi et secoué la tête, à la fois pour répondre à sa question et parce qu'il avait eu l'idée de la poser. Il a répliqué qu'il était prêt à tout partager avec moi, et il a dit ces mots avec une innocence étrange, presque fanatique. Jamais nous n'avons abordé d'aussi près la question d'Ariane.

Il m'a parlé de Jill. Quand il l'avait rencontrée, elle était profondément à la dérive. J'ai eu beaucoup de mal à me représenter la personne qu'il a décrite, une étudiante en arts paumée qui avait sniffé tellement de cocaïne qu'elle en avait des saignements de nez à tout instant. Il l'avait ramassée, comme on ramène chez soi un chaton trempé pour le sécher et lui donner un bol de lait. Il l'avait rencontrée dans un bar d'East Village, après une longue soirée en ville, une de ces nuits où il prenait congé de ses copains yuppies et se lançait, seul, dans des excursions au cœur des quartiers les plus louches. Cette nuit-là, elle avait fui son petit ami, un Iranien fou qui l'avait menacée de lui trancher la gorge. Adrian avait seulement eu l'intention de la baiser et de l'oublier après coup, mais elle était restée et quand il était rentré chez lui, le soir, elle avait fait le ménage et préparé le dîner.

Au début, c'était elle qui portait un collier de force, et ce n'était jamais assez brutal et humiliant. Adrian avait été à la fois émoustillé et agacé quand elle lui demandait d'être attachée, fouettée et sautée. Cela lui avait permis de faire un écart, d'essayer un rôle qu'il n'avait pas expérimenté. Ce jeu l'avait amusé, car ce jeu le conduisait très loin de ce qu'il était réellement. Il avait espéré qu'elle finirait par disparaître de sa vie en criant, comme elle avait fui la nuit où il l'avait rencontrée, avec ses vêtements pour tout bien. Mais elle était tellement soumise et servile qu'il avait fini par prendre plaisir à la traiter comme elle le voulait, avec dureté, mépris et sans amour.

Il s'était surpris lui-même, et avait commencé à être écœuré par ce rôle insolite qui ne correspondait pas du tout à sa personne. Mais qu'est-ce qui l'empêchait de la flanquer dehors ? Il se le demandait souvent, cependant, il la laissait rester chez lui. Il en était venu à se détester, car il continuait à la traiter d'une manière dont il n'avait jamais traité une femme. Il se haïssait, car il acceptait la soumission de Jill, même si, au fond, il ne voulait pas d'elle. Et, un jour, il avait lu son propre dégoût dans le regard de Jill.

Elle avait vu ce qui lui arrivait, elle l'avait laissé faire, bien consciente que celui qui l'attachait se liait en même temps à elle par des liens d'autant plus serrés. Quand il tentait de la mettre dehors, elle se jetait à ses pieds en pleurant, et, lorsqu'il essayait de lui faire entendre raison, il voyait son mépris se refléter dans ses yeux à elle. Il avait cru qu'il avait cédé à la haine que Jill ressentait envers elle-même, qu'il avait cédé par jeu, un jeu où il gardait ses distances mais où, au fur et à mesure, les rôles s'étaient imperceptiblement renversés.

Mais pourquoi ne parvenait-il pas à se ressaisir

et à la flanquer à la porte? Il prenait la décision mais la repoussait chaque fois, sans savoir précisément pourquoi. Il passait par tout un registre de sentiments jusque-là inconnus, de la répugnance à la pitié, de la froideur au désir irrépressible. Il rêvait de se libérer de cette femme dont il attachait chaque soir les poignets aux montants du lit mais, en même temps, il était obligé d'admettre l'intérêt d'être ainsi bouleversé par des sentiments si antagonistes et différents. Il était devenu dépendant d'elle, dépendant de son désir contradictoire. Il la méprisait et la punissait pour cela, mais, ce faisant, il en venait à se détester lui-même.

Soudain, elle s'est métamorphosée. Du jour au lendemain, elle n'a plus voulu être attachée et fouettée, et le dîner n'était pas prêt quand il rentrait. Elle laissait traîner la vaisselle et ne faisait plus le ménage. Chaque fois qu'il ouvrait une porte, les moutons se tassaient contre les plinthes comme des rats, et les cafards folâtraient dans la salle de bains. Il avait été obligé d'engager une nouvelle femme de ménage pour remplacer celle qu'il avait congédiée quand Jill s'en était chargée. En même temps, elle avait commencé à soigner son allure. Elle n'était plus une étudiante en veste de cuir aux cheveux en bataille et aux ongles au vernis écaillé. Là, elle ressemblait à l'une de ces femmes riches et inaccessibles qui arpentent Fifth Avenue en tailleur et dans le sillage desquelles il flotte un parfum de millions. Il ne savait pas où elle trouvait l'argent ni si elle serait là quand il rentrait du travail.

Le changement avait été si brutal qu'il en était

venu à confondre son soulagement avec de la gratitude, et sa gratitude avec du respect. Néanmoins, il ne savait comment interpréter le sourire hautain et mystérieux de Jill, sourire qu'il ne lui avait jamais vu. Elle souriait comme si elle savait quelque chose qu'elle refusait de dire. La nuit, en revanche, elle se montrait douce et proche. Elle le faisait parler, l'écoutait et commentait ses paroles avec intelligence, si bien qu'il se sentait compris comme jamais. Dans la journée, elle redevenait distante et renfermée. Quand il lui demandait à quoi elle pensait, elle se contentait de sourire et, s'il insistait pour savoir ce qui la faisait sourire, elle sursautait et le regardait avec crainte, comme s'il avait levé la main pour la battre. Il avait chaque fois l'impression qu'elle avait quelque chose à lui pardonner et qu'il devait mériter son pardon.

Adrian a rapidement compris que Jill l'avait tiré d'un piège pour le pousser dans un autre. Il s'en est rendu compte quand il s'est rebellé contre ses airs mystérieux et hautains. Cela s'est produit lors d'une fête chez l'un de ses amis, à Long Island. Ils ne voyaient que les amis d'Adrian, le passé de Jill était parfaitement vierge. De fait, il ne savait quasiment rien sur elle. Il avait beaucoup bu et flirté ostensiblement avec une autre femme, énervé par l'attitude ironique de Jill. Il avait fini par bécoter l'inconnue dans le jardin, tout en sachant que Jill pouvait le voir de la maison. Une fois rentrés, elle avait fait une crise de nerfs. Il s'était attendu à tout, de l'accès de rage au silence glacial, mais pas à cette rechute, similaire à toutes les fois où elle s'était jetée à terre en le suppliant de ne pas la mettre à la porte. Elle avait pleuré et l'avait menacé de se suicider. Il avait dit qu'il l'aimait. Ses paroles lui avaient paru irréelles à l'instant même où il les avait prononcées. Elle l'avait dévisagé de son regard impénétrable. Et comment allait-il le prouver? Il ne savait pas quoi répondre; elle s'est empressée de venir à son secours.

Ils ont ressorti l'attirail, mais, cette fois-ci, c'était lui qui était attaché au lit et elle qui maniait le fouet. En apparence, l'équilibre était rétabli. Pendant un temps, tout avait été doux et harmonieux entre eux mais l'arrogance muette de Jill avait fini par lui taper sur les nerfs, et il s'était révolté une nouvelle fois. Il la trompait sans cesse et, plus elle était jalouse, plus il lui donnait de bonnes raisons de l'être. Elle le poussait à se confesser et il récitait méchamment ce qu'il avait fait avec qui, jusqu'à ce qu'elle s'effondre encore et menace de se jeter par la fenêtre, ce sur quoi il passait une nuit de plus à genoux, bardé de fers et du collier de force.

Adrian a posé ses baguettes sur la table et m'a souri, comme s'il venait de raconter une anecdote à propos d'une vague connaissance. Il a longuement contemplé les idéogrammes en néon derrière la devanture embuée. Le plus étonnant, c'est qu'il avait réellement commencé à la croire quand elle menaçait de se suicider. J'ai hoché la tête. Il a acquiescé en silence. Un jour où elle était sortie, il avait trouvé des papiers d'un hôpital dans un de ses tiroirs. Peu avant leur rencontre, elle avait été hospitalisée après avoir avalé un flacon de somnifères.

Adrian a placé une baguette en équilibre sur le bout de l'index. Jill avait été sauvée in extremis, et il ne voulait pas endosser la responsabilité qu'elle fasse une nouvelle tentative. Il avait l'air d'un homme qui aurait lui-même fabriqué la croix qu'il traînait, parce que, visiblement, il en avait besoin, et parce qu'il semblait éprouver un plaisir pervers à ce qu'elle lui écorche l'épaule.

Après le déjeuner, nous avons marché dans Chinatown et Little Italy, les oreilles rougies par le froid, avec de la buée qui sortait de nos lèvres, comme autant de bulles de bande dessinée. Il y avait du brouillard et les sommets des gratte-ciel semblaient transparents, comme s'ils avaient été effacés d'un grand coup de gomme. Je lui ai dit ce que je pensais de Jill. Pour moi, c'était une garce cinglée qui avait décroché la timbale par un coup de pot. C'était aussi simple que cela, c'était tellement simple qu'il ne le comprenait pas. Il avait grandi dans un monde privilégié, derrière des palissades de fric. L'argent avait toujours fait partie de l'air qu'il respirait. Il ne pouvait imaginer que quelqu'un puisse faire des pieds et des mains pour être à sa place, et ce, non pour l'amour de ses beaux yeux bleus, mais pour pouvoir respirer également la douce brise du luxe. Mais que croyait-il donc ? Ne voyait-il pas qu'elle le tenait dans ses rets, avec ses crises de larmes, ses menaces de suicide, son air glacial et son sexe brûlant ?

Tandis que je l'engueulais, je me suis rendu compte que nous n'avions jamais parlé de sa richesse, ni quand nous étions enfants ni quand il avait lui-même gagné de l'argent. Il avait eu assez de délicatesse pour ne pas faire remarquer qu'il était riche, et pour ne pas payer pour moi quand il y avait quelque chose qui n'était pas dans mes moyens. Son tact et sa générosité nous avaient tenus mutuellement, uniquement parce qu'il ne voulait pas me blesser et, de mon côté, je lui avais payé sa prévenance en retour en ignorant la différence entre nous. Je lui avais laissé entendre que je considérais ses privilèges comme une sorte de phénomène naturel. J'ai réalisé à quel point nous nous étions éloignés l'un de l'autre en notant l'expression d'étonnement sur son visage. Croyais-je vraiment que Jill n'en voulait qu'à son argent? Dans ce cas, je la connaissais mal. Elle avait un côté désespéré et désemparé. Sur ce, Adrian s'est mis à me parler de l'enfance de Jill. Elle avait perdu sa mère, comme lui, et, d'une certaine manière, ils avaient été des enfants solitaires. Ainsi, ils avaient besoin l'un de l'autre.

Je ne sais pas si c'est le froid qui lui a fait venir des larmes aux yeux ou s'il a été véritablement ému par ses propres paroles, mais, quand j'ai esquissé un sourire ironique, il s'est empressé d'essuyer ses larmes. Il regrettait de m'avoir parlé de leur drame, et je regrettais de lui avoir dit ce que je pensais. Il venait de se laisser aller et, moi, j'avais ricané au lieu de le soutenir. Notre conversation s'est éteinte tandis que nous avons continué à errer au petit bonheur en direction de l'Hudson, entre les vieux entrepôts avec leurs rampes de chargement et leurs portes en fer rouillées dans les murs couverts de suie. Les rues étaient aussi vides que les quais où les cargos venaient s'amarrer autrefois. Avec son manteau bleu foncé et ses chaussures cousues main, Adrian ressemblait à un gentleman égaré. La brume était dense sur le fleuve et l'on n'apercevait pas l'autre rive. On aurait cru que les rues débouchaient sur un immense néant gris.

Nous marchions lentement. Il n'avait pas été surpris par mon coup de fil de Zurich. Je l'ai laissé parler sans répondre. Il me connaissait. Je n'étais pas du genre à vivre longtemps avec un compromis. Il s'est arrêté devant une porte et m'a regardé dans les yeux. Je me souviens de l'énorme local obscur derrière lui, des rais de lumière grise qui venaient des lucarnes et de l'écho des battements d'ailes quand des pigeons se sont envolés du sol en béton pour se percher sur les poutrelles d'acier sous le toit. Il s'est remis en marche et j'ai dû le rattraper. Je lui ai dit que cela ne s'était pas passé ainsi. J'ai donné l'impression de me défendre. J'ai haussé les épaules avec un sourire. Elle ne voulait pas de moi, n'est-ce pas? Il m'a dévisagé brièvement. Elle n'a jamais su ce qu'elle voulait. Il a détourné les yeux. Lui, là, le chef d'orchestre... Adrian n'a pas achevé sa phrase. Je lui ai demandé comment elle allait. Nous étions arrivés à une rue passante. Si seulement il savait. Il évitait toujours mon regard et a brusquement agité la main en apercevant un taxi. Ils ne se voyaient pas assez souvent.

Le ciel était dégagé et il gelait quand Adrian m'a conduit à l'aéroport. Les poutrelles d'acier de Queensborough Bridge se détachaient comme autant de graffitis noirs sur les reflets de l'East River, et le soleil flamboyait sur les vitres de l'immeuble des Nations unies quand je me suis retourné pour regarder par la lunette arrière. Le profil vertical de Manhattan me faisait penser aux graphiques sur l'ordinateur d'Adrian. Je l'avais vu les étudier à son bureau, un monde abstrait d'indices de croissance auquel je n'entendais rien et que je ne lui avais jamais demandé de m'expliquer. L'instant d'après, les masses gris-bleu se sont estompées derrière les briques marron de Brooklyn.

Adrian m'a demandé de combien de temps je disposais à Londres. Nous étions dans le hall des départs. J'allais faire escale à Heathrow et attendre trois heures l'avion pour Copenhague. Il a ri, la correspondance était lamentable. Je lui ai expliqué que presque tous les vols étaient réservés jusqu'à Noël. Dans ce cas, pourquoi ne profitais-je pas de l'occasion ? Il était certain qu'elle serait contente de me voir. Il a extirpé un reçu de sa poche, dévissé le capuchon de son stylo et écrit le numéro d'Ariane. La plume a transpercé le papier et lui a fait une écorchure noire sur la paume, qui a saigné un peu. Il s'est léché la main et a glissé le papier dans la poche de ma veste, en affichant son sourire le plus sincère, ce sourire pour lequel je l'avais toujours adoré. « Vas-y ! » a-t-il dit en me donnant une tape amicale sur l'épaule. Puis il a fait demi-tour et s'est dirigé vers la sortie. Je l'ai suivi des yeux. Il ne s'est pas retourné.

Dans l'avion, j'ai décidé de ne pas l'appeler. Cependant, cela faisait longtemps que je n'avais autant pensé à elle. J'ai contemplé le ciel sans nuages et l'océan, tout en bas, tandis que des réminiscences transparentes de Julie et de Paula s'inséraient entre celles d'Ariane. Les traits des trois femmes se sont mêlés jusqu'à ne plus former qu'un visage méconnaissable qui s'est dissipé dans l'ozone bleue.

Elle n'a paru ni réservée ni particulièrement enthousiaste quand je l'ai appelée d'Heathrow. Naturellement, elle serait ravie de me voir. Son « naturellement » m'a tracassé, de même que le long silence qui a suivi, mais mon humeur s'est embellie quand j'ai entendu des pas derrière elle et qu'elle s'est mise à murmurer. Mais, au fond, qu'est-ce que j'imaginais ? Je me disais que tout était possible, et les pensées confuses et non censurées qui me venaient à l'esprit dépassaient de loin ce que l'on associe à des retrouvailles avec une amie de longue date.

Alors que j'étais installé dans le taxi spacieux et que je contemplais les lumières et l'agitation de la ville, j'ai pensé à Adrian. Il était là, à côté de moi, tel un saint patron rassurant en redingote, avec la paume ensanglantée et des yeux bleus souriants. Le taxi s'est arrêté sur une place boisée, entourée de maisons blanches derrière des grillages noirs. J'ai écouté le brouhaha assourdi qu'émet une métropole. J'étais éreinté par le voyage et, après avoir sonné, je me suis appuyé à l'une des colonnes devant sa porte, comme si j'avais épuisé mes dernières forces. La peinture blanche était lisse et froide au toucher.

Je n'ai pas aimé sa nouvelle coiffure. Elle s'était fait friser les cheveux et leur couleur originelle possédait désormais un éclat un peu trop doré. J'ai posé les mains sur ses hanches et je l'ai embrassée sur les joues. J'ai reconnu la taille mince et la chute des reins qui terminait la courbe de la colonne vertébrale. Comme un hippocampe. Elle a reculé de deux pas et esquissé son sourire malicieux. J'ai regardé autour de moi, cherchant mes mots. La décoration était très anglaise, surchargée mais coûteuse. Tout n'était qu'acajou, brocart et tapis d'Orient. Nous sommes allés devant la cheminée. Une horloge dorée égrenait son tic-tac discret sur le manteau. Le chef d'orchestre était assurément fortuné, elle s'était trouvé l'homme qui fallait. Mon regard passait d'Ariane aux petites flammes qui palpaient les bûches, tels des doigts remuants et désarticulés. Je n'aurais jamais imaginé qu'elle habiterait dans un endroit comme celui-ci. Elle avait toujours paru indifférente aux objets.

Elle a servi le thé et s'est assise au bord du fauteuil, les jambes sagement serrées sur le côté et la jupe qui descendait bien sur ses genoux. Je me suis tassé dans le canapé profond. Elle a parlé des différences entre Londres et Copenhague; j'ai parlé vaguement de mon séjour à New York. Elle m'a demandé des nouvelles de Julie. Apparemment, Adrian ne lui avait pas dit que je l'avais quittée. J'ai répondu qu'elle allait bien, comme s'il était prévu qu'elle m'attende à l'aéroport, quelques heures plus tard. Ariane s'est contentée d'acquiescer.

Je lui ai demandé où était son mari. Il donnait un concert le soir même, sinon, il aurait volontiers fait ma connaissance. Je me suis demandé si elle mentait. Son regard se posait sur moi comme si elle essayait de s'imaginer ce que son époux penserait de moi. J'ai cherché à comprendre pourquoi elle avait baissé la voix au téléphone, comme s'il ne fallait pas qu'il entende ce qu'elle disait. J'avais reconnu ce ton feutré et conspirateur, tellement intime que j'avais cru jadis qu'elle le réservait seulement à moi.

J'ai voulu savoir si elle allait bien. Elle a penché la tête. À mon avis? J'ai répondu que la vie semblait l'avoir comblée. J'ai senti que mes paroles avaient un accent plus sarcastique que je ne l'avais pensé. Elle s'est penchée en avant et a contemplé le feu. J'ai noté que ses cheveux effleuraient juste ses clavicules et j'ai suivi ses mains du regard quand elle les a passées sur ses genoux puis sur ses jambes, si bien que ses bas ont froufrouté doucement. Je lui ai demandé de venir s'asseoir à côté de moi. Elle a eu l'air surprise et s'est redressée. Nous sommes restés muets à nous dévisager, jusqu'à ce qu'elle arbore un sourire indulgent et se lève, comme si elle cédait à un caprice d'enfant. Elle s'est arrêtée devant moi. Je lui ai pris la main et l'ai tirée vers le canapé. Elle m'a observé attentivement. Je lui ai embrassé le cou et ses lèvres fermées tout en glissant la main entre ses genoux.

« Et Julie ? » a-t-elle murmuré. Je n'ai pas répondu. Elle a détourné les yeux mais n'a pas bougé quand je me suis empressé de déboutonner son chemisier. Elle s'est dégagée et relevée. Je me suis levé à mon tour, persuadé qu'elle allait me demander de partir. Au lieu de cela, elle a commencé à se déshabiller, posant lentement et soigneusement ses vêtements sur le fauteuil. Là, dans cet intérieur cossu d'acajou, de soie et de velours, une main trônant sur le manteau de la cheminée, elle avait l'air d'une apparition. Elle ne m'a pas lâché des yeux quand elle s'est allongée sur le canapé. Elle est restée totalement passive tandis que j'exécutais ce pour quoi j'étais visiblement venu. Ensuite, elle s'est rhabillée calmement et s'est replacée devant la cheminée, les bras croisés. Il valait mieux que je parte maintenant si je ne voulais pas rater mon avion. Le fait est que je suis arrivé trop tard à l'aéroport.

J'ai passé la nuit sur un banc à Heathrow, en attendant le premier vol pour Copenhague. J'ai sonné plusieurs fois avant d'ouvrir la porte de mon appartement. Theo était assis dans mon lit défait, il m'a regardé avec un air effrayé. Doris n'était pas là. J'avais complètement oublié que je lui avais offert d'occuper mon appartement avec mon fils que je ne connaissais pas. Mais il y avait partout des traces de Doris, sous forme de piles de vêtements par terre et sur les meubles, de cartons de pizzas vides, d'assiettes et de verres pas lavés et de tas de bouteilles vides. Sur le lavabo de la salle de bains, j'ai trouvé un petit miroir avec une lame de rasoir et des restes d'une fine poudre blanche. Le gamin semblait s'être réveillé à l'instant. Il m'a demandé où était sa maman. « À l'hôpital », ai-je répondu avant de m'enquérir de Doris. Il ne savait pas. Je lui ai préparé à manger et j'ai commencé à ranger. Il m'a regardé faire.

Doris est arrivée une heure plus tard, en compagnie d'un mec. Comme d'habitude, elle portait une mini-robe fendue. Je n'ai pas réussi à apercevoir le type, car elle l'a poussé dehors, en revanche, j'ai entendu leurs voix sur le palier. Elle est revenue peu après. Elle était défoncée, ses pupilles étaient minuscules et son sourire niais. Elle avait oublié que je devais rentrer ; elle s'excusait. J'ai répliqué qu'elle ferait mieux de s'excuser d'avoir laissé le garçon tout seul. Mais il avait l'habitude de dormir longtemps, a-t-elle dit avec des larmes aux yeux. Elle s'est assise sur le canapé en sanglotant. Je suis allé chercher un rouleau de papier-toilette et, tout en s'essuyant le visage, elle m'a raconté ce qui s'était passé.

La greffe de moelle osseuse n'avait pas réussi et tout s'était détérioré très rapidement. Doris n'avait pas su comment l'annoncer au garçon. Celui-ci était retourné dans le lit, apparemment captivé par un album. J'ai observé le visage bouffi de Doris et son corps si bien fait, et je me suis rappelé le regard de BiBi, ce regard oublieux d'elle-même quand, soir après soir, elle regardait son amante faire du strip-tease au rythme de la musique. Je la comprenais aisément, Doris avait la beauté d'une fille de chef. Qu'avait-elle donc trouvé auprès de Bibi ? La sécurité, sans doute, la tendresse, l'expérience et les bons conseils d'une amie mûre, mais elle était visiblement restée attirée par les hommes.

Je ne pouvais la condamner, peut-être étais-je trop fatigué. Dans un éclair de lucidité, j'ai compris que Doris n'était qu'une pauvre fille déboussolée prête à se vendre au premier qui avait les moyens de la ramasser. Sa façon de prendre le deuil était donc d'écarter les jambes et de sniffer des lignes blanches d'oubli. Telle avait été sa vie avant de rencontrer Bibi, et cela continuerait. Le garçon avait été l'idée de Bibi, pas celle de Doris. Elle ne soupçonnait pas ce que signifierait avoir un enfant, puisqu'elle en était un elle-même. Ses seins formidables et son con certainement tout aussi formidable étaient les seules choses adultes en elle. Je lui ai donné un quart d'heure pour faire ses bagages. Theo lui a juste adressé un signe quand elle est partie.

Je lui ai fait enfiler son manteau et dit que nous allions faire une promenade. Je ne savais pas où, mais j'avais besoin de prendre l'air, de l'air frais et clair pour mon esprit confus. Le jardin zoologique est le seul endroit qui m'est alors venu à l'esprit. C'était un jour de janvier froid et brumeux, et nous avons eu les otaries luisantes et les ours polaires crasseux pour nous tout seuls. Alors que nous humions l'odeur âcre de la paille pisseuse et regardions les éléphants enfermés, je n'ai pas su ce qui était le plus troublant : la patience des grands mammifères ou la confiance du petit garçon. Il me tenait la main comme si nous nous connaissions parfaitement, mais il faut bien dire qu'il n'avait personne d'autre à qui se raccrocher. Je lui ai acheté une barbe à papa qui m'a fait penser aux flamants roses tremblants de froid, et, tandis que les filaments rouge vif collaient à ses joues dodues, je suis devenu père.

Theo s'est adapté avec une vitesse stupéfiante à son nouvel environnement. Il pleurait parfois, mais il a bien vite installé Bibi sur un nuage, avec des ailes, une longue robe blanche et une longue-vue pour qu'elle puisse suivre ce qu'il faisait. Il voulait toujours être dehors, car, sinon, elle ne pouvait pas le voir. Nous avons passé des heures d'affilée dans les parcs et les terrains de jeux jusqu'à ce que je parvienne à le convaincre que la longue-vue de Bibi était si puissante qu'elle le distinguait à travers le toit et les étages supérieurs de l'immeuble. Je me souvenais d'elle, dans son lit d'hôpital, et de son regard à travers la vitre qui la séparait du monde. Je pensais à ses soucis altruistes, et j'aurais tant aimé qu'elle puisse nous apercevoir devant la caverne des singes, alors qu'elle n'était plus qu'un nom sur une plaque de granit poli. Theo et moi avons fait un rituel de nous rendre sur sa tombe quand nous sommes revenus de la ville de province où Bibi et Doris avaient essayé de recommencer à zéro.

Bibi avait autrefois suivi une formation de secrétaire médicale, et elle avait immédiatement trouvé du travail sur place. Doris avait été tour à tour employée de nettoyage, caissière et serveuse dans un grill. Nous étions descendus au Missionshotell pendant le déroulement de l'action en reconnaissance de paternité. Nous nous traînions chaque matin jusqu'à l'hôtel de ville dans la neige fondante, au milieu des petits blocs de béton des rues piétonnes chargés de protéger les plantations de la commune. Tout était très calme, très gris et très sobre, et je me suis demandé comment Bibi avait pu imaginer que Doris allait trouver sa place dans un endroit pareil. La force de persuasion de l'amour est colossale. Cela m'a fait penser à Adrian qui avait cru être capable de ravir une jeune mère de deux enfants choyée dans son pavillon de banlieue, tout comme je m'étais imaginé qu'Ariane et moi aurions pu finir par former un couple.

Je ne laissais pas Theo seul une seconde, et, quand il s'endormait le soir, je restais dans la chambre à contempler la rue déserte. En face, il y avait une bonneterie et je regardais les mannequins de cire pâles, parés de porte-jarretelles et de soutiens-gorge transparents. Elles levaient légèrement la main, faisaient la moue avec un regard stupéfait. Elles donnaient l'impression de ne pas comprendre pourquoi elles étaient arrivées là, dans une ruelle en face du Missionshotell, pourquoi le hasard ne leur avait pas été plus favorable, alors qu'elles étaient si belles avec leurs membres longs et lisses. Il y avait une quincaillerie à côté de la bonneterie et, dans la vitrine surchargée, je voyais ce monde auquel les mannequins semblaient si interloqués d'être réduits. Un monde de rideaux de douche, de perceuses, de clefs anglaises, de cuvettes de W.-C., de vases en cristal, de séchoirs et d'aspirateurs.

Je le comprenais, et je comprenais Doris qui préférait sniffer l'oubli et ôter ses fringues au Club Intime tant qu'il y avait quelqu'un pour regarder son corps. Je la comprenais, tout comme j'avais compris l'impatience d'Ariane et sa fuite dans la musique, hors de portée de tous les tentacules du monde. J'écoutais la respiration paisible de Theo en regardant dans la rue les gouttes de pluie de janvier former des cercles dans les flaques d'eau, dont la surface tremblait dans le reflet des vitrines de la bonneterie et de la quincaillerie. Je contemplais les cercles concentriques qui s'entrecroisaient brièvement. Je pensais à Adrian et Ariane. Ils n'avaient pas la moindre idée que j'étais assis sur le lit d'un hôtel de province, en train de veiller un enfant endormi. Un enfant qui était devenu le mien parce que j'avais laissé faire la chose, ce matin où les liens entre nous s'étaient enchevêtrés en un nœud innommable.

J'ai également pensé à Julie. À un moment, j'avais cru qu'elle serait la femme de ma vie, comme on dit. En tout cas, je le lui avais laissé croire, jusqu'à ce que je lui arrache brutalement cette illusion pour me draper moi-même dans une nouvelle. Je l'ai revue quelques années plus tard, un jour d'été, à Kongens Have. J'avais emmené Theo voir les marionnettes, et je l'ai reconnue immédiatement, même si elle me tournait le dos et était assise sur un des bancs du devant. Elle avait une petite fille sur les genoux, au milieu des enfants qui hurlaient chaque fois que Guignol tapait sur la tête d'une autre marionnette. Elle m'a aperçu à la fin du spectacle, avant que j'aie le temps de m'éclipser. J'ai bien vu à son sourire de surprise que ma honte était superflue, mais cela ne m'a nullement soulagé. Nous nous sommes promenés dans le parc, tenant chacun un enfant par la main. Elle n'avait pas changé. Elle m'a parlé de son mari et de son travail. Je lui ai dit que je faisais office de baby-sitter pour un ami. La vérité était trop insondable, trop étrange.

Mon existence a pris son tour le plus décisif pendant que j'étais occupé à autre chose. Je ne pensais pas à Bibi quand elle est morte. J'étais dans une salle du Brooklyn Museum, au milieu des *Vues célèbres d'Edo.* Je pense alors aux vignettes récurrentes des films muets : « Au même moment, ailleurs. » Les scènes du monde fugace de Hiroshige se déroulent côte à côte, comme dans un maintenant identique. Les instants détachés sont rendus avec un soin scrupuleux. Les personnes ne sont ni plus ni moins importantes que les cerisiers en fleur, les rides sur le fleuve, les maisons de bois sur ses rives avec leurs cloisons de papier. Les visages et les corps sont tracés avec la même précision que les objets et les choses volontairement rognés du premier plan. Un lampion, un ensemble de poutrelles ou les branches d'un arbre forment les coulisses accidentelles autour des femmes et des hommes qui vont chacun dans leur direction, ployant sous des fardeaux quotidiens ou plongés dans leurs pensées.

Au même moment, Bibi gisait dans son lit blanc, derrière un mur de verre dans une ville lointaine sur l'autre rive de l'océan. Une ville où il faisait déjà nuit. Je connaissais à peine Bibi. Elle était un personnage secondaire et vague, et elle est devenue une partie décisive de mon existence parce que, sans y réfléchir et sans peine, je l'ai mise enceinte tandis que je rêvais d'une autre femme. Mais qui sait ? Si elle n'était pas morte, peut-être qu'un de mes rêves éveillés aurait pris les contours de la réalité, aussi clairs que les traits assurés de Hiroshige qui saisissent l'instant où quelques garçons nus font décoller un cerf-volant, où un groupe de geishas se glissent dans leur bain tandis qu'un vieillard braque son regard sur le sommet anguleux d'un mont enneigé.

4

J'ai fermé les yeux tandis que les musiciens accordaient leurs instruments. La cacophonie des trilles de flûte, des coups d'archet et des gammes m'a rappelé les éclats d'un kaléidoscope qui dégringolent et se refoulent mutuellement pour former leurs motifs. J'ai senti une pression derrière les globes oculaires, signe certain qu'une pince invisible viendrait bientôt enserrer mes tempes. Le premier violon a donné le *la*, et tous les sons se sont ralliés autour de cette maigre note, comme des moutons autour du berger, ai-je pensé à l'instant où la pince commençait à donner ses premières morsures d'approche. Un énorme *la* à plusieurs voix a résonné dans ma tête, parfaitement juste ; il n'était plus possible de différencier les instruments. Le silence s'est fait dans la salle.

Il m'a semblé que ma vie n'était qu'une constellation fortuite de détails qui, pris séparément, ne possédaient pas d'importance particulière. Il suffisait d'une petite secousse pour qu'ils se désagrègent, se répartissent autrement et prennent une forme différente. Un abîme sépare le chemin parcouru et le regard qui contemple celui-ci. On est toujours plus vieux que sa propre histoire. Celui qui raconte n'est jamais le même que celui dont on parle; c'est pour cela que l'histoire peut être narrée. On a franchi des étapes, on y a survécu, mais l'on ne sait pas encore lesquelles. On le découvrira quand on ne sera plus le même.

J'ai pensé à Adrian. Il appartenait désormais à l'histoire. Il n'était plus qu'une histoire, mais il n'y avait personne pour la raconter correctement. Quand je parle de lui, je raconte seulement comment il est devenu une partie de ma propre histoire. Je ne parvenais pas à me pardonner mon nombrilisme mais, d'un autre côté, comment cesse-t-on de contempler ce nœud ridé cerné de peau fine, ce lieu qui témoigne de la coupure brutale du lien avec le corps originel de l'amour? Pauvre Adrian! Je ne pouvais que subodorer la teneur du souci secret qu'il avait emporté avec lui dans l'ambulance, à Manhattan, lorsqu'il avait été conduit hors de ce monde où nous nous étions rencontrés et perdus de vue.

Les salves d'applaudissements ont éclaté comme une averse violente et j'ai ouvert les yeux à l'instant où les musiciens se sont levés pour le chef d'orchestre et Ariane. Elle portait une robe longue et rouge qui embrassait le plancher de la scène sous ses pas. Elle a fait une profonde révérence au public, un tantinet trop maniérée. Le chef a salué, est monté sur l'estrade et a indiqué aux musiciens de s'asseoir. Puis il a fait signe à Ariane. Elle avait réglé le tabouret et arrangé sa robe autour d'elle, comme les pétales d'un coquelicot géant que les pluies torrentielles de l'été auraient jetés à terre. J'ai cligné des yeux car je n'étais pas certain de ce que je voyais. Pourtant, elle semblait vraiment porter l'hippocampe que je lui avais acheté cet après-midi-là, au Danmarks Akvarium. Il était accroché entre l'échancrure du col et son sein gauche, sur le cœur.

Le chef a levé les mains, remontant ainsi légèrement les épaules de son frac, comme si ce dernier était un peu trop étroit. Le couvercle relevé du piano reflétait l'éclairage aveuglant. J'étais placé dans un angle malheureux qui me faisait mal aux yeux chaque fois que je regardais Ariane. La ligne de son dos ressemblait à la courbe de l'hippocampe. Elle a redressé la tête puis l'a penchée doucement en avant. La musique a commencé. Ariane avait déjà pénétré celle-ci, elle y était déjà plongée profondément avant même que ne résonnent les premières notes, et la musique nous parvenait comme s'il s'agissait de l'écho de ce que les mains d'Ariane avaient touché par anticipation. L'orchestre la submergeait, la portait et l'emportait sur ses sons, loin, très loin, hors d'atteinte. J'ai reconnu les oscillations rythmées de son buste et, là encore, j'ai été frappé de voir à quel point le visage d'Ariane était différent quand elle jouait. Il n'était plus dirigé vers nous mais tourné vers des étendues inconnues.

Mon mal de tête a empiré à l'entracte et j'ai envisagé de rentrer à la maison. Ariane m'avait demandé de la rejoindre dans sa loge après le concert. Elle aurait sûrement été blessée si j'avais choisi de filer. Quand elle s'était réveillée de sa sieste, j'étais venu sur le seuil de la salle de bains tandis qu'elle se maquillait et inspectait le résultat dans le miroir. Sa robe rouge coquelicot paraissait énorme dans l'espace étroit entre le lavabo et la baignoire. Cela m'avait fait une impression étrange d'être là et de lui parler de façon si intime et familière. Comme si nous étions le couple que nous n'étions jamais devenus autrefois. Elle était toujours belle, avec cette oscillation fantasque entre un côté rêveur et introverti et un désir de contact effronté et soudain. Peut-être espérait-elle vraiment que nous parviendrions à nous retrouver malgré toutes ces années, ne fût-ce que pour un soir. Après avoir rebouché son tube de rouge à lèvres d'un geste coquet, elle a écarté sa robe et m'a adressé un sourire interrogateur, comme une jeune fille.

En traversant le foyer, j'ai aperçu une femme qui attendait son manteau au vestiaire. Je l'ai reconnue quand elle s'est dirigée vers la sortie. Je l'avais déjà vue deux fois, la nuit de mon anniversaire, quand elle avait fait les cent pas dans son salon tandis que j'étais au téléphone avec Adrian, puis quelques jours plus tard, juste avant de revoir Ariane, alors qu'elle contemplait le ciel devant la porte de son immeuble. Je l'ai suivie quand elle a franchi les portes en verre.

Il s'était mis à pleuvoir et la rue était déserte. Je suis resté devant la salle de concert en espérant qu'un taxi allait passer. Elle, en revanche, s'était rendue à l'arrêt de bus, un peu plus loin. Visiblement, elle ne savait nullement qui j'étais, et elle m'a regardé avec une certaine méfiance quand je me suis approché. Nous avons discuté du concert en attendant. Elle aimait beaucoup le *Concerto pour piano et orchestre n° 2* de Beethoven, cette œuvre n'avait cessé de l'accompagner depuis sa jeunesse, mais cela suffisait, elle n'était pas capable d'en entendre davantage dans une soirée. J'ai ajouté que j'avais la migraine, mais que je l'avais déjà avant le concert. Elle a esquissé un sourire et détourné les yeux.

Nous avons patienté un moment. De loin, elle m'avait semblé plus jeune ; là, je constatais que nous avions à peu près le même âge. Elle avait les cheveux blond cendré et des yeux gris. Sous la lumière blafarde des lampadaires, ses cheveux et son visage avaient la même couleur. Elle ressemblait un peu à Bibi. Elle n'était pas maquillée mais cela adoucissait ses traits, même si sa peau était traversée de petites rides autour des yeux. Je ne savais que dire, et j'ai presque regretté de ne pas l'avoir laissée attendre son bus tranquillement. La situation s'est améliorée quand un taxi a fini par passer et quand nous y sommes montés. Nous avons échangé quelques considérations sur la pluie et sur l'automne précoce. J'ai ajouté que l'on devrait émigrer. À partir de maintenant, le temps ne ferait qu'empirer. Elle m'a dévisagé avant de demander : « Pour aller où ? »

Nous nous sommes tus de nouveau tandis que le

taxi filait en chuintant sous la pluie. Elle avait les mains croisées sur ses cuisses et, dans la lueur fugace des lampadaires, j'ai noté une alliance à l'un de ses doigts. Nous nous sommes serré la main en nous quittant. Elle avait déjà pénétré dans son immeuble quand j'ai fini par trouver la clef du mien. Je tenais encore les pièces qu'elle avait comptées avec soin, sa quote-part de la course.

Une fois de plus, Theo s'était endormi devant la télé. Une boîte de pizza vide gisait sur la table basse. Je l'ai réveillé et, après qu'il eut gagné son lit, j'ai avalé deux cachets et je me suis assis devant la porte-fenêtre ouverte. Il y avait de la lumière aux fenêtres en face. Je ne sais pas combien de temps je suis resté à contempler la pluie avant d'apercevoir la femme dont je venais de prendre congé. Elle faisait les cent pas, exactement comme la première fois, tel un être enfermé, voûté, le visage caché dans ses mains. Pas le moindre doute, elle pleurait. Elle a dû discerner ma silhouette, car elle a foncé vers les fenêtres et tiré les rideaux avec des gestes furieux.

Ariane a téléphoné. Elle avait été heureuse de me revoir. Elle a mis un tel accent sur « heureuse » que cela a presque sonné comme un reproche. Je lui ai dit que j'avais remarqué l'hippocampe. Elle a répondu qu'elle avait espéré que je m'en rendrais compte. J'entendais son sourire. Après tout, je la connais bien. Elle m'a annoncé qu'Eva l'avait appelée de New York. Eva venait en Europe. Sa mère était partie pour Tokyo, probablement pour y rester. Ariane avait dit à Eva qu'elle pouvait venir chez elle. Eva avait également dit qu'elle aimerait me rencontrer. Il était étrange de penser qu'Adrian avait parlé de moi à sa belle-fille. Je ne sais pas pourquoi j'ai été étonné, car, tout bien considéré, ce n'était pas si bizarre que ça. Il était infiniment plus curieux que je n'aie jamais rencontré Yuki et sa fille, elles qui constituaient la nouvelle famille d'Adrian. Je suis resté près de la fenêtre après avoir raccroché. Les lumières avaient été éteintes en face, mais je n'avais pas remarqué à quel moment. Je me suis senti honteux à l'idée que ma voisine puisse croire que je l'avais espionnée.

Ma migraine avait commencé à se dissiper. J'ai enfilé mon manteau et trouvé un parapluie. Les rues étaient silencieuses, la circulation avait quasiment cessé. Seul le picotement des gouttes sur le nylon tendu du parapluie se faisait entendre. Je me suis arrêté devant un magasin de meubles et j'ai observé les canapés et les fauteuils exposés. C'étaient des meubles modernes et anonymes, ni beaux ni laids, recouverts de cuir ou de lainages dans des nuances pastel. Une sirène a résonné dans mon dos, le bruit s'est rapproché et j'ai vu les petits éclats bleus d'une ambulance passer entre les meubles de la devanture et derrière ma silhouette sous le parapluie.

Les hurlements de la sirène étaient-ils parvenus à Adrian dans son état inconscient ? Je ne comprenais toujours pas qu'il n'ait pas regagné les vestiaires pour prendre une douche, se rhabiller, se dépêcher de rejoindre son bureau et, en fin de journée, se retrouver au milieu des files de voitures en direction du New Jersey Turnpike. Cependant, il n'y avait rien à comprendre. Certains faits sont incompréhensibles et aussi durs qu'une pierre tombale et le concept d'éternité. Il faut se contenter d'en prendre acte.

J'ai jeté un dernier coup d'œil aux canapés et aux fauteuils masqués par les myriades de gouttes sur la vitrine. J'ai suivi le chemin sinueux d'une goutte qui descendait sur la vitre et l'image d'un foyer aussi fraîchement aménagé qu'anonyme. J'ai eu une pensée amicale pour ceux qui allaient s'asseoir ou s'allonger sur ces meubles, pour ces gens qui allaient se parler, se taire, se haïr, s'aimer, s'ennuyer, regarder la télé, espérer un changement radical ou apprendre la mort d'un proche.

Quand je me suis retrouvé devant la porte de mon immeuble pour la deuxième fois de la soirée, j'ai changé d'avis et j'ai traversé la rue. Je me suis penché pour déchiffrer dans la pénombre la liste de noms indistincts sous l'interphone. Elle devait habiter au deuxième étage, comme moi. Il y avait deux possibilités, et, comme j'habite l'appartement de droite, j'en ai déduit qu'elle devait habiter dans celui qui lui correspond, à gauche. Son nom était Inge Weiss. Désormais, elle ne pouvait s'appeler autrement. Un nom est aussi une forme d'évidence. Je me souvenais de ses yeux gris cernés par les rides en forme de rayons, je me rappelais la silhouette courbée et agitée derrière les fenêtres, les mains levées devant son visage. Le *Concerto pour piano et orchestre n° 2* de Beethoven était encore tout ce que je savais d'elle, ça et son nom.

Ariane m'a rendu visite le lendemain. J'étais perdu dans mes pensées quand j'ai entendu la sonnette de la boutique. Elle a souri en voyant mon air visiblement perplexe. « Tu ne vas pas me lâcher aussi facilement », a-t-elle dit en regardant autour d'elle. C'était donc là que je m'étais terré durant toutes ces années. Sa remarque m'a paru déplacée. Il m'était impossible de penser qu'elle avait eu envie de me voir après notre dernière rencontre à Londres. Elle a longuement contemplé les estampes qui forment une mosaïque dense sur un des murs de mon arrière-boutique. Elle s'est penchée plusieurs fois afin de discerner des détails : les branches de cerisier suspendues au-dessus du fleuve où glisse un bateau, lequel est guidé par un petit homme dont le visage est dissimulé par son chapeau conique ; les plis d'un kimono qui ondulent autour des fesses d'une femme et laissent à nu la fente souple que son amant pénètre avec une mine pensive.

Nous ne disions rien, il n'y avait que le léger crissement de son manteau de cuir vert, le bruit de l'eau qui commençait à bouillir, le faible murmure des flammes du réchaud et le bruissement sec des grains de café lyophilisé contre le fond des tasses. J'ai ôté la bouilloire du feu. La vapeur qui sortait du bec m'a brûlé la main. Peut-être cela a-t-il vraiment été un instant où j'aurais pu me tourner vers Ariane et la serrer dans mes bras. Elle s'est retournée brusquement quand j'ai posé les tasses sur un tabouret à côté du fauteuil. C'était comme si nous nous étions mutuellement pris en flagrant délit.

Elle a fait glisser ses doigts sur les clous en cuivre du dos du fauteuil. Elle m'a demandé si j'allais bien, et je me suis souvenu que je lui avais posé la même question quand j'étais allé la voir à Londres. Contrairement à mon interrogation de jadis, le ton de sa voix était plein de sollicitude. J'ai répondu que j'allais mieux. Elle a ri, et s'est assise. Nous n'avons rien dit, soufflant seulement sur notre café.

Je lui ai dit qu'Adrian s'était installé dans ce même fauteuil la dernière fois que je l'avais vu. Je lui ai répété ce qu'il m'avait dit avant que je ne l'accompagne à son taxi : qu'il aurait aimé être moi. Ariane a baissé les yeux dans son café. Je lui ai demandé si elle comprenait pourquoi il avait dit ces paroles. Elle a levé la tête et m'a dévisagé. « Oui, et toi aussi. » Je lui ai alors demandé si nous pensions à la même chose. Elle n'en doutait pas. « Ce matin..., ai-je dit en hésitant, ce matin-là devait changer tant de choses. — Oui », a-t-elle répliqué avant que le silence ne s'abatte à nouveau. J'entendais son manteau crisser légèrement quand elle bougeait dans le fauteuil. Je n'avais même pas songé à lui demander si elle voulait l'enlever. La fumée de ma cigarette captait la lumière de la cour et formait entre nous une toile fluctuante de fils gris. Je ne me rappelle pas m'être jamais aussi longtemps plongé dans le regard d'un autre sans que l'un de nous ne cille.

Samedi soir, Theo et moi avons dîné chez Ariane. Au début, il ne voulait pas m'accompagner car il avait un rendez-vous avec un camarade. Je suis parvenu à le convaincre en lui promettant qu'il pourrait partir juste après le repas. Ariane était nerveuse et ne cessait de critiquer ses plats, lesquels étaient exquis. Elle avait dressé une table dans la grande pièce vide, mis à part le piano à queue, et l'avait couverte d'une nappe blanche repassée de frais. On se serait cru sur une scène. J'ai été impressionné par les bonnes manières de mon fils qui a tenu ses couverts comme un homme du monde. À la maison, il mange comme un prolo, avec les coudes sur la table et la fourchette dans la main droite. Ariane a fait tout son possible pour l'inclure dans la conversation. Ses efforts étaient peut-être quelque peu forcés, mais elle a triomphé de son mutisme et Theo s'est presque montré disert. Il nous a même fait rire en imitant le prêchi-prêcha d'un de ses professeurs. Les soucis de Bibi se sont révélés infondés. Je crois qu'elle aurait été fière de nous. Theo lui ressemble de plus en plus.

Une fois terminé le dessert, Theo m'a lancé un regard suppliant. J'avais songé à utiliser son rendez-vous comme prétexte pour partir aussi, mais il m'a devancé. Il a lui-même expliqué la situation à Ariane et, à ma grande surprise, il lui a également serré la main. Je l'ai accompagné à la porte et lui ai demandé s'il était sûr de retrouver le chemin. Il m'a adressé un sourire indulgent tout en baissant son bonnet sur son front. J'ai pensé à toutes les fois où je l'ai guidé dans les rues de la ville, dans la poussette, en le tenant par la main tandis qu'il me posait des questions sur tout. Un jour, je l'ai aperçu dans le bus en compagnie de quelques camarades. Il ne m'a pas vu, même si j'agitais les bras comme un benêt. Il a cessé depuis longtemps de me poser ses questions aussi globales qu'encyclopédiques. Apparemment, il sait ce qu'il a besoin de savoir.

Ariane contemplait la gare du bow-window. Elle est restée ainsi un moment avant de venir s'asseoir. Le ciel s'était obscurci au-dessus de la Sojakagefrabrikk. Nous avons parlé de Theo et elle m'a demandé depuis combien de temps je vivais seul. Je lui ai parlé de Julie et fort peu de Paula. J'ai également mentionné Bibi et Doris, sans donner de précisions sur les circonstances dans lesquelles j'avais accepté l'étrange proposition de Bibi. J'ai évité son regard, baissant les yeux sur la nappe ou regardant par les fenêtres du bow-window. J'ai suivi les contours d'un caboteur qui avançait dans la passe du port, avec les feux de position allumés. La nappe blanche était presque phosphorescente dans le crépuscule tombant.

Ariane est passée dans la cuisine. Je l'apercevais par la porte de l'entrée, elle a sorti des tasses et mis de l'eau à chauffer pour le café. Soudain, elle m'a dévisagé. La lumière n'était pas allumée au salon et je ne formais guère plus qu'une silhouette avec le point rougeoyant d'une cigarette. Elle a souri et écarté les bras avec une tasse dans chaque main, comme si elle voulait dire que oui, nous, les gens, nous prenons des cafés. Elle a placé les tasses sur un plateau et a tapoté du bout des ongles sur la table de la cuisine en attendant que l'eau frémisse.

Ariane et son chef d'orchestre avaient vécu ensemble presque cinq ans. Il avait été professeur associé au conservatoire de Londres. Elle avait suivi ses cours sur Ravel ; il l'avait invitée à sortir. C'était l'histoire classique du maestro et de sa belle et jeune disciple. Elle ne s'était jamais sentie belle, jamais, même si elle n'avait cessé de tourbillonner d'un homme à l'autre, impatiente et perdue. Pour finir, elle s'était sentie totalement abattue. Elle n'avait eu qu'une envie : disparaître dans le nuage de poussière qui tournoyait autour d'elle quand, portée par son excitation, elle fonçait d'une liaison à l'autre.

Oui, elle avait trouvé une sorte de père en la personne de cet interprète de Ravel, avec ses meubles Empire et sa maison en Toscane. Ses mèches grises et folles s'agitaient d'une façon très romantique quand il dirigeait. Tout cela l'avait toujours rendu ridicule aux yeux d'Ariane, cependant, il était parvenu à la faire se sentir à nouveau jeune, belle et innocente. Il l'avait comprise. Il l'avait déchiffrée, comme lorsqu'il lisait ses partitions et entendait la musique dans sa tête. Oui, voilà ce qu'elle avait ressenti et, quand il lui avait demandé sa main, elle avait dit oui. Elle était devenue musique dans la tête du chef, mais elle ne la reconnaissait point quand il la jouait à son intention. Elle n'était donc pas aussi belle que cela.

Ariane a levé sa tasse et fait tourner le fond de café avant de l'avaler. Elle a grimacé en reposant la tasse. Elle avait sorti des chandeliers et a allumé les bougies. Son visage et ses mains semblaient planer au-dessus de la nappe. « On répète ses erreurs à un niveau toujours plus qualifié... » Elle a prononcé ces mots sans amertume, avec un sourire.

Il n'écoutait pas ce qu'elle disait. Il avait ignoré tous les signaux d'alerte, il n'entendait que sa musique à lui et, pour finir, elle l'avait laissé jouer ce qu'il voulait. Il avait quitté sa femme pour elle et ne supportait guère que l'on vienne ébranler sa certitude que, cette fois, il s'agissait bien du bonheur vrai et authentique. Au début, elle avait tenté d'ignorer son désespoir et cette impression de disparaître sous ses caresses. Car il ne la mettait pas à nu comme elle l'avait espéré. Il ne la déshabillait pas, elle, ni sa personnalité véritable. Il se contentait de l'enrober dans ses rêves aveugles. Il l'avait embobinée dans ses fils de soie amoureux jusqu'à la perdre entièrement de vue. Elle riait de lui dans son cocon de tailleurs Chanel. Et elle avait commencé à vivre sa propre existence dans cette prison d'amour qui semblait sortir droit des pages de *House & Garden*. De plus, il était toujours parti en tournée. Elle lui avait laissé croire qu'il était l'homme le plus heureux du monde, mais ce n'était pas un papillon lyrique qui, un beau jour, avait éclos.

Il avait acheté un second piano à queue, afin qu'ils en disposent d'un chacun. Il n'était pas là le jour où l'instrument avait été livré. Un des déménageurs était un jeune type aux cheveux blonds et aux yeux bleus. Tandis que lui et ses compères se démenaient avec le piano, Ariane avait humé son odeur de sueur. La froideur de son regard et la chaleur de son corps nerveux l'avaient fait se décider. Elle avait écarté les doigts et contemplé ses ongles avant de lever la tête et de lui adresser un sourire las. Oui, avait-elle répondu intérieurement tandis qu'il lisait ses pensées.

Il venait quand le chef d'orchestre était absent. Cela se passait toujours chez elle. Elle ne savait presque rien de lui. Il se montrait renfermé, sûr de lui et n'était qu'un piètre amant. Il la prenait avec dureté et avec une hâte telle qu'elle parvenait rarement à suivre. Elle devait se satisfaire seule quand il était parti. Il disait rarement quand elle le reverrait. Elle se retrouvait donc dans la bibliothèque du chef d'orchestre, sur le canapé Chesterfield, avec une main solitaire plongée dans l'entrejambe. L'humiliation faisait partie intégrante du projet, à la fois celui d'Ariane et celui du déménageur, quand ce dernier la dépouillait avec fureur des robes achetées dans Burlington Arcade. Mais, un jour, il avait cessé de téléphoner. C'était toujours lui qui appelait. Ariane ignorait son adresse et son numéro de téléphone. Elle disposait d'une seule piste : le briquet publicitaire d'un pub du nord de Londres, qu'il avait oublié lors d'une de ses visites. Elle s'y était rendue plusieurs journées de suite. Elle avait écouté les discussions des hommes et évité leurs regards quand ils lorgnaient la dame bien habillée à l'autre bout du bar.

Un jour, elle l'avait vu sortir du pub tandis qu'elle garait sa voiture. Elle l'avait suivi à distance. Il était entré dans une aire de jeux en bordure d'un parc. Elle était restée de l'autre côté de la rue, sous l'auvent d'un restaurant indien. Elle respirait les remugles de curry et de gaz d'échappement quand elle avait aperçu un bambin blond dégringoler d'un toboggan et foncer vers son amant. Il avait hissé l'enfant sur ses épaules et rejoint un groupe de femmes qui fumaient leurs cigarettes sur un banc, entourées de poussettes. L'une d'elles s'était levée et l'avait embrassé. Elle était enceinte. Ariane avait regardé la famille continuer son chemin dans le parc. Le soir même, elle avait annoncé au chef d'orchestre qu'elle voulait le divorce.

Elle a soupiré et souri, un sourire plus timide cette fois. Je suis allé au bow-window. Un train est passé avec sa traîne de fenêtres éclairées. J'ai entendu Ariane s'approcher et je me suis retourné. Elle s'est arrêtée et a posé une main sur le piano. Dans la mince lueur des lampadaires, elle donnait l'impression que les ans n'avaient pas eu de prise sur elle. Je lui ai dit que j'allais rentrer. Elle m'a dévisagé en disant que je pouvais rester. « Oui », ai-je dit. Elle m'a raccompagné dans l'entrée et je l'ai embrassée sur la joue avant qu'elle ne referme la porte derrière moi.

Il pleuvait encore le dimanche matin quand Theo et moi étions dans le train qui traversait les banlieues sud. Theo avait le bonnet enfoncé jusqu'aux sourcils, à la mode arrogante. Il m'a demandé si j'aurais préféré rester à la maison. J'ai bâillé en essayant de sourire, il a ri. Ça ne me gêne pas que mon fils se moque de moi. Nous sommes descendus à une gare posée sur un remblai dans le prolongement d'un viaduc. Nous sommes allés d'un arrêt de bus à l'autre, sans savoir vraiment où attendre. Il n'y avait ni bus ni personne à qui demander quelle ligne prendre.

Il y avait un centre commercial en face du terminus. Quatre hampes de drapeaux se dressaient devant les portes crasseuses en verre fumé. Les fanions s'entortillaient autour des hampes et s'en décrochaient parfois, lourds de pluie. Devant l'arrêt de bus que nous avions choisi, un sac plastique avec des bouteilles cassées surnageait dans une flaque de bière. Chaque fois qu'une rafale de vent soufflait dans notre direction, l'odeur âcre nous montait au nez. Des peupliers étaient plantés le long de la ligne aérienne, et l'on apercevait entre ceux-ci une zone industrielle plate, avec des entreprises et des entrepôts, colosses épars que rien ne séparait dans la brume grise. Mon regard ne cessait de se poser sur les contours réguliers des peupliers et de leurs feuillages jaunes. Ils me faisaient l'impression de flammes se détachant sur le mur noir de la pluie.

Le bus qui a fini par arriver s'est révélé être le bon, mais à peine y sommes-nous montés que le moteur a été coupé. Le chauffeur est descendu et a disparu à l'intérieur de la gare. Nous étions toujours les seuls et uniques passagers. Theo s'est affalé sur la banquette avec son sac de sport sur les genoux. Nous avons vu passer un train sur la ligne aérienne puis un type en jogging avec un chien et un sac de bières sous le viaduc avant de disparaître. Nous avons entendu éclater un pétard, sinon, il n'y avait pas signe de vie excepté nous et les peupliers.

De loin, les garçons avaient l'air d'une volée de moineaux qui s'égaillaient avec excitation sur le terrain immense avant de se regrouper régulièrement autour du ballon. Une moitié portait un maillot bleu, l'autre un jaune. Quand l'un d'eux s'approchait de la ligne de touche, il retrouvait une taille normale, essoufflé et le visage rouge tomate, les jambes gainées de boue. Theo jouait avec les jaunes mais, la plupart du temps, je ne le distinguais pas des autres. « Marquez les jaunes ! Marquez les jaunes ! » a hurlé l'entraîneur de l'équipe adverse. Instinctivement, je me suis éloigné de lui, il paraissait fou de rage. À chacun de mes pas, l'herbe dégorgeait encore un peu plus d'eau et la boue collait à mes chaussures trempées. Cependant, il ne pleuvait plus. En revanche, le vent s'était levé et il était impossible de trouver un abri.

J'étais au bout de la rangée de parents frigorifiés, pas trop loin afin de ne pas sembler impoli, mais pas assez proche pour être obligé de participer à leur conversation. Certains avaient amené une thermos de café et un pliant, d'autres serraient une bouteille de bière contre la poitrine. Ils tentaient de galvaniser les garçons par leurs encouragements et leurs conseils, aussi passionnés par la rencontre que s'il s'agissait d'un match décisif de la ligue des champions. J'ai regardé autour de moi. Il y avait des terrains de foot partout, avec les lignes blanches tracées sur l'herbe bourbeuse. L'endroit était bordé d'un côté par un petit bois de jeunes bouleaux et de l'autre par un talus herbeux. La haute cheminée de l'usine d'incinération pointait derrière le talus, avec ses lumières rouges clignotantes.

J'adressais un signe de la main à Theo quand je l'apercevais. Il faisait comme s'il ne me voyait pas mais, une fois, nos regards se sont croisés et il m'a souri. Il venait de dribbler un adversaire et de faire une jolie passe à un attaquant de son équipe. Theo joue arrière. Il est mince et guère agressif, mais il sait lire le jeu. Je ne sais pas de qui il tient ça. De Bibi, peut-être ?

Il est devenu le centre de mon existence, et cela m'a soulagé de ne plus l'être. Il se passait des heures et des jours pendant lesquels j'oubliais de penser à moi. Il m'arrivait même de ne plus songer aux femmes durant de longues périodes, mais je ne me sentais pas seul, même si je négligeais de garder le contact avec les rares amis et connaissances qui n'avaient pas pris le parti de Julie. Les jours étaient pleins de petits et de grands problèmes, de petites et de grandes joies, et ils passaient pour former des mois et des ans.

Du reste, il est faux de dire que j'avais oublié les femmes. Je pensais souvent aux derniers moments passés en compagnie d'Ariane, de Paula et de Julie. Je ne savais que faire de ma honte et j'ai laissé le temps l'enterrer sous des couches de jours. Heureusement, chaque matin fait l'effet d'un nouveau départ, même si c'est un mensonge. On se douche, on se rase et l'on redécouvre son innocence. Sans cela, l'avenir n'existerait pas, il ne serait que l'incessante continuation triviale du passé.

Je me levais chaque matin et j'accompagnais Theo à la crèche, à la maternelle et à l'école mais, la nuit, il m'arrivait de rester éveillé et de penser à toute la confusion brutale que j'avais causée. Je me disais parfois que je n'aurais jamais dû me faire des idées aussi saugrenues au sujet des longues jambes de Paula et de son sourire éclatant. D'autres fois, je regrettais d'avoir laissé Julie croire que j'étais l'homme qui donnerait une figure humaine à l'avenir, ce futur informe que nous tentons de nous représenter au moyen des illusions dont nous avons hérité, à défaut d'autre chose.

J'envie ceux qui disent ne rien regretter, comme

dans la chanson d'Édith Piaf. Si l'on ne regrette rien, on est soit un saint, soit un philosophe. Ou alors on a la mémoire extrêmement courte. Ce qui ne serait pas le pire, d'ailleurs. Si seulement on pouvait oublier. Les gens disent toujours qu'il ne sert à rien d'avoir des regrets, mais est-ce une raison pour faire comme si rien ne s'était passé ? Faut-il absolument que nos pensées et nos sentiments servent à quelque chose ? Je sais bien que Julie a survécu ; je sais bien que l'on survit. Elle a trouvé un mari, elle a eu un enfant, elle a fait sa vie ailleurs et j'espère qu'elle est plus heureuse avec cet homme qu'elle ne l'aurait été avec moi. Je le souhaite sincèrement. Mais je regretterai toujours le chagrin sur son visage, cette stupeur muette en découvrant qu'une personne qu'elle avait autant aimée pouvait lui faire autant de peine.

Je ne peux pas dire que je me sens écrasé par le poids de mon passé, même si j'en donne peut-être l'impression. Comme tout le monde, j'ai été obligé de m'en défaire pour continuer, à l'instar d'un aérostier qui balance du lest inutile par-dessus bord afin de rester en l'air. Mais il y avait une chose dont je ne pouvais guère me débarrasser : l'enfant désiré de Bibi. Il a été mon passager gai et babillant tandis que je prenais de la hauteur, les mains vides. On ne s'alourdit pas au fil des ans, au contraire, on devient de plus en plus léger à mesure que l'on s'éloigne d'où l'on vient. Je fais parfois le cauchemar suivant : je suis dans la nacelle d'un ballon, je vois la terre s'éloigner à une vitesse effrayante, et je panique à l'idée que je ne redescendrai jamais.

J'ai vécu seul depuis le départ de Julie, seul avec Theo. Bien entendu, il y a eu des femmes dans ma vie, mais cela ne durait jamais longtemps et, en règle générale, c'était moi qui traînais des pieds jusqu'à ce qu'elles se lassent d'attendre. Quelque chose me retenait quand une femme surgissait du tourbillon des jours et, d'un regard expressif, me faisait savoir qu'elle était disponible. Ce n'était pas uniquement la crainte de la décevoir ou d'être moi-même déçu qui me faisait hésiter. Non, il y avait également l'idée d'un nouveau départ, de l'étrangeté de cette femme et de la promesse d'autre chose et d'une nouvelle vie. J'étais effrayé par ce qui m'avait semblé si attirant chez Paula. Quand je passais une nuit, un week-end ou un mois en compagnie d'une femme sympathique, compréhensive et parfaitement séduisante, j'avais l'impression de chercher mon souffle tandis que le froid de la haute atmosphère perçait l'osier de la nacelle du ballon.

Theo m'a servi de prétexte pour les innombrables fois où j'ai décliné un rendez-vous romantique, jusqu'à ce que je me rende compte qu'il représentait un actif et un argument supplémentaire pour qu'il manque une femme à mon adresse. Je l'ai privé de nombreuses gentilles belles-mères et, entre-temps, il est devenu trop grand pour former le centre de mon existence. Il s'est hâté d'être le centre de la sienne. Je n'ai comme perspective que de devenir une figure de plus en plus périphérique dans le vide vertigineux qu'il a laissé derrière lui et où j'ai bien du mal à me retrouver. De fait, il est très rare que je l'accompagne à ses matchs de foot. Il me faut presque insister et je le soupçonne de ne m'accepter que par politesse. Il sent que j'ai toujours besoin de sentir qu'il a besoin de moi. Et c'est bien ce que nous percevons mutuellement.

Ma mère s'est révélée mon alliée quand Theo était petit. Elle a jeté sur lui tous ses sentiments retenus, tout son amour caché dont elle n'avait su que faire, et il s'est lié à elle comme s'il l'avait connue depuis toujours. Elle vit dans une maison de retraite depuis son hémorragie cérébrale, l'année dernière. Nous allons la voir aussi souvent que possible. Mon père lui rend visite également. Il a toujours peur d'elle mais, comme elle est affaiblie, il ose venir. J'ai l'impression que, dans son for intérieur, il est heureux d'avoir la possibilité de prouver à quel point il peut se montrer attentif et fidèle.

Peu après la mort de Bibi, j'ai dit à ma mère que j'étais le père de Theo. Elle s'est levée sans un mot puis elle est passée dans la cuisine. Il jouait avec une petite voiture dans son salon. Elle croyait que je le gardais pour Doris. Elle est allée à la fenêtre et s'est appuyée sur le rebord de l'évier. Je ne me souviens pas l'avoir jamais vue pleurer. Elle a pleuré en silence, presque sans larmes. Après avoir retrouvé ses esprits, elle a contemplé les arbres de l'allée d'où je lui faisais au revoir quand je partais pour l'école. La vue n'avait pas changé, avec les arbres et l'immeuble en face, identique au nôtre. J'ai posé la main sur son épaule. Elle était devenue plus menue au fil des ans. Elle m'a demandé si j'avais parlé de Theo à Julie. J'ai répondu. Elle a écarté ma main et l'a tenue un moment dans la sienne avant de la lâcher et d'arranger le col de ma chemise, comme elle le faisait chaque matin, autrefois. Puis elle a baissé les yeux et s'est approchée de Theo.

Nous nous sommes dirigés vers les vestiaires. Theo était en sueur quand je lui ai donné une tape dans le dos. Son équipe avait perdu 6-1. J'ai dit qu'il ne devait pas regretter d'avoir perdu, leur adversaire était tellement plus fort. Il a eu un geste las en me disant . « Ça va, papa... » Il était couvert de boue des pieds à la tête, mais il avait déjà dépassé la défaite. Cela me fait toujours quelque chose quand il m'appelle papa. Les autres pères s'habituent à l'idée en voyant grossir le ventre de leur femme. Ils sont là quand l'enfant vient au monde, la caméra vidéo allumée et les nerfs à fleur de peau. Dans mon cas, cela s'était produit du jour au lendemain. Theo avait surgi, fini et habillé. Il aurait tout aussi bien pu avoir été apporté par une cigogne. Jusqu'alors, il avait été une formalité biologique, à peu près comme lorsque l'on se porte caution pour un ami et que l'on oublie complètement la chose, certain que l'ami en question va rembourser la dette. Je n'avais même pas su comment il s'appelait.

Certains garçons étaient déjà sous la douche, se balançaient de l'eau ou se donnaient des coups de serviettes mouillées. Leurs cheveux étaient ébouriffés comme s'ils avaient mis le doigt dans une prise de courant. D'autres étaient affalés sur les bancs, un protège-tibia dans la main, et contemplaient le sol crasseux d'un air accablé. J'ai repensé aux vestiaires de mon enfance. Certains garçons étaient si frêles que leurs côtes saillaient, d'autres étaient dodus comme de petits hermaphrodites, avec de la poitrine et un zizi de la taille d'une crevette. Je me suis souvenu de la honte implacable du corps, la honte de se sentir mal fichu. Je me suis également rappelé la solitude de ce corps tandis qu'il se métamorphosait dans son cocon de graisse. La solitude, la nuit, dans un lit chaste et qui flottait dans un univers froid. Le premier sperme que l'on éjaculait avec remords sous la couette, affamé.

Cela m'a irrité de rester ainsi dans la chaleur humide et l'odeur de transpiration. Theo n'en finissait pas d'ôter les chaussettes de ses pieds trempés. Il n'arrêtait pas d'ajouter son grain de sel à ce que les autres disaient de leurs voix insolentes et glapissantes. Je lui ai dit que j'attendrais dehors ; il n'a même pas semblé m'avoir entendu. Avec ses feux rouges qui clignotaient, la cheminée de l'usine d'incinération ressemblait à une statue de sel sur le ciel de plomb. Le vent avait percé de gros trous bleus dans la couverture nuageuse et les nuages semblaient s'enfuir en hâte. Les brins d'herbe mouillés brillaient comme des aiguilles.

Dès que nous sommes rentrés, je me suis mis à préparer le déjeuner. Theo a fait la tête quand je suis venu au salon lui dire que c'était prêt. Il était avachi sur le canapé, hypnotisé par son jeu vidéo. Je l'ai regardé un moment manier son joy-stick. La fille avec la queue-de-cheval et la mitraillette était perchée sur un mur. Elle a tendu les bras et plongé tête la première dans un bassin d'eau turquoise. Les cercles se sont écartés sur l'eau transparente avec des petits soubresauts électroniques, et la queue-de-cheval s'agitait au rythme de ses brassées. Je me suis approché de la fenêtre, énervé, et j'ai immédiatement aperçu une silhouette derrière une des fenêtres en face, à moitié effacée par le reflet de notre immeuble. Inge Weiss était chez elle. J'ai reculé brusquement, de crainte qu'elle pense encore une fois que je l'espionnais. Je ne supportais pas l'idée qu'elle puisse me croire capable d'une chose pareille.

Après le déjeuner, Theo est parti rejoindre le canapé et la fille à la queue-de-cheval. J'ai un peu hésité avant de me décider. Theo ne m'a pas entendu quand je lui ai dit que je sortais faire un tour. J'ai traversé la rue et sonné chez Inge Weiss. Elle a répondu tout de suite. Lorsque je suis arrivé sur son palier, elle attendait à la porte ouverte. J'ai essayé de sourire ; elle n'a pas réagi. Je voyais à travers son salon et, derrière une des fenêtres obscures de la façade d'en face, j'ai discerné un petit carré brillant et remuant comme du vif-argent. J'ai croisé son regard gris et attentif. Elle m'a demandé ce que je voulais.

Elle m'a précédé au salon. J'ai cherché mes mots en tentant de lui expliquer comment je m'étais fortuitement retrouvé à prendre l'air sur mon balcon au moment où elle tirait ses rideaux, le soir après le concert. Je n'avais jamais eu l'intention de... Elle a légèrement remué un coin de ses lèvres, comme une amorce de sourire. Voulais-je m'asseoir ? Là encore, j'ai remarqué les rides qui allaient de ses yeux aux tempes, aussi fines que des barbes de plumes. Elle ne me posait pas cette question par pure politesse. Elle aurait été très étonnée que je réponde non merci et reste planté debout.

Elle s'est assise sur le canapé et je me suis placé sur un fauteuil, de l'autre côté d'une table basse en hêtre. Le salon était décoré d'une manière simple, avec un bon goût discret ; elle était vêtue de même, avec une élégance mesurée. La confrontation dans ses yeux gris m'a paru d'autant plus forte, tandis qu'elle attendait en silence que j'ajoute quelque chose. Mais confrontation n'est pas le mot juste, car son regard n'était ni défensif ni agressif, ni hostile ni son contraire. Elle se contentait de me regarder, d'une façon presque... enfantine, même si cela peut sembler étrange. Elle m'a contemplé avec cet air concentré et pourtant détendu, distrait même, que j'avais vu chez elle quand elle avait levé la tête vers le ciel, quelques jours auparavant, devant l'immeuble.

J'ai baissé les yeux et étudié les cernes sinueux de la table basse. Elle m'a laissé ainsi un moment avant de finir par prendre la parole. Je devais l'excuser si elle avait donné l'impression d'être en colère. Je n'y pouvais vraiment rien si elle habitait juste en face. Ces mots sont venus de manière hésitante et inexpressive, comme s'ils étaient écrits dans l'air, devant elle, et qu'elle les lisait à haute voix tout en pensant à autre chose. J'ai souri, ce qui l'a troublée, elle a changé de ton, plus concentré cette fois. Elle ne parlait pas à beaucoup de gens, a-t-elle dit comme si elle réagissait à mon sourire. J'ai eu peur de l'avoir blessée. Du moins, pas durant son temps libre, a-t-elle précisé d'une façon un peu tatillonne. Je l'ai interrogée sur son travail. Elle était professeur d'espagnol chez Berlitz. Nous nous sommes tus à nouveau. À sa place, la plupart des gens auraient demandé ce que je faisais. Pas Inge Weiss.

À ce moment, j'avais déjà décidé de partir. « Cela me prend au dépourvu, a-t-elle dit en regardant vers la fenêtre. — Oui », ai-je répondu sans réfléchir. Elle m'a dévisagé brièvement, j'ai rougi. C'était étrange, car j'étais à la fois embarrassé et calme. Peut-être l'avais-je déjà vue dans cet état?

Son regard gris m'a fait me sentir nu, alors que c'était elle qui se dévoilait sans même le savoir. « Oui », ai-je dit en pensant à ma dernière conversation avec Adrian, quand il m'avait téléphoné pour me souhaiter mon anniversaire. Elle a fait tourner l'alliance que j'avais déjà remarquée dans le taxi. « On ne pense pas aux rideaux quand on est malheureux », a-t-elle ajouté en souriant de ses paroles.

Elle m'a parlé de son mari. Il était israélien. Il s'appelait Tal. « Cela signifie "rosée" en hébreu », m'a-t-elle rapidement expliqué. C'était l'un des rares mots de sa langue qu'elle avait appris. Ils n'avaient vécu que six mois ensemble. Ils avaient loué un appartement au bord de la mer en février, dans le sud de l'Espagne. C'était leur premier voyage ensemble. Le premier et le dernier. C'était un bon nageur, et même si l'eau était encore froide, il nageait chaque après-midi. Elle restait sur la plage avec son peignoir. Il n'y avait personne d'autre à cette période de l'année, rien que le sable, les rochers, la mer et le soleil qui lui chauffait le dos.

Elle s'inquiétait toujours un peu quand il fonçait dans les brisants et plongeait sous l'eau. Elle trouvait qu'il s'écoulait toujours beaucoup trop de temps avant qu'il ne resurgisse derrière la vague suivante, même s'il ne s'agissait en fait que de quelques secondes. Les vagues étaient hautes et violentes, et le serveur d'un café de la plage leur avait dit de se méfier du courant sous-marin qui, dans ces parages, était notoirement dangereux. Tal avait ri et répondu qu'il avait déjà nagé dans des courants bien pires, et il était réellement un nageur formidable. Quand elle le regardait crawler, disparaître et resurgir dans les hautes vagues, celles-ci ne paraissaient nullement menaçantes. Elle se disait que les vagues étaient ses amies et qu'il se trouvait dans son élément, dans la mer et sous le soleil. Elle ne savait guère de choses sur lui ; d'une certaine façon, elle ne le connaissait pas, mais elle l'aimait. Elle l'aimait comme elle n'avait jamais aimé personne. Elle ne savait pas pourquoi, mais elle le savait.

La mère de Tal était une Juive séfarade, de Damas. Son père était arrivé directement de Theresienstadt, un squelette vivant, mais vivant. Sa mère était infirmière dans un hôpital de Haïfa, où il était né. Peu après sa mort, Inge Weiss avait décidé de se rendre à Haïfa. Elle avait acheté son billet d'avion, fait ses valises, mais au moment où le taxi était arrivé pour la conduire à l'aéroport, elle ne l'avait pas pris. Elle n'avait quasiment rien su et n'avait plus voulu en savoir davantage, plus à ce moment-là. Au début, ils avaient eu des difficultés à communiquer, tant l'anglais de Tal était mauvais. Un après-midi d'été, il l'avait suivie dans toute la ville. Elle n'avait pas eu peur, même s'ils n'avaient pas encore échangé un mot. Il l'avait suivie jusque chez elle, et elle l'avait laissé faire.

Plus tard, il lui avait raconté qu'il l'avait aperçue devant la cathédrale, adossée à un pilier, en train de profiter du soleil, les yeux fermés. C'était l'une des premières chaudes journées d'été et ils avaient tous deux erré en ville, car c'était un trop bel après-midi pour rentrer directement chez soi. En outre, il n'avait pas de domicile, juste une chambre dans une pension qu'elle n'avait jamais vue. Il était resté à la contempler de l'autre côté de la rue, tandis qu'elle souriait. Elle n'avait jamais rencontré un homme de cette façon. Elle ne soupçonnait même pas qu'elle pouvait se montrer aussi insouciante, aussi légère. Une fois à la porte de son immeuble, elle s'était arrêtée. Elle s'était retournée, l'avait vu s'approcher, et l'avait attendu. Elle l'avait regardé dans les yeux et avait su qu'elle n'avait rien à craindre. Elle était incapable d'expliquer la chose.

Il s'était installé chez elle et, au bout d'un mois, ils s'étaient rendus à l'hôtel de ville et s'étaient mariés, rien qu'eux deux, sans témoins ni amis. C'était un homme à l'esprit très pratique, il s'occupait de la maison quand elle partait travailler, il faisait le ménage et les courses. Quand elle rentrait, il préparait les repas, des plats arabes qu'elle n'avait jamais goûtés. C'était un homme doux mais son corps celait une force retenue et, quand elle somnolait dans ses bras, elle se disait qu'il était un navire qui la transportait à travers la nuit.

Il avait très peu parlé de lui ; elle ne lui avait pas posé de questions. C'était comme s'ils avaient vu le jour en même temps par leur amour. Il leur suffisait de savoir qu'ils s'aimaient. Le passé de Tal était aussi lisse que l'océan, comme s'il avait surgi des vagues et gagné la terre pour la rencontrer, mais elle se réveillait certaines nuits car il criait dans son sommeil. Il avait des cauchemars, pas souvent, mais à intervalles réguliers, et il criait toujours de la même façon, frissonnant d'angoisse. Dans ces moments, elle ne pouvait que le tenir dans ses bras, lui cet inconnu sur qui elle savait si peu de choses qu'elle ne comprenait même pas l'amour qu'elle lui portait. Mais cet amour n'avait pas besoin de fondement, il était devenu le fondement de tout le reste.

Elle pensait qu'il avait participé à l'invasion du Liban, en tant que soldat. Il ne supportait pas la vue du sang. Un jour qu'elle s'était coupée avec un couteau de cuisine, il avait failli vomir. Elle aurait pu apprendre l'hébreu pour comprendre ce qu'il criait dans son sommeil, mais elle ne voulait pas comprendre. Elle l'aimait; elle ne le comprenait pas. Ainsi, en tournant le dos au passé, tout était devenu plus net, plus précis. « Il y a des sons d'orgues... », a-t-elle dit après un silence, tandis que nous regardions chacun dans une direction, moi vers les fenêtres de mon appartement, elle vers le mur nu derrière moi. « Il y a des sons d'orgues tellement profonds que l'on ne les entend pas, on les perçoit seulement comme une légère vibration dans sa chair. »

Curieusement, les vagues n'étaient pas particulièrement hautes ce jour-là, pas autant que les jours précédents. Comme d'habitude, il avait nagé vers le large. Elle avait vu sa tête disparaître et resurgir derrière les lames qui s'abattaient sur le rivage mais, soudain, sa tête n'était pas réapparue. Elle avait cru qu'il avait plongé vers le fond afin de pêcher des oursins, ce qu'il avait déjà fait une fois. Avec son couteau, il avait ouvert une fente entre les épines noires qui remuaient encore. Il lui avait tendu les entrailles du bout de son couteau et il avait ri en la voyant surmonter son appréhension et goûter la chose molle et salée.

Des recherches avaient été effectuées, mais il avait disparu. Elle ne savait pas s'il s'agissait d'un accident ou d'un suicide. Il ne s'était pas conduit différemment ce jour-là. Il l'avait embrassée avant de se jeter dans les vagues. Durant toute la nuit et les nuits suivantes, elle était restée allongée dans le lit de l'appartement et avait reniflé la légère odeur de sueur du peignoir de Tal. Parfois, elle s'imaginait qu'il n'était pas mort. Chaque année, en février, elle était retournée sur cette plage d'Espagne. Chaque année, toujours à la même date, elle se rendait sur la plage avec son peignoir et contemplait les vagues.

Naturellement, elle avait abandonné tout espoir, mais elle ne pouvait s'en empêcher. Elle ne pouvait tirer un trait sur cet après-midi où elle l'avait vu pour la dernière fois. Ce n'était pas seulement une question de chagrin, a-t-elle dit froidement. Il lui était tout simplement impossible de faire cesser son amour. Il refusait de s'éteindre. Elle a marqué un silence avant de poursuivre. Son amour était semblable au pétrole qui jaillit du fond des mers, cet excédent de pétrole qui brûle au-dessus des plates-formes de forage. Une flamme qui se contente de brûler, encore et encore.

Elle s'est tue, et je ne sais pas combien de temps nous sommes restés plongés dans nos pensées avant qu'elle ne me regarde à nouveau. « Merci d'être venu », a-t-elle dit. Elle a attendu que je me sois levé avant de faire de même. Elle m'a précédé dans l'entrée. La porte de la salle de bains était ouverte et, dans le miroir au-dessus du lavabo, j'ai aperçu des collants noirs qui séchaient sur une corde au-dessus de la baignoire. J'ai entendu un léger claquement au fond de la baignoire quand une goutte s'est détachée de la pointe d'un pied.

L'avion de New York avait une demi-heure de retard. Ariane et moi attendions dans le hall des arrivées. Ariane m'avait appelé pour me dire qu'Eva serait là le mercredi soir. Au téléphone, Ariane avait admis que l'idée de revoir la belle-fille d'Adrian la mettait mal à l'aise. Elles ne s'étaient retrouvées seules qu'une fois, quand elles s'étaient rendues à Manhattan après l'enterrement d'Adrian. Ariane n'avait pas su comment réagir face au chagrin incontrôlable de la jeune fille. J'ai essayé de me représenter une nouvelle fois Eva sous un bouleau du jardin d'Adrian et de Yuki, tandis que les deux femmes la regardaient depuis la cuisine. J'ai également pensé à la photo de vacances qu'Adrian m'avait envoyée, où il se trouve devant le Grand Canyon avec Yuki, tout sourire. Un jour heureux. J'étais certain que la photo avait été prise par Eva.

Adrian ne m'avait guère parlé de sa relation avec Yuki quand il avait fini par décider de quitter Jill. Il s'était sûrement dit que cela ne m'intéressait pas, et il n'avait pas eu tort, si l'on considère que je me contentais de parcourir ses lettres avant de les ranger avec les autres dans le classeur, en compagnie de cartes de visite et de pièces de monnaie étrangères. Mes paroles acides au sujet de Jill, lors de notre promenade dans Chinatown, ne l'avaient sûrement pas incité à se confier davantage. Et, en quittant Jill, il confirmait ce que je lui avais dit. Je le comprenais. Il est parfois difficile de donner raison à un ami quand on parvient aux mêmes conclusions, bien plus tard. Je me suis rappelé ma déception lorsque je l'avais appelé de Zurich afin d'obtenir sa bénédiction pour commencer une nouvelle vie avec Paula. Je me suis également souvenu de la désapprobation muette dans son regard quand il m'avait annoncé le mariage d'Ariane, dans ce petit port sur la mer du Nord où nous nous étions rendus pendant les vacances d'été.

M'aurait-il suffi de lui courir après et de me montrer assez convaincant ? Ariane s'est approchée du panneau des arrivées. Elle a penché la tête en arrière afin de le déchiffrer, les mains sur les hanches, avec le manteau de cuir juste posé sur ses épaules. J'avais reçu son message silencieux bien trop tard. Son secret, et le fait que je connaissais celui-ci, avaient creusé un fossé plus large que l'Atlantique. Le matin où j'ai ouvert la porte de ma chambre à l'Hôtel Reykjavik et les ai aperçus dans mon lit, j'ai compris, comme s'il s'agissait d'une révélation, l'étendue du supplice d'Adrian. Oui, il avait souffert, bien plus que moi, d'aimer la jeune fille qui gémissait dans la pénombre, de l'aimer aussi chastement et secrètement que moi et, en même temps, d'être si proche d'elle. À l'instant où j'avais ouvert la porte pour la refermer aussitôt, j'avais été celui qu'il aurait aimé être.

Ariane a écarté les bras en revenant vers moi. L'éclairage violent se reflétait dans les lunettes de soleil qu'elle avait remontées sur son front. Elle s'est assise sur un banc en face de moi. Elle avait la pose d'une adolescente, penchée en avant, les coudes appuyés sur les cuisses de son pantalon noir et moulant. Son chemisier à col montant était noir également, elle avait mis un rouge à lèvres pivoine qui donnait à sa bouche l'aspect d'un signal de danger aguichant. Adrian nous aurait-il donné sa bénédiction si son âme avait flotté quelque part dans le hall d'arrivée ? Elle tripotait les clefs de voiture et tapotait nerveusement le sol avec les semelles de ses bottes. Étais-je trop fier ou trop lâche pour saisir les faveurs que m'offraient les circonstances et l'instant ? Certaines choses arrivent trop tard, et j'ai cessé de me faire des illusions sur ce qui est possible simplement parce que cela se présente. L'enfant que nous aurions pu avoir, Julie et moi, relevait aussi du domaine du possible. J'ai laissé ces possibilités s'annihiler mutuellement jusqu'au jour où Theo a surgi, non pas comme une éventualité mais comme un fait accompli.

L'avion en provenance de New York a atterri en même temps qu'un vol venant d'Islamabad. Ariane s'est placée dans la foule devant les portes automatiques où apparaissent les passagers après avoir franchi la douane. Plusieurs familles pakistanaises étaient là, les hommes s'étreignaient avec véhémence avant de saluer les femmes en posant courtoisement la main sur leur cœur. Ariane semblait indifférente au tumulte. Elle restait les bras croisés, triturant nerveusement ses clefs de voiture tout en dévisageant les passagers. Je suis allé la rejoindre, elle m'a lancé un sourire embarrassé. Les premiers passagers de New York commençaient à sortir. Elle m'a pressé le bras en apercevant une jeune fille menue aux cheveux noirs coupés court en mèches inégales. La jeune fille a fait un petit signe mou à Ariane. Elle traînait une énorme valise rigide, laquelle vacillait sur ses petites roues et résistait, si bien qu'elle était obligée de se pencher en avant, comme si elle tirait sur la laisse d'un gros chien récalcitrant.

Elle avait dix-huit ou dix-neuf ans, mais paraissait plus jeune. Elle avait une demi-tête de moins que moi, c'est dire qu'elle était petite. La main qu'elle m'a tendue était mince, presque sans force ni poids. Ses cheveux étaient d'un noir de jais et ses yeux asiatiques ont donné au regard qu'elle m'a adressé un air paresseux, presque arrogant. Ses yeux étaient verts, mais son nom et la couleur de ses yeux constituaient la seule chose qui rappelait qu'elle avait un père allemand. Sinon, elle avait une apparence entièrement japonaise, jusqu'à ses petits pas glissants, quand j'ai ignoré ses protestations polies pour prendre sa valise. Ses grosses chaussures de randonnée semblaient être la seule chose qui empêchait sa silhouette fragile de s'envoler. Elle était vêtue comme tous les jeunes gens du monde actuellement, Theo y compris, c'est-à-dire avec un pantalon kaki trop large et bouffant et un sweat-shirt délavé avec une capuche et une fermeture éclair. Elle s'est empressée d'enfoncer les mains dans les poches de sa veste.

Une fois dans la voiture, Ariane lui a demandé quels étaient ses projets. Eva était à l'arrière et je me suis dit que nous ressemblions à une famille. Elle ne débordait guère de projets. Elle avait seulement eu besoin de partir. Son apparence orientale ne collait pas vraiment avec son accent américain. Elle suivait des études de lettres à New York, mais n'était pas parvenue à se concentrer ces derniers temps. Du reste, elle ignorait si elle avait envie de poursuivre ses études. Eva ne donnait pas l'impression de savoir ce qu'elle voulait, mais elle s'exprimait de manière calme et concise. J'avais du mal à croire qu'il s'agissait de la même jeune fille qui avait pleuré sous un bouleau du jardin et s'était réfugiée dans le giron d'Ariane dans le train pour New York.

Ariane avait improvisé un lit pour elle dans une des pièces où les cartons de déménagement étaient encore empilés contre un des murs. Elle avait fait les courses chez un traiteur italien en revenant de l'aéroport : jambon de parme, pecorino, cœurs d'artichauts marinés et une bouteille de barolo. Eva n'y a pas touché. Elle a sorti de sa valise un paquet plat et carré et l'a posé sur la table. La conversation était laborieuse. Ariane lui a demandé si Yuki avait l'intention de rester à Tokyo. Eva a haussé les épaules. Elle n'en savait rien. Elle a soudain pris le paquet, comme si elle l'avait oublié, mais cela m'a davantage paru un prétexte pour tirer la conversation dans une autre direction. Elle me l'a tendu en me disant que c'était pour moi. Il s'agissait d'un cadre, et j'ai deviné juste.

Adrian lui avait dit d'où venait cette estampe. Yuki s'en moquait, mais Eva avait pensé que je devais l'avoir. Ariane s'est levée de sa chaise. Elle a posé une main sur mon épaule et nous avons contemplé les quelques petites voiles carrées et le pavillon vide où la silhouette d'une courtisane se dessine derrière le mince paravent d'une porte coulissante, le tout vu par un observateur caché quelque part de l'autre côté de la galerie extérieure. J'ai croisé le regard attentif d'Eva et je l'ai remerciée. J'ai alors pensé à mon collègue de Zurich qui m'avait demandé si j'étais toujours en possession de cette estampe. J'ai également pensé à la somme fort rondelette qu'il m'avait proposée quand j'ai demandé à Eva si elle était opposée à ce que je l'offre à Ariane. Ma vieille amie a rougi un peu.

Après cela, aucun de nous ne savait quoi dire. J'ai demandé à Eva si elle faisait toujours du patin à glace. Elle m'a jeté un regard perplexe. Je lui ai expliqué que, dans une de ses lettres, Adrian m'avait parlé des compétitions de patin dans le Rhode Island. Elle a plongé le nez dans son assiette vide. Avait-il vraiment parlé de ça ? Ariane lui a demandé si Yuki était au courant de sa présence à Copenhague. Eva n'a pas répondu. Elle est restée à contempler les fines tranches de jambon sur le plat devant elle. Ariane et moi nous sommes dévisagés. La jeune fille s'est levée, le décalage horaire l'avait fatiguée et elle souhaitait prendre un bain avant de se coucher. Elle est allée au bow-window et a regardé un moment le cadre qu'Ariane avait posé sur le piano. Elle s'est penchée pour étudier un détail, peut-être la silhouette de la courtisane aux longues épingles fichées dans sa coiffure complexe, peut-être les branches de sapin que l'on aperçoit au premier plan, si denses et minces que leur extrémité semble se dissiper dans le crépuscule. Elle a relevé la tête. Était-il exact que le château où se déroulait Hamlet existait vraiment ? Je lui ai proposé de l'y emmener. Elle m'a remercié d'avance.

Ariane m'a raccompagné à la porte après avoir montré la salle de bains à Eva. J'ai enfilé mon manteau et nous sommes restés face à face un instant dans l'entrée. Elle a souri faiblement, puis esquissé un geste maladroit vers moi avant de s'arrêter. Je l'ai prise dans mes bras, elle s'est serrée contre moi. C'était là un moment de tendresse, mais aussi un peu cocasse, ai-je pensé quand j'ai étreint sa haute silhouette et senti sa joue sur mon crâne chauve. Nos corps ne s'étaient jamais accordés.

Deux jours plus tard, Eva et moi sommes allés à Helsingør, en prenant le train qui suit la côte. Quand nous sommes sortis de Copenhague, je lui ai montré le château d'Eremitage, perché sur sa colline. Elle a longuement contemplé le Sund quand celui-ci apparaissait entre les arbres. Le lien entre nous était si mince que l'on pouvait à peine en parler en ces termes. Je lui ai expliqué que la Suède se trouvait de l'autre côté du mince détroit gris. Les nuages étaient denses et monotones, cédant juste le pas à un liseré d'un bleu glacé au nord-est, au-dessus de la Suède. Eva m'a demandé pourquoi je n'avais jamais rendu visite à Adrian et Yuki. J'ai marmonné une réponse fuyante. Le train a traversé un bois et la pénombre s'est faite dans le wagon. Sa mère non plus n'aimait guère les visiteurs, a dit Eva en regardant les troncs qui ressemblaient à des barreaux, noirs sur le fond marron et orange des feuilles fanées.

Je lui ai demandé pourquoi. Elle a fixé le siège vide à côté de moi, comme si elle n'avait pas entendu ma question. J'ai songé à la description qu'Ariane avait donnée de Yuki, son silence hostile lors de sa visite, et la manière dont Adrian se laissait mener par le bout du nez par sa nouvelle épouse, patient et humble. Je me suis également souvenu du bref passage d'une des lettres d'Adrian où il mentionnait le père d'Eva, le pilote alcoolique qui battait Yuki jusqu'à ce qu'elle l'abandonne dans sa dégringolade. Je ne saurai jamais si Adrian l'avait réellement épousée par pitié, comme le suggérait Ariane. Nul ne le saura, Adrian lui-même n'aurait peut-être pas su répondre.

Il y avait peu de visiteurs à Kronborg, une classe et quelques touristes, des jeunes couples silencieux et timides, chaussés de solides godasses, avec un gros pull noué autour de la taille et le sempiternel appareil photo pendu au cou. Je n'étais pas venu au château depuis que j'étais enfant. Eva a jeté des coups d'œil distraits aux tapisseries de la salle d'honneur, où les arbres, les chiens et les chevaliers pointaient çà et là sur les tissus usés jusqu'à la corde. Les scènes de chevalerie des tapisseries faisaient penser à ces images floues de la télé, celles que l'on distingue à peine sur la neige de l'écran avec une chaîne que l'on reçoit mal. Eva semblait parfois oublier qu'elle n'était pas seule, mais finissait toujours par se retourner soudain vers moi. Elle s'exprimait par des bouts de phrases entrecoupés de silences, et il me fallait remplir les blancs.

Eva est restée longtemps dans l'embrasure d'une fenêtre à observer un ferry qui sortait du port. Elle se terrait dans sa chambre avec un oreiller sur les oreilles quand son père frappait sa mère. En revanche, il s'était toujours montré doux avec elle, presque craintif. Elle lisait le désespoir dans ses yeux quand elle l'aidait à se coucher. Durant les mois qui avaient précédé son licenciement, c'était elle qui lui avait repassé ses chemises, même si elle n'était encore qu'une enfant. Elle veillait à vider le bar de ses bouteilles, mais il en avait dissimulé dans les endroits les plus insolites. Leur situation avait été critique quand il avait perdu son emploi. La Lufthansa ne pouvait garder un pilote avec des étourdissements et les doigts tremblants. Yuki et Eva avaient fini par déménager dans un petit appartement miteux situé dans le Lower East Side, dans une rue qui descendait vers l'East River où vivaient presque seulement des Porto-Ricains pauvres. Yuki avait trouvé une place dans un restaurant japonais chic et, un soir, elle avait rencontré Adrian.

Elle s'était métamorphosée. Elle n'était plus un martyr apeuré, l'amour la rendait presque folle quand Adrian venait. Il apportait toujours des cadeaux pour chacune, des choses coûteuses, mais Eva ne pouvait les accepter. Elle se retranchait dans sa chambre, en ayant mauvaise conscience de ne pouvoir partager la joie inattendue de sa mère. Personne ne pouvait reprocher à cette dernière d'en avoir eu assez de l'alcool et des coups, mais Eva avait le cœur soulevé en voyant sa mère se montrer aussi câline. Elle s'allongeait sur son lit et pensait à son père, mais elle tendait l'oreille quand le silence se faisait au salon. Ils s'étaient mariés la même année et, peu après, ils avaient acheté la maison dans la petite ville de banlieue du New Jersey.

Nous avons suivi le chemin de ronde avec son alignement de canons lourdement pointés vers le ciel gris. Au-dessus de la mer, le soleil effectuait des percées poussiéreuses entre les nuages. Eva s'agitait dans le vent. L'espace dégagé la rendait encore plus frêle et menue. Les cris rauques des mouettes résonnaient au-dessus de nos têtes et je n'entendais presque pas ses paroles. Elle parlait de son père. Elle avait été furieuse après lui. Elle avait toujours ressenti de la colère envers lui, même quand il ne battait pas sa mère, cependant, elle ne comprenait pas pourquoi il n'avait jamais donné de ses nouvelles. Quand elle interrogeait Yuki, elle n'obtenait que des réponses fuyantes ou réticentes. Des années plus tard, elle avait découvert que Yuki lui avait interdit de prendre contact avec sa fille, et quand Eva avait cherché à communiquer avec lui, il avait disparu. Elle ne savait même pas s'il était encore en vie.

Nous sommes descendus voir les casemates. Il y faisait sombre, l'air était humide et moisi. Eva parlait à voix basse tandis que nous avancions dans les souterrains qui se ramifiaient sur les côtés et donnaient sur des ouvertures sombres bloquées par des cordes. Sa mère était devenue une étrangère. Elle s'en était soudain rendu compte un jour d'été, en les voyant de l'intérieur de la maison. Elle avait quinze ou seize ans. Adrian bronzait sur un transat. Yuki était sortie de la piscine et s'était dirigée vers lui. Il paraissait dormir. Il n'avait pas réagi quand elle s'était placée au-dessus de lui et avait laissé tomber les gouttes d'eau de ses cheveux sur son ventre, il n'avait toujours pas bougé quand elle s'était assise à califourchon sur lui et avait commencé à frotter son bas-ventre contre le sien. Eva s'était approchée d'eux, Yuki s'était levée d'un bond, avait posé sa serviette sur le maillot de bain d'Adrian, et avait regagné le bord de la piscine. Eva s'était assise dans l'herbe. Adrian avait levé la tête et, en voyant son air embarrassé, elle s'était aperçue qu'il lui était moins étranger que la femme qui, au même instant, disparaissait dans l'eau avec un grand plouf.

Adrian avait gagné la confiance d'Eva, mais sans forcer. Elle-même ne comprenait pas comment cela s'était produit. Elle avait lentement cédé à son regard amical et à son insouciance libératrice. Il essayait de la comprendre. Il lui avait raconté qu'il avait dû vivre sans père lui aussi, qu'il avait méprisé sa mère qui traînait dans la maison comme un spectre, en robe de chambre et les cheveux défaits. Il lui avait expliqué comment sa mère s'était enfoncée dans sa folie pour le laisser avec un sentiment de culpabilité dont il ne savait que faire. Il défendait Yuki, cependant Eva ne le percevait pas comme son beau-père, mais comme un ami. Au début, Yuki avait paru soulagée qu'ils s'entendent si bien. Eva ne se rappelait pas quand elle avait perçu un changement pour la première fois. Elle était certaine de l'avoir noté avant Adrian. Ils discutaient souvent le soir, quand Yuki était au lit. Yuki avait l'habitude de se coucher tôt mais, peu à peu, elle s'était mise à rester avec eux, même si elle ne participait pas à la conversation, jusqu'au moment où Eva leur souhaitait bonne nuit.

Ils avaient donné une grosse fête quand elle avait terminé ses études secondaires. Adrian avait engagé un groupe de rock à cette occasion. Tous les amis d'Eva étaient venus, ils avaient dansé et elle avait également dansé avec Adrian. Il dansait bien et elle avait aimé découvrir ce côté-là chez lui, jusqu'à ce qu'elle s'aperçoive que Yuki ne les quittait pas des yeux. Elle avait fait comme si de rien n'était, mais chaque fois qu'elle croisait le regard de sa mère, elle y lisait presque de la haine. Cela l'avait poussée à danser encore plus follement avec Adrian. Adrian, lui, semblait s'amuser énormément et il se laissait aller. Il n'avait pas remarqué qu'ils étaient surveillés. Eva avait croisé Yuki dans la maison en se rendant aux toilettes et, au passage, sa mère lui avait pris le bras et l'avait pincée. Eva était restée longtemps devant le miroir de la salle de bains à contempler les bleus que les ongles de Yuki avaient laissés sur son bras.

Après les grandes vacances, Eva avait déménagé à New York pour ses études au *college*. Elle ne revenait que le week-end mais, le plus souvent, elle restait en ville. Parfois, Adrian l'invitait à déjeuner, mais ils ne parlaient plus aussi librement qu'avant. Elle sentait une retenue nouvelle chez lui, comme s'il avait l'impression de faire quelque chose d'interdit. Il l'interrogeait sur ses études, comme d'habitude, il faisait le bouffon, oui, il pouvait se montrer très drôle, et elle aimait qu'il la chahute ainsi.

Néanmoins, elle décelait de l'inquiétude sous sa gaieté. Un jour, ils avaient descendu Fifth Avenue. Elle l'avait aidé à choisir une cravate, et l'avait convaincu d'en acheter une avec des fleurs et des couleurs assez tapageuses. Ils étaient en train de ricaner quand il avait posé un bras sur ses épaules. Cela n'avait duré qu'un instant, puis il avait ôté son bras, soudain tout rouge, et l'atmosphère enjouée avait pris un tour lourd et gauche. Elle s'était sentie presque soulagée quand il l'avait embrassée sur les joues devant la bouche de métro où ils s'étaient séparés.

Ces deux dernières années, elle ne l'avait guère vu, et presque jamais seule. Elle était rentrée à la maison un samedi, au début de l'été. Cela avait été la dernière fois qu'ils s'étaient retrouvés tous les trois. Elle avait trouvé Adrian avachi dans un canapé en train de regarder la télé, en chaussons et le peignoir ouvert. Il regardait un tournoi de golf. Elle ne savait pas qu'il s'intéressait au golf. Il avait l'air d'avoir pris un coup de vieux, et un peu de bide. Il avait un je-ne-sais-quoi de touchant, peut-être parce qu'il se sentait gêné d'être vu ainsi. Yuki taillait les rosiers au jardin. Elle faisait penser à un enfant avec son grand chapeau de paille et ses énormes gants de jardinier informes.

Eva lui avait demandé distraitement s'ils avaient des projets pour les vacances, tandis qu'il fixait le gros plan d'une balle de golf qui roulait sur l'herbe coupée à ras et s'arrêtait juste devant le trou dans laquelle elle était censée tomber. Il avait donné l'impression de ne pas savoir quoi répondre. Naturellement, elle était la bienvenue à Martha's Vineyard, si elle le souhaitait. Ils passeraient leurs vacances dans leur nouvelle résidence secondaire jusqu'à la fin août, quand il devrait se rendre à Munich, pour affaires.

Elle avait prévu d'aller en Italie avec une amie. Adrian avait objecté qu'il y ferait très chaud en août. Elle avait ajouté qu'elle avait également l'intention de se rendre en Allemagne. Son père était originaire d'une petite ville du nord de la Bavière, peut-être y avait-il encore de la famille. Elle n'avait jamais vu ses grands-parents, elle ne savait pas s'ils étaient encore en vie, mais son père avait un jour mentionné l'existence de sa sœur. Adrian s'était levé. Eva avait dit qu'ils pourraient se retrouver à Munich, s'il avait le temps. Il lui avait adressé un regard presque paniqué. Peut-être, avait-il répondu avec un sourire forcé qui l'avait attristée. Il était temps qu'il s'habille.

La soirée était chaude, ils avaient dîné dehors. Comme d'habitude, Adrian avait fait la conversation. Yuki n'avait pas dit un mot tandis qu'il s'efforçait de les amuser, et Eva avait regretté d'être venue. Elle avait été surprise qu'il mentionne sa suggestion. À l'entendre, on aurait dit que l'idée venait de lui. Il était beaucoup trop enthousiaste, comme s'il cherchait à prouver quelque chose à Yuki. Puis le silence s'était fait. Eva avait débarrassé les assiettes. À son retour, Yuki avait quitté la table. Adrian, lui, contemplait son verre. Yuki s'était repliée dans un coin sombre du jardin et regardait la piscine éclairée.

Eva a téléphoné samedi matin. Elle m'a demandé si elle pouvait passer. Je lui ai dit que j'allais descendre faire les courses. Comme d'habitude, Theo était sorti, mais il avait promis de rentrer pour dîner. D'une petite voix, Eva m'a dit que j'étais le seul auquel elle pouvait parler. Je lui ai demandé de patienter une demi-heure. Le téléphone a sonné de nouveau quand j'étais dans l'entrée, c'était Theo. Un de ses amis l'avait invité à une fête, les parents seraient là. Theo sait toujours exactement quelle question je vais lui poser. J'ai essayé de ne pas paraître déçu, même si je trouvais qu'il y avait longtemps que nous n'avions pas parlé sérieusement. Nous pouvions très bien dîner ensemble le lendemain, a-t-il fait d'un ton engageant. J'ai entendu l'impatience sous sa proposition aimable. Certes, il était franc ; certes, il était content de dîner avec son vieux papa solitaire, mais pas ce soir-là.

Après avoir raccroché et boutonné mon manteau, je suis resté un moment à regarder par la fenêtre. Étais-je solitaire ? Oui. J'ai pensé à mon père, qui traîne entre l'Hôtel Reykjavik et les troquets du quartier où il passe les après-midi à siroter une bière ou à taper le carton dans l'arrière-salle. Je le vois de temps en temps, quand il m'arrive de passer dans les rues derrière la gare. Je le reconnais toujours de loin avec sa redingote désormais quelque peu élimée. Il se donne toujours la peine de mettre un œillet à la boutonnière, il parle toujours de certaines « connaissances féminines », comme il les appelle avec un air de conspirateur. Cependant, il ne m'a jamais présenté la moindre de ces dames.

J'ai aperçu Inge Weiss au supermarché, penchée sur un présentoir frigorifique. Je ne savais pas quoi lui dire si elle me voyait, aussi ai-je pris mon temps au rayon vins avant de choisir un beaujolais. Quand j'ai tourné au coin, elle était au rayon épices. Elle avait oublié ses lunettes, m'a-t-elle dit comme si nous nous étions déjà salués. « Du cumin », a-t-elle ajouté en poussant un petit bruit soucieux qui ressemblait à un « m » prolongé. Un peu affecté, ai-je pensé en me baissant pour inspecter le rayon. Puis j'ai trouvé ce qu'elle cherchait.

Elle avait un sourire gêné, mais n'a pas évité mon regard quand je me suis relevé, et j'ai été étonné par la manière si directe dont elle fixait un étranger. Peut-être était-elle simplement très myope, peut-être était-ce cela la raison du côté scrutateur de son regard. Toutefois, elle semblait me dévisager pour savoir si elle m'avait fait peur avec son histoire, si j'avais pitié d'elle, si elle pouvait déceler une certaine distance dans mes yeux, une réserve lâche qu'elle avait certainement déjà notée. Bien des gens se comportent comme si le désespoir était contagieux.

Je l'ai regardée droit dans les yeux, sans ciller, et bien décidé à ne pas me laisser effrayer par ce que je savais d'elle, ni à faire montre d'une prévenance telle qu'elle la percevrait certainement comme de l'hypocrisie. Ses cheveux étaient maintenus en arrière par une barrette et j'ai remarqué qu'elle avait un cou d'une longueur inhabituelle. Elle était bien habillée avec son imperméable et sa jupe bleu foncé, chic et un peu tristounet. Quand j'ai fini par baisser les yeux, j'ai vu qu'elle avait de jolies chevilles. Elle portait des chaussures à talons hauts avec des boucles brillantes, assez distinguées. Du reste, elle ne ressemblait pas à quelqu'un qui descend au supermarché du coin pour faire ses emplettes du week-end. « Le cumin », ai-je dit. Et je lui ai souri quand elle a pris le flacon d'épices en le tenant à deux mains. Elle a tapoté l'étiquette, si bien que son alliance a émis un petit son claquant.

Je ne sais vraiment pas d'où me viennent mes inspirations subites. D'aucuns diront de l'inconscient, mais, pour d'évidentes raisons, je ne peux guère en parler. J'avance à tâtons dans le monde et lorsque je pense avoir trouvé une issue, celle-ci se révèle souvent n'être qu'une impasse nébuleuse ; parfois, je me heurte à un mur en apparence clos et lisse, mais dans lequel, à ma grande surprise, je découvre une ouverture cachée. S'agit-il seulement de l'évolution irrésistible des possibles, par à-coups, si bien que l'exclusion de l'un ouvre mes yeux sur un autre ? Prenons par exemple la sempiternelle question de la manière dont on va passer sa soirée. J'ai pensé à Theo qui devait se rendre à une fête avec ses amis adolescents au lieu de passer la soirée en compagnie de son père, cet être entre deux âges, et je me suis rappelé la recette de ragoût de mouton que j'avais dénichée le matin, et que je m'étais fait une joie de préparer afin de l'impressionner. Peut-être est-ce tout simplement ainsi que l'idée m'est venue.

Toujours est-il que j'ai invité Inge Weiss à dîner. Puisque nous étions voisins... Certes, le lien ne me sautait pas aux yeux, et j'ai bien entendu que cela sonnait comme une piètre excuse de ma part. Son regard gris s'est posé sur moi, mais elle n'a pas semblé surprise. Je me suis tu. Puis elle a souri poliment et m'a demandé si elle pouvait y réfléchir. Elle m'appellerait plus tard. Je lui ai donné mon numéro de téléphone, mais elle ne l'a pas écrit. Peut-être n'avait-elle pas de papier sur elle, peut-être cela n'avait-il aucune importance. Je me suis hâté de pousser mon chariot jusqu'aux caisses, tremblant à l'idée que nous risquions de nous retrouver dans la même file.

J'étais en train de déballer mes emplettes quand on a sonné à la porte de l'immeuble. Eva est montée peu après. Elle n'a pas dit un mot, se contentant de passer devant moi. Au même instant, le téléphone a sonné. Elle est restée plantée au milieu du salon, comme si elle regrettait d'être venue. Puis elle s'est assise sur le bord du canapé, tête baissée, les mains posées sur les genoux de son pantalon trop large. Je lui ai demandé si elle voulait du thé ou du café. « Du thé », a-t-elle dit doucement. Je suis allé à la fenêtre et j'ai décroché et, derrière une des fenêtres en face, j'ai aperçu Inge Weiss, juste une silhouette floue derrière les reflets de la vitre. Elle viendrait volontiers. Devait-elle apporter quelque chose ? « Non », ai-je répondu en jetant un coup d'œil à Eva qui semblait comme figée dans la pierre. Nous sommes convenus de huit heures. Cela devait me laisser le temps de mettre Eva à la porte, du moins l'espérais-je, avant de me lancer dans mes préparatifs culinaires. J'ai ajouté que je me réjouissais de sa venue. « Moi de même », a-t-elle répondu après un silence, comme si elle avait eu besoin d'un moment pour trouver l'expression que l'on dit en pareille occasion.

Eva a tout juste pris deux gorgées de thé, quand elle s'est brièvement interrompue dans son récit. J'ai songé à ma recette de ragoût. Celui-ci devait mijoter deux heures, mais mes soucis m'ont paru de plus en plus déplacés à mesure qu'elle a dévoilé son histoire. Elle n'a ni levé la tête ni changé de position. Elle regardait fixement les franges du tapis et, en l'écoutant, je me suis rendu compte à quel point l'on sait vraiment peu de choses.

Ce que j'écris correspond à ce dont je me souviens du récit d'Eva, et à la manière dont je m'imagine que les choses se sont produites. Je ne crois pas qu'elle m'ait tout raconté et j'ai sûrement oublié une partie de ce qu'elle a dit. Tout s'était peut-être passé de façon entièrement différente, peut-être auraient-ils eu chacun une autre histoire à raconter, et peut-être leurs histoires respectives ne se seraient-elles pas ressemblé. Un compte rendu n'est jamais totalement vrai, et le récit d'Eva ne l'était pas davantage. Cependant, une fois que le temps nous a entraînés dans son tourbillon, il ne reste plus de vérité avec laquelle mesurer ce récit, il demeure seulement l'histoire telle qu'on la raconte ici et maintenant. Il me faut même douter de ma propre histoire. Quelle est la part d'oubli, quelle est la part d'invention ? On couvre l'histoire avec des mots et, bientôt, il ne reste que les mots, une coquille vide et figée qui contient uniquement les contours imparfaits de ce qui est arrivé.

Eva et son amie avaient déjà passé une semaine

et demie en Italie et considéraient avoir vu ce qu'il fallait voir de ruines et d'églises quand elles ont pris le train vers le nord. Rome était ennuyeuse le soir, et les deux jeunes filles avaient été étonnées que les jeunes Italiens se contentent apparemment de tourner en rond avec leurs scooters et de manger des glaces. Il avait été presque impossible de trouver une chambre d'hôtel à Viareggio, où elles avaient entendu dire que les plages étaient excellentes. Elles avaient fini par descendre dans un hôtel fort coûteux sur la promenade. Heureusement, Adrian avait donné une carte de crédit à Eva avant son départ. À Rome, elles avaient logé dans un hôtel près de la gare où le lavabo puait l'urine.

Elle avait aimé somnoler dans sa chaise longue et contempler la mer et les passants mais, au bout de deux jours, son amie avait attrapé un tel coup de soleil qu'elle avait été obligée de passer une journée au lit, toute boursouflée et malheureuse. Une fois l'amie rétablie, elles s'étaient rendues à Pise. Là encore, elles avaient passé la meilleure partie de la matinée à chercher une chambre. Il faisait très chaud l'après-midi quand elles avaient atteint le vaste terrain herbeux où se trouvent la cathédrale et la tour penchée. Oui, il fallait bien reconnaître que la tour était penchée, mais l'endroit grouillait de touristes et Eva avait eu envie de repartir tout de suite. Son amie voulait rester, et elles avaient décidé de se retrouver à l'hôtel.

Eva n'était pas mécontente de déambuler seule, à l'ombre des maisons jaunes aux volets fermés. Le silence régnait, les magasins étaient fermés et il n'y avait presque personne. De temps en temps, elle cherchait refuge de la chaleur dans un bar sombre. Elle avait l'impression qu'elle pourrait vivre d'eau et des petites tasses de café serré qu'elle vidait d'un trait avant de continuer dans les rues étroites qui se ressemblaient tant. La chaleur la rendait à la fois assoupie et légère. Elle ne savait pas du tout dans quel coin de la ville elle se trouvait, et elle s'en moquait. Elle avait pensé à Yuki qui n'était jamais venue en Europe. Soudain, cette femme silencieuse, sa mère, lui avait paru si lointaine. Eva s'en était même étonnée. Elle ne ressentait même pas de colère. Et son père ? Ce dernier lui semblait presque sorti de son souvenir. Tout à coup, il n'était plus aussi important de trouver sa famille en Allemagne.

Elle avait marché le long du fleuve. Le soleil dardait l'alignement de façades closes dont l'éclat l'aveuglait, et son T-shirt lui collait dans le dos. Elle commençait à se sentir mal quand elle était passée devant une vieille bâtisse, un musée. Les salles étaient fraîches et aussi désertes que les rues, et elle s'était rapidement sentie mieux. Elle ne pensait à rien de particulier en voyant les sculptures de bois piquées aux vers, des femmes auxquelles il manquait les bras et qui étaient inclinées d'une manière étrange, avec les joues lisses et le regard compatissant. Une Vierge à l'enfant était accrochée à l'extrémité d'une galerie. Deux anges s'agenouillaient devant elle, les mains jointes devant le visage ; derrière eux, dans une étable, une vache levait la tête et les regardait de ses grands yeux noirs. Le tableau représentait la nuit tombante, le paysage s'estompait en des tons marron et fanés, en revanche, les visages étaient clairs et nets.

Eva se disait qu'il s'agissait d'enfants plus jeunes qu'elle, d'à peine quatorze ou quinze ans. Elle ne pouvait détacher son regard de la jeune fille pâle qui contemplait son nouveau-né. Les boucles blondes et lâches rendaient son visage si vif, il y avait une expression dans ses yeux et autour de sa bouche pour laquelle Eva ne parvenait pas à trouver de mots. La jeune fille regardait l'enfant avec tendresse mais aussi étonnement, comme si elle voyait ce qui lui était arrivé et avait également une vision fugace de ce qui l'attendait. Elle était inquiète, elle doutait, abandonnée à elle-même dans le soir silencieux, ignorant les deux êtres ailés agenouillés à ses pieds.

Eva a été tirée de ses pensées par la sonnerie étouffée du portable dans son sac à dos. Il n'avait pas sonné une seule fois pendant le séjour, mais elle l'emportait partout et l'allumait machinalement chaque matin. Peut-être était-ce son amie qui s'était égarée dans les rues de Pise après avoir contemplé à satiété la tour penchée. Un gardien l'a regardée avec curiosité pendant qu'elle fouillait dans le sac, et jusqu'à ce qu'elle fasse cesser le bruit irritant qui faisait l'effet d'un sacrilège à l'égard des retables médiévaux. C'était Adrian qui venait d'arriver à Munich. Eva a tourné le dos au gardien, même si ce dernier ne comprenait sûrement pas l'anglais.

Adrian lui a demandé où elle se trouvait et si tout allait bien. Soudain, il lui a paru vain de papillonner d'une belle ville à l'autre. La veille, elle avait feuilleté un guide sur Florence et elle s'était sentie démoralisée à l'idée de tout ce qu'il y avait à voir sur place. Adrian a ajouté qu'ils pouvaient fort bien annuler leur rencontre à Munich. Il n'y resterait que deux jours et il fallait absolument qu'elle visite Florence. Elle a répondu qu'elle en avait assez de l'Italie. Elle était fatiguée d'avance à la perspective de traîner d'une église à l'autre et d'errer au milieu d'interminables collections de vieux tableaux. En plus, elle en avait assez de son amie qui ne cessait de se plaindre de la chaleur et de ses épaules en feu. Et puis, elle parviendrait peut-être à trouver ses grands-parents ou sa tante. Sa famille inconnue. Cette possibilité lui donnait le vertige, mais de savoir qu'Adrian serait à ses côtés la rassurait.

Le lendemain, elle prenait un avion de Pise à Munich. Elle était un peu gênée pour son amie, mais elle l'avait oubliée en voyant les cimes blanches des Alpes. Adrian était venu la chercher à l'aéroport, bronzé, souriant, et c'était si rassurant de se jeter dans les bras de son costume d'été et dans le parfum de son après-rasage. Il avait dit que sa mère l'embrassait, mais elle ne l'avait pas cru. Impossible de mettre la main sur un chariot à bagages, il avait donc trimbalé sa valise. Il lui avait demandé si elle avait ramené un temple romain au complet comme souvenir. Il avait loué une voiture et, à l'instant où il allait soulever la valise dans le coffre, il avait laissé tomber celle-ci et s'était appuyé sur la voiture, le visage blême. Eva avait voulu s'occuper elle-même du bagage, mais il l'avait écartée, presque furieux. « Cela doit être la chaleur », avait-il dit ensuite. Cependant, Eva ne trouvait nullement qu'il faisait aussi chaud à Munich qu'à Pise.

Après avoir été bringuebalée dans les trains italiens étouffants et bondés, c'était un luxe de retrouver une voiture avec l'air conditionné. Adrian l'avait interrogée sur son voyage. Il était gentil, comme à son habitude, mais d'une banalité surprenante, et Eva avait senti de nouveau cette inquiétude refoulée, comme le jour où ils avaient déjeuné ensemble à Manhattan. Eva avait eu de la peine en pensant que l'absurde jalousie de Yuki parvenait à les poursuivre jusqu'en Europe. Il avait réservé une chambre pour elle à côté de la sienne, dans un hôtel moderne à la périphérie de la ville. Après l'avoir accompagnée à sa chambre, il avait été obligé de partir. Un rendez-vous l'occuperait toute la journée. Il viendrait la chercher à sept heures. Il connaissait un bon restaurant.

Il était resté un instant sur le seuil, comme s'il voulait ajouter quelque chose, et elle avait levé le nez du tas d'habits et de sous-vêtements dont elle avait bourré sa valise le matin. Il avait eu un sourire pudibond et était sorti. De la fenêtre, elle avait contemplé la banlieue de Munich, une vue aussi monotone qu'ennuyeuse. Cela lui convenait parfaitement. Elle en avait assez des toits de tuiles, des murs à la peinture jaune écaillée, des volets verts et des sculptures en marbre qui semblaient pleurer des larmes noires de suie. Elle avait pensé à son amie qui devait être arrivée à Florence. Elle était passée à côté de Florence et ne sentait aucune envie de partir à la découverte de Munich.

Sa chambre était froide et anonyme. Après avoir pris un bain, elle était restée longtemps allongée dans le peignoir de l'hôtel à regarder CNN, sans se soucier de savoir d'où provenaient les images. Plus tard, elle avait fait un tour dans la galerie marchande, au rez-de-chaussée. Il y avait un salon de coiffure et elle avait eu envie de se faire couper les cheveux. Le coiffeur lui avait tendu une brochure avec des photos de mannequins portant différentes coupes, et elle avait désigné une fille maigre aux cheveux courts et raides. Elle avait souri quand, la tête penchée en arrière, elle avait senti l'eau tiède et les doigts du coiffeur qui lui massaient le cuir chevelu. Elle voyait déjà la mine stupéfaite d'Adrian.

Cela lui allait bien, avait-il dit quand ils s'étaient retrouvés dans le hall et, dans son for intérieur, elle lui avait donné raison. Elle avait fière allure. Elle avait sorti une robe qu'elle n'avait pas encore essayée, ainsi que des chaussures à talons. Ces derniers temps, elle n'avait porté que des jeans et des T-shirts. Les chaussures la grandissaient et elle ne se sentait pas comme une enfant aux côtés d'Adrian. Il venait de parler à sa mère. Cela énervait toujours Eva qu'il dise « ta mère ». Elle lui a demandé quand. L'air un peu étonné, il avait répondu que c'était une heure auparavant. Elle avait cru qu'il venait juste de rentrer. Il avait haussé les épaules, comme pour se justifier, et ajouté qu'il avait terminé plus tôt que prévu. Eva avait eu l'impression qu'il mentait, mais pourquoi mentir à ce sujet ? Il ne lui avait pas rapporté les paroles de Yuki, ni son bonjour. Soudain, le fait qu'il soit marié à sa mère lui avait paru tout à fait abstrait.

Ils avaient dîné dans un restaurant avec des vitraux aux fenêtres et des poutres apparentes. Adrian avait dit qu'elle devait être difficile maintenant, après deux semaines en Italie. Elle avait éclaté de rire, car elles n'avaient mangé quasiment que des pizzas. Il était de bonne humeur, cependant, il semblait cacher quelque chose. Elle remplissait son verre et trouvait amusant qu'Adrian commence à rougir. Elle avait déjà bu trois ou quatre verres. Il était si poli, si correct qu'elle avait eu envie de le provoquer. Comment s'étaient passées les vacances à Martha's Vineyard ? Elle avait posé la question de manière tout à fait innocente, mais elle avait bien vu qu'elle écaillait ainsi le vernis de son air enjoué et soigné. Il avait parlé du hangar à bateaux qu'il était en train de faire installer. Eva l'avait regardé dans les yeux. Il avait plié sa serviette et détourné le regard.

Là, elle n'avait pu se retenir, et elle lui avait raconté l'incident avec Yuki, quand celle-ci lui avait pincé le bras parce qu'ils avaient dansé tous les deux. Adrian évitait toujours son regard et triturait le coin de sa serviette. Sa mère avait passé une période difficile. De plus, il était trop souvent absent, le travail lui prenait presque tout son temps. Quand Adrian avait relevé la tête, elle avait compris qu'elle devait s'arrêter là. Ses yeux bleus affichaient quelque chose de perdu, de suppliant, et elle avait eu envie de prendre sa main dans la sienne, ou de lui caresser les cheveux. Au lieu de cela, elle lui avait parlé de quelques types qui les avaient draguées avec insistance, elle et son amie, dans une discothèque de Viareggio. Il avait souri, soulagé.

Le lendemain, ils avaient fait route vers le nord. Au petit déjeuner, elle lui avait demandé s'il aurait préféré rester en ville, mais il avait répondu qu'il avait réglé ses affaires. Il avait eu l'air déterminé à partir, et elle avait acquiescé. Et puis, c'était bien pour cela qu'elle était venue ? Il était très sérieux comparé à la veille. Il avait insisté sur le fait que c'était important pour elle. Quelle qu'en soit l'issue, il était essentiel qu'elle fasse cette tentative. Ils n'avaient guère parlé durant le trajet à travers la Bavière. Il conduisait vite et avec assurance. De temps en temps, elle apercevait un château, un village avec un clocher entre les bois et les vignobles. Elle n'aurait jamais pensé que l'Allemagne était si jolie. En regardant Adrian à la dérobée, elle trouvait qu'il se laissait aller. Pourtant, il avait l'air plus jeune que la veille, peut-être parce qu'il avait troqué son costard cravate pour une tenue plus décontractée. Oui, il avait l'air plus jeune, mais aussi plus renfermé. Eva sentait son estomac se nouer, et elle avait failli plusieurs fois lui demander de faire demi-tour. Mais elle n'avait pas osé.

La ville natale de son père se trouvait à deux cents kilomètres au nord de Munich. Au centre de la ville, il y avait une place entourée de vieilles maisons à colombages, avec des faîtes en pente raide, et les enseignes des boutiques étaient écrites en lettres gothiques. Eva trouvait que cela ressemblait aux décors d'un film de Disney. Adrian avait souri. Elle avait été surprise par la qualité de son allemand Il avait demandé un annuaire téléphonique dans la pâtisserie où ils étaient entrés après avoir garé la voiture. Personne ne portait le même nom que son père. Eva avait suggéré qu'ils repartent, mais Adrian n'entendait pas abandonner si vite. L'hôtel de ville se trouvait de l'autre côté de la place et ressemblait à un château seigneurial, sombre et hostile avec ses gros remparts et ses larges tours. Adrian s'y était rendu tandis qu'elle était restée au soleil devant la pâtisserie. Elle avait pensé qu'il était le seul être à qui elle pouvait se raccrocher, la seule personne au monde sur qui elle pouvait compter. Il était revenu une demi-heure plus tard. Son grand-père était décédé quelques années auparavant, mais sa grand-mère vivait dans une maison de retraite des environs.

Elle avait les jambes qui flanchaient quand ils avaient traversé le parking et le foyer où les résidents étaient installés dans des chaises roulantes et sur des bancs, recroquevillés et ridés comme des momies. On les avait conduits dans un bureau, et Adrian avait traduit ce que disait l'employée. Sa grand-mère était morte deux semaines plus tôt. Sa fille était restée en ville les dernières semaines, mais, après l'enterrement, elle était repartie en Australie, où elle résidait. On ignorait qu'elle avait également un fils. On avait donné à Eva un bout de papier avec le nom et l'adresse de sa tante à Perth. Adrian avait demandé où ses grands-parents étaient enterrés. Elle était restée silencieuse quand ils étaient remontés dans la voiture, et avait apprécié qu'Adrian ne dise rien non plus.

Ils avaient circulé un moment entre les pierres tombales. La plupart étaient garnies d'une photo ovale du défunt, en noir et blanc. Eva avait été surprise par le nombre d'hommes jeunes, jusqu'à ce qu'Adrian lui fasse remarquer la date et le col de l'uniforme sous leurs visages souriants. Il n'y avait pas de photo sur la tombe de ses grands-parents. Au lieu de cela, il y avait une jeune fille en marbre penchée sur la pierre tombale, le front appuyé sur un bras nu et fatigué. Adrian s'était placé à l'écart, sur le chemin de gravier. Un bouquet de roses fanées était placé aux pieds de la jeune fille. Les pétales avaient viré au marron et leurs bords étaient fripés. Un merle s'était posé sur le poignet de la jeune fille de pierre et avait contemplé Eva.

Adrian regardait le feuillage dense d'un hêtre pourpre. Il avait sursauté quand elle avait touché son bras. Elle avait posé la tête contre sa poitrine et fermé les yeux tandis qu'il écoutait le vent souffler dans l'arbre. Il lui avait caressé les cheveux et posé la main sur son épaule, juste un instant, avant de la retirer. Elle avait trouvé qu'il y avait quelque chose de faux à rester ainsi, sans qu'il la serre dans ses bras. Cependant, elle avait fait durer le moment, la joue collée contre la poitrine d'Adrian, chaude sous la chemise repassée de frais.

Ils étaient repartis vers Munich en fin d'après-midi. Eva tenait l'adresse de sa tante dans la main. Elle avait entrouvert la fenêtre et senti le vent tirailler le bout de papier, puis elle l'avait laissé filer. Elle s'était retournée, le soleil avait brièvement effleuré le papier blanc, puis ce dernier avait disparu de sa vue. Adrian avait dit qu'elle regretterait peut-être son geste. Peut-être sa tante savait-elle ce qu'était devenu son père. « Peut-être », avait-elle répondu. Et peut-être son père finirait-il par la retrouver, un jour, s'il le voulait vraiment et s'il était toujours en vie. Elle avait dit ces mots avec un sourire, un sourire ni enthousiaste ni amer. Quelque chose venait de se passer en elle. Elle n'aurait pas pu encore l'expliquer, mais elle sentait que c'était irrévocable.

Adrian avait mis ses lunettes de soleil, et celui-ci brillait dans ses boucles blondes. De fait, il avait des cheveux très longs pour un homme d'affaires. À cet instant, elle s'était rappelé qu'il avait une sœur, comme son père à elle. Elle lui avait demandé quel air avait Ariane. Il était en train d'effectuer un dépassement et n'avait répondu qu'après s'être rabattu sur la file de droite. N'avait-elle donc jamais rencontré Ariane ? La question l'avait surprise. Elle n'était pas à la maison les rares fois où Ariane leur avait rendu visite.

Ils se ressemblaient beaucoup, avait-il répondu en souriant. Parfois, les gens croyaient qu'ils étaient jumeaux. Leurs parents avaient désiré des jumeaux et l'on pouvait presque dire que leur souhait avait été exaucé. Lui et sa sœur avaient des cheveux et des yeux identiques et, avant qu'il ne prenne du ventre, leurs corps aussi avaient été semblables, grands et dégingandés. Il parlait de lui et de sa sœur d'un ton un peu pudique, mais aussi avec une chaleur qui rendait sa voix plus douce encore. Eva entendait qu'il était fier de sa sœur, d'une façon presque puérile. Eva avait toujours aimé la voix d'Adrian. Il parlait anglais avec une intonation curieuse, presque gauche, et elle le reprenait quand il mettait l'accent au mauvais endroit. Cela ne le gênait pas d'être corrigé.

Elle avait pris une cassette sous le pare-brise et l'avait mise dans le lecteur. « C'est elle », avait-il dit quand les premières notes de piano avaient jailli sur le faible ronronnement du moteur, telles de lourdes gouttes de pluie froides. C'était une musique belle et triste qui collait très bien à la lumière dorée de la fin d'après-midi et aux bois de pins sombres qui bordaient l'autoroute. Du reste, il avait une photo d'Ariane, une photo ancienne, avait-il ajouté après qu'ils eurent écouté la musique un moment. Il avait tenu le volant d'une main, de l'autre, il avait sorti le portefeuille de la poche intérieure de sa veste et le lui avait tendu, sans lâcher la route des yeux.

Elle avait trouvé la photo dans le compartiment du fond, parmi des reçus divers. Ariane devait avoir l'âge d'Eva quand la photo avait été prise, voire moins peut-être. Elle avait de longs cheveux blonds qui formaient des boucles rebelles autour de son visage étroit. Ses yeux étaient du même bleu que ceux d'Adrian, juste un peu plus petits. Elle était assise dans l'herbe haute. Le cliché semblait avoir été pris en fin d'après-midi, car la lumière du soleil donnait de manière oblique dans les brins d'herbe et les cheveux d'Ariane. Elle tenait un chiot sur ses genoux, allongé sur le dos comme un nouveau-né, et Eva avait pensé à la Vierge à l'enfant qu'elle avait vue à Pise. Elle trouvait que les deux jeunes filles se ressemblaient. Elles possédaient le même visage pâle et les mêmes cheveux en désordre, elles penchaient la tête de la même façon, avec ce même regard lointain et pensif.

Il y avait une autre photo, prise lors de leur voyage à travers les États-Unis, quelques étés plus tôt. Eva et Yuki s'appuyaient sur le capot de la voiture, devant un motel dont Eva avait oublié l'existence. Sa mère portait un T-shirt avec un Smiley à la bouille jaune et joyeuse, et cela donnait un air très jeune à Yuki, presque désagréable. Yuki avait un sourire forcé, Eva un regard torve. Elle avait une tête épouvantable sur cette photo, et elle l'avait dit à Adrian. Il n'avait pas répondu tout de suite. Il ne partageait pas cet avis, avait-il répliqué sèchement. Elle avait remis la photo dans son portefeuille et il l'avait replacé dans sa poche. « Elle est belle », avait dit Eva. Il avait gardé le silence. On aurait cru qu'il regrettait de lui avoir montré la photo de sa sœur. Ils étaient demeurés plongés dans leurs pensés durant le reste du trajet, tandis que le piano d'Ariane résonnait dans les haut-parleurs de la plage arrière.

La nuit était tombée quand ils étaient rentrés à l'hôtel. Le concierge avait tendu un message à Adrian. Il avait froncé les sourcils en le lisant. Puis il avait levé la tête et affiché son sourire le plus enjoué et le plus léger. « Ta mère », avait-il dit en agitant le papier. Ils n'avaient pas échangé un mot dans l'ascenseur. Il avait contemplé la série de chiffres qui s'allumaient tour à tour au-dessus de la porte, puis baissé les yeux sur ses chaussures mais, pendant une seconde, leurs regards s'étaient croisés. Ils allaient se retrouver plus tard au restaurant de l'hôtel. Quand ils s'étaient séparés dans le couloir, elle lui avait donné un bref baiser sur la joue.

Elle avait pris un bain et s'était allongée sous le drap, la tête au pied du lit, afin de voir les lumières de Munich. La chambre était sombre et fraîche, et la fraîcheur sur sa peau humide la tenait éveillée. De plus, elle n'avait pas envie de dormir. Elle revoyait le cimetière, avec les petites photos des hommes jeunes et la jeune fille de marbre affligée. Elle revoyait les rues de Pise, la plage de Viareggio et la place de la gare à Rome. Elle revoyait sa chambre au *college*, à New York, la villa de sa mère et Adrian dans le New Jersey. Elle se disait que le lieu où elle se trouvait importait peu.

Elle écoutait le léger sifflement de l'air conditionné et elle avait cru entendre une voix, sans saisir ce qu'elle disait. La voix se taisait, puis reprenait. Elle venait de l'autre côté du mur. Les lumières de la ville tremblaient légèrement, comme celles des étoiles déformées par l'atmosphère de la terre Elle avait dû s'assoupir car elle n'avait pas entendu frapper à la porte. Elle avait été réveillée par la voix douce et claire d'Adrian qui résonnait entre les murs de la chambre plongée dans l'obscurité. La lumière du couloir était entrée en même temps que lui, lorsqu'il avait ouvert la porte et l'avait refermée derrière lui.

Eva a bu une gorgée de thé froid et m'a dévisagé. Voilà ce qui s'était passé. Elle n'avait jamais imaginé que cela pouvait arriver, et elle n'avait pas deviné qu'il y avait pensé. Elle aurait dû le prévoir. Elle n'avait pas compris l'embarras, la maladresse et l'angoisse refoulée d'Adrian, elle n'avait pas compris ce qui allait se produire. Ensuite, elle se souvenait de sa silhouette agenouillée près du lit où elle était encore allongée. Il tremblait de peur et de honte quand elle avait étreint sa grande carcasse.

Elle n'avait jamais fait l'amour avec un homme aussi adulte et si doux, jamais avec un homme qui pleurait. Il dissimulait son visage dans son giron. Il n'émettait pas un son, mais elle sentait ses larmes sur ses cuisses. Elle s'efforçait de tenir ce grand corps tremblant. Il n'avait presque rien dit. Ensuite, ils étaient restés l'un contre l'autre, sans parler. Les paroles d'Adrian lui semblaient venir de très loin, même si elle sentait les poils de sa barbe et son souffle chaud. Martha's Vineyard avait été un enfer.

Les phrases d'Adrian étaient si faibles et hachées qu'elle avait eu du mal à les comprendre. Yuki ne s'était pas trompée, mais elle ne l'avait jamais mentionné, du moins pas avec des mots. Tout avait été dit par des silences, des regards et des visages détournés. Adrian avait essayé de nier ce qu'il ressentait quand il voyait sa belle-fille ou pensait à elle. Eva était paralysée et ne parvenait à se tirer de cette paralysie qu'en l'embrassant encore et encore. Elle sentait qu'il se crispait chaque fois que ses lèvres le touchaient, puis il se détendait. Il s'agrippait à son corps, comme s'il était suspendu au-dessus d'un gouffre et que sa vie dépendait d'elle.

Ils étaient rentrés à New York le lendemain. Il refusait de parler de Yuki. Ils n'avaient quasiment pas échangé un mot, et il évitait de la toucher. C'était comme s'il se brûlait quand elle l'effleurait accidentellement ou tentait de le caresser à la dérobée. Il avait sommeillé sous une couverture durant la plus grande partie du vol. Ils avaient pris un taxi jusqu'à Penn Station, où il était descendu. Il lui avait donné de l'argent pour le reste de la course et l'avait regardée une dernière fois avant de descendre. Il ne s'était pas retourné quand il s'était dirigé vers la gare et fondu dans la foule.

Eva a glissé du canapé, les jambes repliées sous elle et le visage enfoui dans un coussin. Je l'ai laissée tranquille. Peu après, elle s'est assise à nouveau, le coussin sur les genoux et les yeux rouges et gonflés. Elle a reniflé, mais ses paroles étaient claires. Elle avait essayé de le joindre au bureau. Elle avait laissé quantité de messages, mais il ne rappelait jamais. Elle n'osait pas téléphoner à la maison, même si sa mère devait sûrement se demander pourquoi elle ne donnait pas de ses nouvelles. Mais peut-être Yuki n'était-elle pas surprise, peut-être était-elle au courant de tout, puisqu'elle n'appelait pas non plus.

Plusieurs semaines s'étaient écoulées ainsi. Les grandes vacances s'étaient terminées, elle était retournée aux cours, voyait ses amies. Et elle attendait. Le jour de l'anniversaire d'Adrian, elle s'était rendue à son bureau avec un cadeau. Sa secrétaire avait dit qu'il avait des rendez-vous et qu'elle devait laisser le cadeau avec un message. C'était pendant qu'elle attendait de ses nouvelles qu'elle avait commencé à soupçonner qu'elle était enceinte. Elle n'avait rien utilisé depuis un an, car elle n'avait pas de petit ami. Et elle avait trouvé que c'était trop bête de prendre la pilule dans ce cas.

Eva a eu un sourire cynique et baissé les yeux sur le coussin posé sur ses genoux quand elle a parlé du préservatif qu'elle avait cherché fébrilement dans sa valise. Il était hors d'usage. Elle avait essayé de réconforter Adrian, et de se rassurer elle-même. Elle avait refusé d'y penser dans l'avion et durant les semaines suivantes. Elle se rendait chez son médecin pour en avoir le cœur net quand son portable avait sonné. Elle descendait l'escalier de la fac. C'était Yuki. Autour d'elle, des gens fumaient ou profitaient du soleil. Sa mère lui avait annoncé la mort d'Adrian d'une manière très concise, comme si elle s'adressait à un parent japonais éloigné. Eva ne se rappelait plus très bien ce qu'elle avait fait après avoir raccroché. Elle avait eu assez de présence d'esprit pour se rendre chez le docteur, un monsieur rondouillard à la barbe grise qui mâchait un chewing-gum, car elle se rappelait son sourire amical quand il lui avait appris qu'elle attendait un enfant.

Inge Weiss est venue dîner et beaucoup de choses ont changé depuis. Elle est sur la terrasse pendant que j'écris ces lignes. Je la vois à travers les lamelles du store, elle prend le soleil, les yeux fermés. Je l'aime. On ne peut pas dire cela de manière plus courte, ni plus longue, du reste. Nous n'avons à notre disposition que nos mots usés. Ils se mettent parfois en travers du chemin, d'autres fois, ils ne suffisent pas mais, sans eux, il n'y aurait pas d'histoire, rien que le mutisme têtu des choses et des instants qui s'enfuient en passant fugacement. Sans les mots, nous ne sommes personne. J'en connais la tentation, mais je connais aussi l'impression de chercher désespérément son souffle, lorsque l'on est sur le point de disparaître ou de resurgir.

Je ne sais ni comment l'amour survient ni comment il s'éteint, et j'ai cessé de me le demander. Mais je ne crois pas que l'amour se trompe ou doute de son apparence. On n'aime jamais en vain, mais l'on aime parfois aveuglément, voire même malgré ce que l'on voit. Je sais qu'il y a des amours heureuses et malheureuses, cependant, je n'en sais guère plus. Quelquefois, on aime l'amour jusqu'à le briser, d'autres fois il dévore tout le reste. De temps en temps, il meurt, mais il est aussi capable de survenir aux moments les plus inattendus. Et ça, je l'avais oublié.

C'est la fin de l'après-midi, cette heure que je préfère, quand le soleil est bas et la lumière horizontale sur les visages et les murs. Si je sortais sur la terrasse, je verrais la mer derrière les traits apaisés d'Inge. La mer aussi est calme en un jour comme celui-ci, très sombre sous l'horizon, dans une palette de tons qui varient du turquoise au bleu-noir, à l'instar des estampes japonaises. S'il n'y avait pas la vue, l'endroit serait franchement triste. C'est un immeuble de vacances comme il y en a tant le long de la côte, construit d'éléments de béton, blanchi à la chaux à l'extérieur et à l'intérieur, avec un carrelage lisse qui fait un vacarme si on laisse tomber une petite cuiller. Même si la porte du salon est fermée, j'entends la voix du commentateur de la télé. Theo est en train de regarder un match de foot, Real Madrid contre Séville, et j'entends des cris de joie de la terrasse voisine quand un but est marqué. Outre les appartements, l'ensemble comporte un supermarché, une laverie, un jardin avec des palmiers, une piscine sans eau et un mauvais restaurant.

L'air de février est clair, les nuits sont encore fraîches, mais il fait bon au soleil. Ce dernier a déjà laissé un éclat doré sur le front et les joues d'Inge. Lorsqu'elle est restée un moment à bronzer, les coins de ses lèvres font une grimace, comme si son visage était un masque qui se raidissait. Je sais encore très peu sur ce qui se cache derrière ses traits, et il en va sûrement de même pour elle. Pour le moment, voici ce que nous sommes l'un pour l'autre : un visage, un corps et un regard, une voix et une histoire qui se déploie lentement.

Je crois qu'elle est ici pour la dernière fois, et je ne pense pas que cela soit nécessairement lié à moi. Je pense que, au fond d'elle-même, elle savait qu'elle devrait prendre congé de ces lieux. C'est seulement qu'elle n'avait encore personne avec qui partager ce savoir, et il ne s'agit pas davantage de trouver les mots justes. On n'y parvient pas seulement avec les paroles et, pour elle, il ne suffisait pas de laisser passer du temps. Inge savait uniquement qu'elle aimait cet inconnu qu'elle avait épousé sans rien savoir d'autre. Le temps l'avait happée dans l'un de ses maelströms où les jours tournent autour d'un point invisible dans son tourbillon étincelant et rapide. Un point qui existe parce qu'il resurgit sans cesse, comme certaines questions récurrentes.

Elle ne savait pas pourquoi l'homme qu'elle aimait était mort, pourquoi il fallait qu'il disparaisse derrière une de ces vagues dont l'écume étincelante vous éblouit. Elle ne découvrira jamais s'il souhaitait vraiment mourir sans lui faire connaître ses motifs, mais elle ne pouvait dépasser ces questions sans réponses. C'était pour cela que, chaque année, elle revenait sur la même plage, comme un pèlerin, afin de contempler la mer, là où l'Europe s'arrête et ou l'Afrique ne commence pas encore.

Au fond d'elle-même, elle avait dû savoir que sa vie ne pouvait continuer ainsi, mue par la pression d'un tourbillon, mais elle ne parvenait pas à y croire, car elle ne croyait qu'à une chose : elle avait aimé jadis sans savoir pourquoi. Elle avait réellement aimé cet inconnu qui s'entendait à la rassurer dans la nuit avec son corps qui était tel un navire. Un inconnu qui se réveillait parfois en criant, si bien que c'était elle qui devait l'étreindre jusqu'à ce qu'il retrouve le calme. Elle n'avait pu que se raccrocher à cette part de mystère en elle qui l'avait fait aimer un inconnu. Comment aurait-elle pu penser que le temps finirait un jour par lui tendre une main et la libérer de la spirale tourbillonnante du chagrin ?

C'est un hasard si j'ai été celui qui lui a tendu la main. Je crois que cela a été moi parce que je n'ai pas détourné le regard quand nous nous sommes croisés au supermarché, quelques jours après qu'elle m'avait raconté son histoire. Si, décontenancé, j'avais évité de la regarder droit dans les yeux, je l'aurais traitée de la manière dont on traite souvent les handicapés. Comme s'ils étaient seulement à moitié hommes et à moitié quelque chose que l'on ne supporte pas de voir. Mais pourquoi n'ai-je pas baissé le regard ?

Là, j'aurais bien voulu porter quelque chose d'avantageux à mon crédit, mais la vérité est que je ne sais pas. Peut-être était-ce sa voix lente qui donnait l'impression qu'elle voyait les mots écrits dans l'air devant elle et qu'elle les lisait tout haut. Peut-être était-ce la manière si attentive dont me scrutaient ses yeux gris, parés de chaque côté de leur éventail de petites rides. Mais il y avait aussi son cou long et fin et ses jolies chevilles, des détails dont elle n'avait pas conscience. Je le regrette, mais il n'y a rien d'autre. Peut-être sont-ce son cou et ses chevilles qui, en fin de compte, m'ont inspiré mon invitation à dîner, même si je n'imaginais pas qu'il se produirait quelque chose de spécial.

Du reste, il ne s'était rien passé de particulier. Nous avons mangé mon ragoût de mouton et bu du vin rouge, tout en parlant de nous-mêmes et en posant quelques questions. Ce soir-là, elle n'a guère mentionné son mari disparu. Cependant, son histoire était bien présente entre nous, pas comme un obstacle, mais plutôt sous la forme d'une intimité surprenante, sincère et fluide. Il s'est écoulé un moment avant que nous nous abandonnions à tâtons à ce que nos corps nous avaient murmuré à l'oreille de manière insistante . elle est une femme, je suis un homme. Nous sommes restés longtemps chacun dans notre lit, nerveux à l'idée que, dans l'appartement d'en face, il y avait quelqu'un qui en savait plus que ce qu'un inconnu doit savoir.

Il se passait des semaines où elle se tenait à distance et où nous nous voyions seulement à la fenêtre et nous téléphonions. Il lui a fallu du temps pour s'habituer au fait qu'elle n'était plus seule. Elle avait perdu le contact avec ses amis d'autrefois. Elle les avait écartés lorsqu'elle avait senti leur impatience à l'égard de son chagrin entier. Je ne sais pas pourquoi elle m'a raconté son histoire dès ma première visite. Peut-être raconte-t-on son histoire parce que l'on est sur le point de la laisser derrière soi. Peut-être se met-on en mouvement sans même en avoir conscience. Tandis que l'on raconte, on comprend que l'histoire appartient au passé, que l'avenir a déjà commencé et que la vie continue tandis que l'on regarde en arrière.

Un mois plus tard, elle m'a invité à son tour. Elle m'a surpris, après le café, quand je me suis levé. Elle s'est levée en même temps et s'est approchée de moi. Son regard gris était plus doux et sa voix à peine un murmure sec. La première nuit, nous sommes restés allongés, à parler, ou en silence. J'ai pensé à ce jour d'orage, il y a bien longtemps, où Ariane et moi étions blottis l'un contre l'autre, à l'Hôtel Reykjavik, aussi proches qu'il est possible de l'être. Cela a été un réveil lent pour Inge et pour moi. Au début, nous étions aussi empotés que des ours émergeant de leurs gîtes d'hiver.

Dimanche dernier, nous avons fait une promenade au jardin zoologique. Nous avons pris les mêmes chemins que j'avais empruntés avec Ariane quelques mois plus tôt. Les troncs noirs semblaient flotter au-dessus de la neige, et leurs branches formaient des ombres blanches et vibrantes quand un pigeon se perchait à une extrémité. Nous avons marché longtemps dans le silence rompu par le crissement des bottes. Je m'étais habitué à ses crises de silence et j'attendais jusqu'à ce qu'elle reprenne la parole. J'étais toujours aussi timide devant son silence que je l'avais été la première fois que je m'étais déshabillé sous ses yeux.

Inge et Tal avaient souvent fait cette même promenade. L'hiver blanc de la forêt et ses voûtes de feuillages inondés de lumière avaient été une nouveauté pour lui. Un soir, elle m'a montré des photos qu'elle avait retrouvées parmi ses affaires. Elle ne savait pas qui les avait prises, ni à qui il souriait. Sur l'une d'elles, il est assis avec d'autres soldats sur une pente pierreuse au milieu des cyprès. Une autre est prise à Jérusalem, sur la place du mur des Lamentations, où des touffes d'herbe poussent dans les fentes entre les pierres claires. Il y en a une autre où il porte des lunettes de soleil, dans un désert qui se perd dans la brume de chaleur. Il était un jeune Israélien anonyme, aux traits marqués et aux cheveux coupés à la tondeuse. Je ne sais s'il était digne de l'amour d'Inge, mais je crois qu'il faut voir la chose inversement. L'amour d'Inge le rendait digne de le recevoir, indépendamment de tout le reste. Oui, elle l'aimait à ce point-là.

Elle était furieuse contre lui quand elle avait trouvé les photos, furieuse qu'il ne lui ait jamais permis de les voir, et parce qu'il l'avait laissée seule avec son chagrin, et avec si peu d'indices sur qui il était. Quand elle me les a montrées, j'ai compris que je ne prendrai jamais sa place.

Une fois parvenus au château d'Eremitage, nous avons contemplé la plaine enneigée qui descend jusqu'au Sund. Quelques brins d'herbe jaunis pointaient çà et là, éclairés par le soleil dans notre dos. J'ai dit à Inge que les vieux chênes me faisaient penser aux doigts noirs et crochus d'une sorcière qui se dressent pour maudire le ciel. Elle s'est tournée vers moi et m'a dit qu'elle se sentait comme un traître. Je n'ai su quoi répondre. Mais, a-t-elle ajouté, ce n'était pas lui qu'elle trahissait. Elle s'est penchée contre moi, le froid rendait les lobes de ses oreilles rouges comme des piments, et je les ai couverts avec mes mains. Elle m'a examiné comme si j'étais une créature étrange. Puis elle a redressé mon bonnet, avant de dire qu'elle était peut-être arrivée à un point où il lui était nécessaire de se trahir elle-même.

Hier, à la même heure, nous sommes descendus à la plage. Il n'y avait que nous. Theo courait avec un frisbee qu'il lançait dans les airs en longs arcs ondoyants. Le soleil était sur le point d'atteindre le faîte des montagnes, nos ombres étaient longues et sinueuses, et les petites fossettes formées par les vagues dans le sable éclatant commençaient à virer au violet. Inge portait à son bras le vieux peignoir de bain de Tal. Elle l'a posé à côté d'elle quand nous nous sommes assis pour regarder Theo et les vagues. Elle a enterré ses pieds nus dans le sable. Theo était planté sur la rive et attendait qu'une vague lui ramène son frisbee. Inge s'est allongée sur le dos et s'est étirée en fermant les yeux. J'ai pris une poignée de sable et je l'ai laissée tomber en un mince filet sur ses chevilles. Elle a souri. Quand nous sommes rentrés, elle a laissé le peignoir sur place. Elle ne l'avait pas oublié car, lorsque nous avons regagné le chemin, elle s'est retournée une dernière fois pour regarder le mouvement des vagues et la plage, où il formait un paquet entre les ombres sur le sable.

Inge vient de se lever de sa chaise sur la terrasse. Il y a peu, j'ai entendu sa voix et celle de Theo dans la pièce voisine. Les derniers rayons du soleil rougeoient sur la toile passée du dos de la chaise. J'entends l'eau de la douche cogner sur les carreaux de la salle de bains. Le bruit se modifie un peu quand Inge bouge et se fait plus doux quand il heurte sa peau. En cet instant, on aurait dit que le jet heurtait la surface d'un petit bassin. Je devine qu'elle a croisé les bras et que l'eau s'accumule entre ses seins.

Ce matin, nous sommes allés dans la montagne. Je ne savais pas que les amandiers fleurissaient si tôt, une bourrasque de fleurs rouge clair jonchait la terre rouge brique. Les plis des montagnes semblaient s'ouvrir pour nous dans l'air clair. Lorsque nous nous sommes arrêtés pour nous dégourdir les jambes et contempler le paysage aride, le silence semblait une caresse invisible. Nous avons déjeuné dans une ville blanche avec une forteresse perchée sur un pic, et j'ai acheté une carte postale représentant une mule que j'ai envoyée à Eva et Ariane. Elles ne la recevront pas avant notre retour.

Eva est restée à Copenhague et vit chez Ariane. Autant que je sache, elle a décidé d'y rester jusqu'à l'accouchement. Apparemment, Yuki s'est installée à Tokyo. En tout cas, elle a vendu les maisons du New Jersey et de Martha's Vineyard. Eva a reçu une lettre d'un avocat de New York. Elle a écrit à sa mère, mais je ne crois pas qu'elles se soient parlé, et je ne sais pas si Yuki a répondu au courrier. Elles ne se sont pas adressé la parole après la mort d'Adrian. Elles ne se sont pas davantage parlé quand Eva est rentrée de l'enterrement. Ariane était dans la cuisine avec Yuki et l'avait vue s'étendre sur le gazon, sous le bouleau. Je m'imagine clairement les trois femmes, comme si j'étais là. Elles sont ensemble et pourtant hors d'atteinte l'une pour l'autre.

Nous sommes désormais sa famille, nous a dit un jour Eva tandis que nous nous promenions avec Ariane et Theo. Elle est amie avec Theo et, quand je les entends parler, je ne parviens pas à décider si c'est elle qui est très jeune ou si mon fils est en train de devenir adulte. Elle a décidé de créer sa propre famille à la place de celle qu'elle a perdue. Maintenant, l'endroit où elle se trouve n'est plus sans importance. Le bébé qu'elle porte dans son ventre nous relie et donne à sa frêle silhouette le poids dont elle manquait.

Ariane a tenté de la convaincre d'avorter, mais la jeune fille était inflexible et, plus Ariane argumentait, plus sa décision se renforçait. J'ai rappelé à Ariane ce que Julie m'avait dit autrefois. Les enfants n'arrivent jamais au moment qui convient. Elle a souri et a détourné un instant son regard Nous sommes bien d'accord qu'Eva ne comprend pas pleinement dans quoi elle s'est lancée, mais qui l'a jamais compris à l'avance ? Je ne sais pas qui de nous est le plus inconscient. Ne serait-ce pas moi, qui ai eu un enfant avec une femme que je n'aimais pas, plutôt qu'elle, qui va en avoir un d'un homme qui n'aurait pas dû l'aimer et qui n'aurait pas dû mourir ?

Non, il n'aurait pas dû aimer sa belle-fille, et peut-être ne s'agissait-il même pas d'amour. Peut-être était-ce seulement son désir erratique qui s'était une fois encore égaré dans ses impulsions, dans la présence séduisante des possibles existants. Nul ne le sait, et nul n'a le droit de prétendre le savoir. Désir et amour, nous ne disposons que de ces mots, mais parfois les mots forment autant d'obstacles et d'autres fois se révèlent insuffisants. J'étais l'un de ceux qui connaissaient le mieux Adrian ; pourtant, je le connaissais mal. Nous parlons souvent de lui, Ariane et moi. Nous pensons tous les deux à ce qui était jadis si terrifiant au point d'être indicible. Nous tournoyons toujours autour de notre vieux secret, mais plus avec crainte. Avant, il était interdit d'en parler, désormais, c'est superflu.

Je ne sais pas comment Ariane a deviné que j'avais rencontré quelqu'un d'autre. Je ne sais pas comment les femmes saisissent cela. Avec les femmes de ma vie, je me suis souvent senti comme un livre ouvert, mais un livre écrit dans une langue que je parviens à déchiffrer avec les pires difficultés. Il y a deux semaines, nous avons accompagné Eva à la maternité, pour l'examen de contrôle. Je me suis senti presque honoré d'avoir été convié. Nous ressortions de l'hôpital, Eva nous précédait de quelques pas, Ariane m'a pris le bras et demandé si j'avais envie de venir dîner chez elles. J'ai trouvé que mon prétexte semblait parfaitement plausible, mais elle a souri en penchant la tête. Comment s'appelait-elle ? J'ai répondu. Elle m'a demandé si c'était sérieux, et nous avons souri. J'ai haussé les épaules et dit que ça paraissait très sérieux.

Je n'étais jamais venu dans une maternité et je n'ai pu m'empêcher de penser à Bibi qui avait accouché de notre fils sans moi, tandis que je me trouvais ailleurs en pensant à quelqu'un d'autre. Comme si elle s'était fécondée par la seule force de sa volonté. La sage-femme a scanné le ventre d'Eva et a pointé les contours en noir et blanc du fœtus sur un écran. Il m'a fallu quelques secondes avant de discerner autre chose que de la neige électronique et des ombres informes. Quand les formes humaines encore primitives ont fini par m'apparaître, je me suis senti comme un berger qui a trouvé un abri dans une grotte et qui reste bouche bée en découvrant les silhouettes rudimentaires d'hommes et de bêtes que quelqu'un a peintes sur la paroi des milliers d'années plus tôt.

Et voilà, Adrian, me suis-je dit, il y a bien une vie après la mort. Mais il s'agit toujours d'une vie inconnue, différente, mystérieuse et vierge. La sage-femme m'a tendu un instrument qui ressemblait à une petite trompette. Les femmes ont souri de moi quand j'ai posé doucement le cornet contre le ventre d'Eva et entendu le son étouffé des bruits du cœur.

DU MÊME AUTEUR

Aux Éditions Gallimard

BRUITS DU CŒUR, 2002 (Folio n° 3979)

SILENCE EN OCTOBRE, 1999

Aux Éditions du Serpent à Plumes

ÉTÉ INDIEN, 1996

COLLECTION FOLIO

Dernières parutions

3811. Pierre Bordage	*L'Évangile du Serpent.*
3812. Raphaël Confiant	*Brin d'amour.*
3813. Guy Goffette	*Un été autour du cou*
3814. Mary Gordon	*La petite mort.*
3815. Angela Huth	*Folle passion.*
3816. Régis Jauffret	*Promenade.*
3817. Jean d'Ormesson	*Voyez comme on danse.*
3818. Marina Picasso	*Grand-père.*
3819. Alix de Saint-André	*Papa est au Panthéon.*
3820. Urs Widmer	*L'homme que ma mère a aimé.*
3821. George Eliot	*Le Moulin sur la Floss.*
3822. Jérôme Garcin	*Perspectives cavalières.*
3823. Frédéric Beigbeder	*Dernier inventaire avant liquidation.*
3824. Hector Bianciotti	*Une passion en toutes Lettres.*
3825. Maxim Biller	*24 heures dans la vie de Mordechaï Wind.*
3826. Philippe Delerm	*La cinquième saison.*
3827. Hervé Guibert	*Le mausolée des amants.*
3828. Jhumpa Lahiri	*L'interprète des maladies.*
3829. Albert Memmi	*Portrait d'un Juif.*
3830. Arto Paasilinna	*La douce empoisonneuse.*
3831. Pierre Pelot	*Ceux qui parlent au bord de la pierre (Sous le vent du monde, V).*
3832. W.G Sebald	*Les émigrants.*
3833. W.G Sebald	*Les Anneaux de Saturne.*
3834. Junichirô Tanizaki	*La clef.*
3835. Cardinal de Retz	*Mémoires.*
3836. Driss Chraïbi	*Le Monde à côté.*
3837. Maryse Condé	*La Belle Créole.*
3838. Michel del Castillo	*Les étoiles froides.*
3839. Aïssa Lached-Boukachache	*Plaidoyer pour les justes.*

3840.	Orhan Pamuk	*Mon nom est Rouge.*
3841.	Edwy Plenel	*Secrets de jeunesse.*
3842.	W. G. Sebald	*Vertiges.*
3843.	Lucienne Sinzelle	*Mon Malagar.*
3844.	Zadie Smith	*Sourires de loup.*
3845.	Philippe Sollers	*Mystérieux Mozart.*
3846.	Julie Wolkenstein	*Colloque sentimental.*
3847.	Anton Tchékhov	*La Steppe. Salle 6. L'Évêque.*
3848.	Alessandro Baricco	*Châteaux de la colère.*
3849.	Pietro Citati	*Portraits de femmes.*
3850.	Collectif	*Les Nouveaux Puritains.*
3851.	Maurice G. Dantec	*Laboratoire de catastrophe générale.*
3852.	Bo Fowler	*Scepticisme & Cie.*
3853.	Ernest Hemingway	*Le jardin d'Éden.*
3854.	Philippe Labro	*Je connais gens de toutes sortes.*
3855.	Jean-Marie Laclavetine	*Le pouvoir des fleurs.*
3856.	Adrian C. Louis	*Indiens de tout poil et autres créatures.*
3857.	Henri Pourrat	*Le Trésor des contes.*
3858.	Lao She	*L'enfant du Nouvel An.*
3859.	Montesquieu	*Lettres Persanes.*
3860.	André Beucler	*Gueule d'Amour.*
3861.	Pierre Bordage	*L'Évangile du Serpent.*
3862.	Edgar Allan Poe	*Aventure sans pareille d'un certain Hans Pfaal.*
3863.	Georges Simenon	*L'énigme de la* Marie-Galante.
3864.	Collectif	*Il pleut des étoiles...*
3865.	Martin Amis	*L'état de L'Angleterre.*
3866.	Larry Brown	*92 jours.*
3867.	Shûsaku Endô	*Le dernier souper.*
3868.	Cesare Pavese	*Terre d'exil.*
3869.	Bernhard Schlink	*La circoncision.*
3870.	Voltaire	*Traité sur la Tolérance.*
3871.	Isaac B. Singer	*La destruction de Kreshev.*
3872.	L'Arioste	*Roland furieux I.*
3873.	L'Arioste	*Roland furieux II.*
3874.	Tonino Benacquista	*Quelqu'un d'autre.*
3875.	Joseph Connolly	*Drôle de bazar.*
3876.	William Faulkner	*Le docteur Martino.*

3877. Luc Lang — *Les Indiens.*
3878. Ian McEwan — *Un bonheur de rencontre.*
3879. Pier Paolo Pasolini — *Actes impurs.*
3880. Patrice Robin — *Les muscles.*
3881. José Miguel Roig — *Souviens-toi, Schopenhauer.*
3882. José Sarney — *Saraminda.*
3883. Gilbert Sinoué — *À mon fils à l'aube du troisième millénaire.*
3884. Hitonari Tsuji — *La lumière du détroit.*
3885. Maupassant — *Le Père Milon.*
3886. Alexandre Jardin — *Mademoiselle Liberté.*
3887. Daniel Prévost — *Coco belles-nattes.*
3888. François Bott — *Radiguet. L'enfant avec une canne.*
3889. Voltaire — *Candide ou l'Optimisme.*
3890. Robert L. Stevenson — *L'Étrange Cas du docteur Jekyll et de M. Hyde.*
3891. Daniel Boulanger — *Talbard.*
3892. Carlos Fuentes — *Les années avec Laura Díaz.*
3894. André Dhôtel — *Idylles.*
3895. André Dhôtel — *L'azur.*
3896. Ponfilly — *Scoops.*
3897. Tchinguiz Aïtmatov — *Djamilia.*
3898. Julian Barnes — *Dix ans après.*
3900. Catherine Cusset — *À vous.*
3901. Benoît Duteurtre — *Le voyage en France.*
3902. Annie Ernaux — *L'occupation.*
3903. Romain Gary — *Pour Sgnanarelle.*
3904. Jack Kerouac — *Vraie blonde, et autres.*
3905. Richard Millet — *La voix d'alto.*
3906. Jean-Christophe Rufin — *Rouge Brésil.*
3907. Lian Hearn — *Le silence du rossignol.*
3908. Alice Kaplan — *Intelligence avec l'ennemi.*
3909. Ahmed Abodehman — *La ceinture.*
3910. Jules Barbey d'Aurevilly — *Les diaboliques.*
3911. George Sand — *Lélia.*
3912. Amélie de Bourbon Parme — *Le sacre de Louis XVII.*
3913. Erri de Luca — *Montedidio.*
3914. Chloé Delaume — *Le cri du sablier.*
3915. Chloé Delaume — *Les mouflettes d'Atropos.*

3916. Michel Déon — *Taisez-vous... J'entends venir un ange.*
3917. Pierre Guyotat — *Vivre.*
3918. Paula Jacques — *Gilda Stambouli souffre et se plaint.*
3919. Jacques Rivière — *Une amitié d'autrefois.*
3920. Patrick McGrath — *Martha Peake.*
3921. Ludmila Oulitskaïa — *Un si bel amour.*
3922. J.-B. Pontalis — *En marge des jours.*
3923. Denis Tillinac — *En désespoir de causes.*
3924. Jerome Charyn — *Rue du Petit-Ange.*
3925. Stendhal — *La Chartreuse de Parme.*
3926. Raymond Chandler — *Un mordu.*
3927. Collectif — *Des mots à la bouche.*
3928. Carlos Fuentes — *Apollon et les putains.*
3929. Henry Miller — *Plongée dans la vie nocturne.*
3930. Vladimir Nabokov — *La Vénitienne* précédé d'*Un coup d'aile.*
3931. Ryûnosuke Akutagawa — *Rashômon* et autres contes
3932. Jean-Paul Sartre — *L'enfance d'un chef.*
3933. Sénèque — *De la constance du sage.*
3934. Robert Louis Stevenson — *Le club du suicide.*
3935. Edith Wharton — *Les lettres.*
3936. Joe Haldeman — *Les deux morts de John Speidel.*
3937. Roger Martin du Gard — *Les Thibault I.*
3938. Roger Martin du Gard — *Les Thibault II.*
3939. François Armanet — *La bande du drugstore.*
3940. Roger Martin du Gard — *Les Thibault III.*
3941. Pierre Assouline — *Le fleuve Combelle.*
3942. Patrick Chamoiseau — *Biblique des derniers gestes.*
3943. Tracy Chevalier — *Le récital des anges.*
3944. Jeanne Cressanges — *Les ailes d'Isis.*
3945. Alain Finkielkraut — *L'imparfait du présent.*
3946. Alona Kimhi — *Suzanne la pleureuse.*
3947. Dominique Rolin — *Le futur immédiat.*
3948. Philip Roth — *J'ai épousé un communiste.*
3949. Juan Rulfo — *Le Llano en flammes.*
3950. Martin Winckler — *Légendes.*
3951. Fédor Dostoïevski — *Humiliés et offensés.*
3952. Alexandre Dumas — *Le Capitaine Pamphile.*
3953. André Dhôtel — *La tribu Bécaille.*

3954. André Dhôtel	*L'honorable Monsieur Jacques.*
3955. Diane de Margerie	*Dans la spirale.*
3956. Serge Doubrovski	*Le livre brisé.*
3957. La Bible	*Genèse.*
3958. La Bible	*Exode.*
3959. La Bible	*Lévitique-Nombres.*
3960. La Bible	*Samuel.*
3961. Anonyme	*Le poisson de jade.*
3962. Mikhaïl Boulgakov	*Endiablade.*
3963. Alejo Carpentier	*Les Élus et autres nouvelles.*
3964. Collectif	*Un ange passe.*
3965. Roland Dubillard	*Confessions d'un fumeur de tabac français.*
3966. Thierry Jonquet	*La leçon de management.*
3967. Suzan Minot	*Une vie passionnante.*
3968. Dann Simmons	*Les Fosses d'Iverson.*
3969. Junichirô Tanizaki	*Le coupeur de roseaux.*
3970. Richard Wright	*L'homme qui vivait sous terre.*
3971. Vassilis Alexakis	*Les mots étrangers.*
3972. Antoine Audouard	*Une maison au bord du monde.*
3973. Michel Braudeau	*L'interprétation des singes.*
3974. Larry Brown	*Dur comme l'amour.*
3975. Jonathan Coe	*Une touche d'amour.*
3976. Philippe Delerm	*Les amoureux de l'Hôtel de Ville.*
3977. Hans Fallada	*Seul dans Berlin.*
3978. Franz-Olivier Giesbert	*Mort d'un berger.*
3979. Jens Christian Grøndahl	*Bruits du cœur.*
3980. Ludovic Roubaudi	*Les Baltringues.*
3981. Anne Wiazemski	*Sept garçons.*
3982. Michel Quint	*Effroyables jardins.*
3983. Joseph Conrad	*Victoire.*
3984. Emile Ajar	*Pseudo.*
3985. Olivier Bleys	*Le fantôme de la Tour Eiffel.*
3986. Alejo Carpentier	*La danse sacrale.*
3987. Milan Dargent	*Soupe à la tête de bouc.*
3988. André Dhôtel	*Le train du matin.*
3989. André Dhôtel	*Des trottoirs et des fleurs.*
3990. Philippe Labro/ Olivier Barrot	*Lettres d'Amérique. Un voyage en littérature.*
3991. Pierre Péju	*La petite Chartreuse.*

3992.	Pascal Quignard	*Albucius.*
3993.	Dan Simmons	*Les larmes d'Icare.*
3994.	Michel Tournier	*Journal extime.*
3995.	Zoé Valdés	*Miracle à Miami.*
3996.	Bossuet	*Oraisons funèbres.*
3997.	Anonyme	*Jin Ping Mei I.*
3998.	Anonyme	*Jin Ping Mei II.*
3999.	Pierre Assouline	*Grâces lui soient rendues.*
4000.	Philippe Roth	*La tache.*
4001.	Frederick Busch	*L'inspecteur de nuit.*
4002.	Christophe Dufossé	*L'heure de la sortie.*
4003.	William Faulkner	*Le domaine.*
4004.	Sylvie Germain	*La Chanson des mal-aimants.*
4005.	Joanne Harris	*Les cinq quartiers de l'orange.*
4006.	Leslie kaplan	*Les Amants de Marie.*
4007.	Thierry Metz	*Le journal d'un manœuvre.*
4008.	Dominique Rolin	*Plaisirs.*
4009.	Jean-Marie Rouart	*Nous ne savons pas aimer.*
4010.	Samuel Butler	*Ainsi va toute chair.*
4011.	George Sand	*La petite Fadette.*
4012.	Jorge Amado	*Le Pays du Carnaval.*
4013.	Alessandro Baricco	*L'âme d'Hegel et les vaches du Wisconsin.*
4014.	La Bible	*Livre d'Isaïe.*
4015.	La Bible	*Paroles de Jérémie-Lamentations.*
4016.	La Bible	*Livre de Job.*
4017.	La Bible	*Livre d'Ezéchiel.*
4018.	Frank Conroy	*Corps et âme.*
4019.	Marc Dugain	*Heureux comme Dieu en France.*
4020.	Marie Ferranti	*La Princesse de Mantoue.*
4021.	Mario Vargas Llosa	*La fête au Bouc.*
4022.	Mario Vargas Llosa	*Histoire de Mayta.*
4023.	Daniel Evan Weiss	*Les cafards n'ont pas de roi.*
4024.	Elsa Morante	*La Storia.*
4025.	Emmanuèle Bernheim	*Stallone.*
4026.	Françoise Chandernagor	*La chambre.*
4027.	Philippe Djian	*Ça, c'est un baiser.*
4028.	Jérôme Garcin	*Théâtre intime.*
4029.	Valentine Goby	*La note sensible.*

4030. Pierre Magnan *L'enfant qui tuait le temps.*
4031. Amos Oz *Les deux morts de ma grand-mère.*
4032. Amos Oz *Une panthère dans la cave.*
4033. Gisèle Pineau *Chair Piment.*
4034. Zeruya Shalev *Mari et femme.*
4035. Jules Verne *La Chasse au météore.*
4036. Jules Verne *Le Phare du bout du Monde.*
4037. Gérard de Cortanze *Jorge Semprun.*
4038. Léon Tolstoi *Hadji Mourat.*
4039. Isaac Asimov *Mortelle est la nuit.*
4040. Collectif *Au bonheur de lire.*
4041. Roald Dahl *Gelée royale.*
4042. Denis Diderot *Lettre sur les Aveugles.*
4043. Yukio Mishima *Martyre.*
4044. Elsa Morante *Donna Amalia.*
4045. Ludmila Oulitskaia *La maison de Lialia.*
4046. Rabindranath Tagore *La petite mariée.*
4047. Ivan Tourgueniev *Clara Militch.*
4048. H.G. Wells *Un rêve d'Armageddon.*
4049. Michka Assayas *Exhibition.*
4050. Richard Bausch *La saison des ténèbres.*
4051. Saul Bellow *Ravelstein.*
4052. Jerome Charyn *L'homme qui rajeunissait.*
4053. Catherine Cusset *Confession d'une radine.*
4055. Thierry Jonquet *La Vigie* (à paraître).
4056. Erika Krouse *Passe me voir un de ces jours.*
4057. Philippe Le Guillou *Les marées du Faou.*
4058. Frances Mayes *Swan.*
4059. Joyce Carol Oates *Nulle et Grande Gueule.*
4060. Edgar Allan Poe *Histoires extraordinaires.*
4061. George Sand *Lettres d'une vie.*
4062. Beigbeder *99 francs.*
4063. Balzac *Les Chouans.*
4064. Bernardin de St Pierre *Paul et Virginie.*
4065. Raphaël Confiant *Nuée ardente.*
4066. Florence Delay *Dit Nerval*
4067. Jean Rolin *La clôture.*
4068. Philippe Claudel *Les petites mécaniques.*

Composition CMB Graphic.
Impression Bussière Camedan Imprimeries
à Saint-Amand (Cher), le 5 août 2004.
Dépôt légal : août 2004.
Numéro d'imprimeur : 043152/1.
ISBN 2-07-031298-4./Imprimé en France.

132249